Aus Freude am Lesen

Weil sie die Tatverdächtige ihres letzten Falls im Affekt getötet haben soll, wird die Mailänder Kommissarin Maria Vergani vom Dienst suspendiert und unter Hausarrest gestellt. Jetzt sucht sie selbst fieberhaft nach der Wahrheit, denn ihr fehlt die Erinnerung an jenen Abend. Woher stammen die Würgemale an ihrem Hals, und was hat ihr Freund Michele Conti mit der Sache zu tun? Unterdessen werden in Mailand nachts riesige Kreuze aufgestellt. Es stellt sich heraus, dass an diesen Orten Mädchen gestorben sind …

Elisabetta Bucciarelli lebt als Schriftstellerin und Drehbuchautorin in Mailand. In Italien erschienen bereits mehrere hochgelobte Kriminalromane von ihr. 2010 erhielt sie den renommierten Premio Scerbanenco, die Jury lobte »die Qualität ihrer Sprache, die Komplexität und Tiefe ihrer Protagonistin sowie ihre Leistung, gesellschaftliche Themen mit Sensibilität und Originalität aufzugreifen und daraus höchst individuelle Geschichten zu erschaffen.« – »Ich will dir glauben« ist nach »Ich vergebe dir« der zweite Teil eines spannenden Falls um die Mailänder Kommissarin Maria Dolores Vergani.

Elisabetta Bucciarelli bei btb
Ich vergebe dir. Roman (74190)

Elisabetta Bucciarelli

Ich will dir glauben

Roman

Aus dem Italienischen
von Julika Betz

btb

Die italienische Originalausgabe erschien 2010 unter dem Titel »Ti voglio credere« bei Kowalski – Apogeo s.r.l., Mailand.

MIX
Papier aus verantwortungsvollen Quellen
FSC® C083411

Verlagsgruppe Random House FSC® N001967
Das für dieses Buch verwendete FSC®-zertifizierte Papier *Lux Cream* liefert Stora Enso, Finnland.

1. Auflage
Deutsche Erstveröffentlichung August 2013,
btb Verlag in der Verlagsgruppe Random House GmbH, München

Umschlaggestaltung: semper smile, München
Umschlagmotiv: semper smile, München
Satz: Uhl + Massopust, Aalen
Druck und Einband: CPI – Clausen & Bosse, Leck
SL · Herstellung: sc
Printed in Germany
ISBN 978-3-442-74436-7

www.btb-verlag.de
www.facebook.com/btbverlag
Besuchen Sie auch unseren LiteraturBlog www.transatlantik.de

»Zweifle an der Sonne Klarheit,
Zweifle an der Sterne Licht,
Zweifl', ob lügen kann die Wahrheit,
Nur an meiner Liebe nicht!«

Hamlet, II. Akt, 2. Szene

1

Zu Fuß erreicht sie die Brücke über den Viale Forlanini, einer lang gezogenen, dreispurigen Stadtautobahn, die vom Flughafen Linate bis zur Piazza del Duomo führt. Ein Willkommensgruß der Stadt, der Einheimische, Touristen und Pendler ins Zentrum Mailands trägt, am Stadtpark und den Landebahnen der Militärmaschinen vorbei. U-Bahn gibt es keine, nur eine Busverbindung. Die Lobby der Taxifahrer habe das zu verhindern gewusst, munkelt man. Die Fußgängerbrücke mit dem ungewöhnlichen violetten Anstrich ist nicht zu übersehen. So etwas wie eine Calatrava für Arme, die vor allem sonntags von den Bewohnern der dicht besiedelten Peripherie, samt Fahrrädern und Kinderwägen, für das Picknick im Grünen passiert wird.

Sie zog sich auf das rutschige Brückengeländer empor, blickte starr geradeaus und stürzte sich anschließend in die Tiefe. Kurz darauf prallte sie auf dem Boden auf. Einige Passagiere der Maschine Rom-Mailand, die sich gerade im Landeanflug auf Linate befand, wurden Zeugen des Vorfalls. Nach Aussage eines Autofahrers war zu besagtem Zeitpunkt niemand außer ihr auf der Brücke. Bisher geht die Polizei von Selbstmord aus.

So konnte man es in den Nachrichten hören.

Außerdem erfuhr man, dass es sich um eine sehr junge Frau handelte. *Vielleicht hat sie ja nur das Gleichgewicht verloren*, überlegt Hauptkommissarin Maria Dolores Vergani, während sie das Radio ausschaltet. Einige Nachforschungen wären schon noch nötig, um eine Antwort auf diese Frage zu erhalten. Doch dieses Mal war es nicht Aufgabe von Maria Dolores, für den leitenden Staatsanwalt zu ermitteln. Jemand anderes würde sich darum kümmern müssen.

2

Ein üppiges Bouquet blühender Callas steht in einer Vase auf dem Boden neben dem Sofa. Außerdem weiße Rosen und Margeriten. Fünf kleine Maiglöckchensträuße. Christrosen, Orchideen, Anemonen, Pfingstrosen. Tulpen. Magnolien, obwohl es nicht ihre Zeit ist. Ein Gemisch verschiedenster Düfte. Zarte, zurechtgezupfte Blütenblätter. Starre Stelen, von einem unsichtbaren Draht aufrecht gehalten.

Ich wiege weniger als fünfzig Kilo, bei einer Körpergröße von einem Meter fünfundsiebzig. Ich esse fast nichts. Schlafe so gut wie nie. Und bewege mich noch seltener. Der Sessel gibt kaum nach unter meinem Gewicht. Alleine durch die Tatsache, dass ich mich nicht vom Fleck bewege. Ich betrachte die vertrauten Bilder an der Wand. Bemerke die verschiedenen Farbschichten. Den Farbschleier. Die Abstufungen der einzelnen Grüntöne. Die verschiedenen Schattierungen des Schwarz. Im Kopf gehe ich alles noch einmal durch. Schritt für Schritt, von Anfang bis Ende. Der Zwischenfall hatte nicht länger gedauert als eine Zigarettenlänge. War es Zufall gewesen?

Jeder Blume liegt ein Grußwort bei. Ungelesen türmt sich der Stapel Briefumschläge auf dem Couchtisch des Wohnzimmers. Ich sollte sie öffnen. Mich wenigstens bedanken. Von meinem Sessel aus betrachte ich den Haufen. Es hat den

Anschein, als stammten sie alle aus dem gleichen Blumenladen. Einige Kuverts enthalten ein eng zusammengefaltetes Blatt Papier. Andere nur eine kleine Karte. Weißes, neutrales Papier. Der Stapel liegt in meiner Reichweite. Ich greife erst nach dem obersten Umschlag, dann auch nach den restlichen. Ich lege sie in meinen Schoß, als wollte ich sie darin wiegen. Ich zögere, schließlich öffne ich sie.

Ich zähle an die zwanzig Dankesgrüße. Die Namen paarweise, manchmal auch drei auf einer Karte. Kleine Zeichnungen. Ein Häuschen. Eine Familie. Ein Baum. Ein Herz. Andere weniger persönlich. Das blanke Weiß einer längst aufgekündigten Strenge, einer unerreichbaren Reinheit. Ich habe alle Zeit der Welt, um die Karten wieder zu verstauen. Jede einzelne in den dazugehörigen Umschlag.

3

Passiert war Folgendes: Langsam und sicheren Schrittes, die rechte Hand in der Hosentasche vergraben, ging ich bergauf. Der Wald begann sich langsam zu verändern. Der zunächst dichte Baumbestand wurde immer spärlicher. Hie und da öffnete sich der Wald zu einer Lichtung. Am Horizont Gipfel und Felsen. Ich war schon einmal hier gewesen, als ich unbefugt in einem Fall um Kindesmissbrauch ermittelte, woraufhin ich mich nachts mit schmerzendem, blutendem Kopf am Straßenrand wiederfand. Jemand hatte mir von hinten einen Knüppel übergezogen. Entgegen jeder Vernunft war ich noch einmal zurückgekehrt, um mir Gewissheit zu verschaffen. Für einen Spaziergang an einem Feiertag, außerhalb der regulären Dienstzeit.

Meine Finger in der Hosentasche umklammerten fest den Griff des Messers. Ich trage nie eine Waffe bei mir. Ein einfaches Taschenmesser von passender Länge genügt mir vollkommen.

Gemächlich stieg ich bergauf, den Blick geradeaus gerichtet. Da sah ich ihn. Ohne ihn wiederzuerkennen. Die Hand noch immer in der Hosentasche, löste sich die Arretierung des Messers. Die Klinge sprang heraus, durchstieß den Stoff entlang des Oberschenkels und hinterließ einen Schnitt in der Haut.

Lass dich vom Instinkt leiten, gebot ich mir selbst. Ich spürte den Schmerz und presste das kalte Metall gegen die Wunde. Noch ein paar Schritte, dann blieb ich stehen.

Er stand mir zugewandt, weiter oben am Hang, die Beine etwas versetzt. Mit seinen muskulösen Armen legte er in aller Ruhe sein großes Jagdgewehr an, stützte es an seiner Schulter ab, richtete den Lauf auf mich, nahm mich ins Visier. Niemand von uns beiden bewegte sich. Für einen kurzen Moment war um uns herum nichts als Stille. Dann plötzlich spannte sich der Körper des Mannes an wie ein Bogen. Der Bruchteil einer Sekunde, und ich hörte, wie sich ein Schuss löste.

Ich drehte mich um. Vielleicht um auszuweichen, vielleicht, weil ich ein Geräusch vernommen hatte. Ich drehte mich um. Vielleicht, weil ich dem Tod nicht ins Auge sehen wollte. Ich drehte mich um. Ein einziges Mal. Instinktiv. Und stach zu. Eine ungewohnte Bewegung. Ja, ich habe es getan. Ich zog meine Hand aus der Tasche und bohrte die Klinge des Messers tief ins Fleisch. Blut beschmutzte meine Hand. Ich habe gemordet. Jemanden umgebracht. Getötet. Aber wen?

Ich wusste nicht, wer hinter mir stand. Die Angst schien nur nach vorne gerichtet. Auf diesen Mann. Auf sein Gewehr. Hinter mir war Vergangenes. Meine Gedanken. Das Rascheln von Laub. Der Wind. Das Gefühl, angegriffen zu werden. Etwas, das ich abwehren musste.

So hat sich alles in meiner Erinnerung abgespielt. Aber ich bin mir nicht sicher, ob das die Wahrheit ist. Ich bin auf der Suche nach den Fakten. Ohne mich vom Fleck zu bewegen. Um frei entscheiden zu können. Um meine Schuldgefühle loszuwerden.

4

Hauptkommissarin Maria Dolores Vergani ist nicht da. Sie betritt nicht mehr wie sonst jeden Morgen das Mailänder Polizeipräsidium. Sie grüßt nicht mehr mit ihrem Croissant in der Hand, das ihre schwarze Kleidung mit Puderzucker bestäubt. Sie blickt nicht mehr herausfordernd und intelligent in die Augen ihrer männlichen Kollegen. Sie richtet kein Guten Morgen an Hauptkommissar Pietro Corsari und auch nicht an ihren treuen Assistenten Achille Maria Funi. Ihr Büro gibt es noch immer. Niemand will sich darum kümmern, das Zimmer auszuräumen, die wenigen Bilder von der Wand zu nehmen, die Bücherstapel und das Papier auf dem Schreibtisch wegzupacken. Sogar das Foto mit dem Schäferhund bewacht noch immer den leeren Bürostuhl. Oft klingelt sogar noch das Telefon, weil Anrufe versehentlich an sie durchgestellt werden. Zu sehr hat man sich an ihre Anwesenheit gewöhnt. So wie das mit manchen Menschen ist, die sterben oder fortgehen. Sie behalten dennoch ihren Platz. Unsichtbar, aus der Ferne. Als könne man sie von einem Moment auf den anderen wiedersehen, spüren, anfassen. Als kehrten sie wieder zurück.

Maria Dolores Vergani war von ihrem Amt als Hauptkommissarin suspendiert worden. Für sie war es bereits die zweite Suspendierung. Das erste Mal hatte man ihr die Approbation entzogen, kurz nachdem sie als Psychotherapeutin zu arbeiten begonnen hatte. Eine junge labile Patientin hatte ihr gegenüber die Absicht geäußert, ihren gewalttätigen Lebensgefährten töten zu wollen. Maria Dolores, überzeugt davon, alles unter Kontrolle zu haben, hatte ihrem Supervisor nichts davon erzählt. Doch die junge Frau hatte es ernst gemeint und ihre Worte in die Tat umgesetzt. Ob mangelnde Sorgfalt oder Hochmut, Maria Dolores musste in jedem Fall die Konsequenzen tragen. Mit einer Bewerbung bei der Polizei hatte sie einen Neuanfang gewagt und die Stelle ohne große Schwierigkeiten erhalten.

Nun jedoch hatte man sie ihres Amtes enthoben, weil man sie der vorsätzlichen Tötung beschuldigte. Nicht alles im Leben geschieht zufällig.

Zu oft hatte sie die eine oder andere, mal kleinere mal größere, Zuwiderhandlung begangen, die jenseits der Gesetzesgrenze lag. Immer wieder hatte sich in ihr mehr oder weniger perfektes Dasein ein Misston eingeschlichen. Der ihr neue Wege auftat, aber gleichzeitig auch wichtige Türen verschloss.

Zum Zeitpunkt ihrer Verhaftung war sie nicht im Dienst gewesen, und da ihr Gesundheitszustand äußerst kritisch war, hatte sie sich auf ihr Recht berufen, jegliche Aussage zu verweigern. Sie hatte auf der Krankenstation des Gefängnisses von Aosta gelegen und apathisch die Wände angestarrt. Dann hatte man sie nach Hause geschickt. Nicht zu sich, sondern zu ihren Eltern, wo sie nun unter Hausarrest stand. Ein Zugeständnis an sie, nachdem weder die Gefahr der Unterschlagung von Beweisen noch die der Verdunkelung bestand, ebenso wenig wie das Risiko eines Suizids. Außerdem ging es ihr alles andere als gut, und ihr körperlicher und psychischer Zustand verschlechterte sich von Tag zu Tag.

Man hatte sie handlungsunfähig gemacht. Ihr die Möglichkeit genommen, selbst zu ermitteln, zuzuhören, Fragen zu stellen und die Stunden des Tages mit jenen zu verbringen, die, wie sie, auf der Suche nach einem konkreten Motiv waren. Oder einem Sinn.

5

»Neunzehn Zähne. Besitzen wir denn überhaupt so viele?« Achille Maria Funi sitzt Hauptkommissar Pietro Corsari gegenüber. Zwei Männer, die in ihrem Äußeren nicht unterschiedlicher sein könnten, mit Gewohnheiten, die ihre Körper in entgegengesetzte Richtungen geformt hatten: Corsari besaß gestählte Muskeln, während sich unter Funis Hemd eine weiche Taille abzeichnete. Der eine bevorzugte Gel, um sein Haar zu bändigen, der andere kultivierte einen ungezähmten Wildwuchs. Corsari stand auf Parfum, Funi auf Körpergeruch. Den offenen Blick hatten beide gemeinsam sowie die Angewohnheit, keine unnützen Worte zu verlieren.

»Er hat ohne ersichtlichen Grund neunzehn Zähne gezogen. Sie waren nicht mal von Karies befallen«, kommentiert Funi die eingegangene Strafanzeige.

»Einfach so?«

»Komisch, was? Und nicht nur diesem armen Kerl, der Anzeige erstattet hat. Angeblich gab es in den letzten Jahren mehr als dreißig ähnliche Fälle, was zusammen Hunderte von Schneide –, Backen- und Eckzähnen ergibt.«

»Was Sie nicht sagen«, meint Corsari, ohne besonderes Interesse an diesen Erkenntnissen zu zeigen.

Funi, dem diese Gleichgültigkeit nicht entgeht, erwidert: »Manche Leute ziehen wirklich aus allem Profit, ohne die geringsten Skrupel. Wenn man nicht ständig aufpasst, wird man überall nach Strich und Faden betrogen.«

»Verstehen *Sie* eigentlich immer den wahren Grund, warum bestimmte Dinge getan werden?«, philosophiert Corsari.

»Nein.«

»Ich auch nicht.«

»Normalerweise vertraue ich Menschen«, kommt Funis etwas vorschnelle Antwort, während er überlegt, wie viel Vertrauen er so alltäglich sinnlos verschwendete. Dann fügt er hinzu: »Nach dem dritten Zahn hätte ich doch zumindest mal nachgehakt.« Er schluckt.

Corsari blickt auf und sieht ihn an. »Nachgehakt? Neunzehn Zähne, wir sprechen quasi von einem gesamten menschlichen Gebiss. Vielleicht handelt es sich ja um einen Masochisten, der sich jetzt als Betrugsopfer ausgibt.«

»Fünfzehn Jahre lang nichts als Masochisten, Herr Kommissar? Immerhin hat der angebliche Zahnarzt auf Nachfragen des Patienten die Notwendigkeit der Zahnentfernung mithilfe einer genauen Pathologie des Zahnfleisches nachgewiesen.«

»Und wo genau befindet sich jetzt unser lieber Herr Doktor?«, fragt Corsari.

»Drüben, er wartet.«

»Dann soll er mal schön warten.« Corsaris Blick kehrt wieder zu seiner Zeitschrift zurück, die er gelangweilt durchblättert.

Funi steht auf und will schon das Zimmer verlassen, als er sich noch einmal umdreht. »Er wartet allerdings schon eine ganze Weile, Herr Kommissar.«

Corsari antwortet nicht. Seine ganze Aufmerksamkeit ist auf ein bestimmtes Foto gerichtet. »Haben Sie das schon gesehen?« Er zeigt dem Polizisten die Seite mit einer Großaufnahme von Maria Dolores.

»Das erscheint jetzt überall. Wir müssen ihr dabei helfen, heil aus der Sache rauszukommen.«

»Was wir wirklich müssen, ist arbeiten. Der Fall mit dem Mädchen auf der Brücke ist auch noch nicht abgeschlossen.«

»Aber war das nicht Selbstmord?«, fragt Funi.

»Sie litt bereits seit Langem unter schweren psychischen Störungen. Am Abend zuvor ist sie aus der Klinik abgehauen, wie mir der behandelnde Arzt erklärt hat. Niemandem war ihre Abwesenheit aufgefallen, aber es war auch nicht das erste Mal. Sie hatte bereits einen Selbstmordversuch hinter sich.«

»Sie ist also aus der Klinik entwischt, um sich umzubringen?«

»So ungewöhnlich ist das nicht. Ihre Knochen hat es übrigens zerbröselt wie Salzstangen. Man könnte meinen, je weniger man wiegt, desto weniger kann man sich auch brechen. Stattdessen: knacks. Komplett zerlegt.« Dann folgt sein zynisches Fazit: »Endlich hat sie es geschafft.«

Funi blickt Corsari stirnrunzelnd an.

»Erwarten Sie von mir nicht, dass ich den Scheinheiligen spiele«, kontert Corsari. »Wer zum Schöpfer will, soll gehen. Ich sehe keinen Grund, jemanden davon abzuhalten.«

Etwas undifferenziert und aus dem Zusammenhang, aber klar auf den Punkt gebracht.

6

Der Mann wirkt alles andere als aggressiv. Er ähnelt weder einem Schlächter noch einem Nazischergen. Er hat schlanke Hände mit gepflegten Fingernägeln. Von zierlicher Statur, blass und mit glattem, schütterem Haar, schaut er sein Gegenüber durch seine schmal umrandete, geputzte Brille mit offenem Blick an.

»Was haben Sie sich eigentlich dabei gedacht?« Pietro Corsari lässt sich bei seiner ersten Frage vom Instinkt leiten.

»Das ist so eine Leidenschaft von mir. Schon immer«, antwortet der Mann.

»Leidenschaft?«, klinkt sich Funi ein. »Zähne aufs Geratewohl herausreißen, bezeichnen Sie als Leidenschaft?«

»Was heißt hier aufs Geratewohl? Die waren alle kaputt. Ich musste sofort handeln«, verteidigt er sich gekränkt.

»Die Patienten haben zu Protokoll gegeben, dass sie Zweifel an der Notwendigkeit einer Prothese geäußert haben.«

»Ich berufe mich auf die Studien eines renommierten chinesischen Professors, der diese Art von Prothese entwickelt und eingesetzt hat. Sie sind leicht, äußerst flexibel und extrem effektiv.«

»Sie meinen die Gebisse, die Sie etwa dreißig Patienten eingesetzt haben, die kurz zuvor noch all ihre gesunden Zähne im Mund hatten? Gebisse, die, wie es scheint, schon nach einigen Monaten brüchig wurden? Was um Himmels willen ist denn in Sie gefahren?«, versucht Funi es auf der persönlichen Schiene.

Während Pietro Corsari die Strafanzeigen durchblättert, kann er sich nur schwer ein Grinsen verkneifen. »Dieser hier zum Beispiel. Fünfundvierzig Jahre und keinen einzigen Zahn mehr im Oberkiefer. Sie sind wirklich ein Pfuscher.«

»Ich möchte mit meinem Anwalt sprechen.«

»Gut. Und lassen Sie sich von ihm auch gleich erläutern, was Sie erwartet«, merkt Funi an.

»Ich weiß selbst, was für mich auf dem Spiel steht, aber das macht mir keine Angst. Ich kann beweisen, dass diese Zähne über kurz oder lang von selbst ausgefallen wären. Die Patienten kamen zu mir in dem Wissen, dass ich spezielle Prothesen einsetze. Ich habe eine Diagnose erstellt, und sie haben ihr Einverständnis gegeben.«

Keine Narben, keine amputierten Gliedmaßen. Im Gegenteil. Die Patienten waren vor und nach dem Eingriff fotografiert worden, und das Ergebnis war in der Tat erstaunlich.

»Eine letzte Sache noch«, meldet sich Funi noch einmal aus reiner Neugier. »Was haben Sie eigentlich mit den ganzen Zähnen gemacht?«

»Das geht Sie nichts an«, lautet seine schnippische Antwort, und etwas Unausgesprochenes bleibt im Raum zurück.

7

Pietro Corsari ist groß gewachsen, besitzt Charme und ein gepflegtes Auftreten. Er strahlt eine gewisse Distanziertheit aus, die ihn umso anziehender macht. Er hat sich nie wirklich anstrengen müssen. Intelligent, zielbewusst, mit jenem Habitus des Perfektionisten, der bei manchen Menschen Teil des Erbguts zu sein scheint. Glaubt man Maria Dolores Vergani, gehört Mode nicht gerade zu seinen Stärken. Aber nicht etwa, weil es ihm an Geschmack fehlen würde. Schuld daran war vielmehr seine einzige wirkliche Schwäche: möglichst wenig Aufsehen um sein Äußeres zu machen, aber immer im Bewusstsein dessen, dass die Natur es mit ihm mehr als gut gemeint hat. Auch, und vor allem, durch seine Redegewandtheit. Sein Philosophiestudium hat ihm vermutlich dabei geholfen, Dinge kritisch zu hinterfragen. In anderen Bereichen hingegen war er eher denkfaul. Etwas besteigen gehörte zu seinen größten Leidenschaften: ob im Reitsport (Pferde), im Motorsport (Motorräder, die er in allen möglichen Ausführungen besaß) oder in zwischenmenschlichen Belangen (Frauen). Seine neueste Eroberung war etwas zu jung, zu osteuropäisch und zu willig. Zeitgleich hatte seine Lebensgefährtin endlich gehandelt und die über zwanzigjährige Dauerbeziehung mit ihm beendet. Perfektes Timing.

Das Interregnum des Singledaseins, das ihm von den Ereignissen aufgezwungen worden war, nutzt Corsari dazu, Frauen kennenzulernen, zu treffen und zu vögeln. Ohne die geringste Absicht, etwas an seiner Situation zu ändern. Ein heikler Zeitpunkt, denn das Beste könnte ausgerechnet in dem Moment vorüberziehen, in dem man es am allerwenigsten erwartet. Aber was, wenn man nicht einmal offen dafür ist, es zu bemerken? Oder man gerade blind vor Rache alles zerstört, was einem zu nahe kommt – im Namen eines abgestandenen Schmerzes, mit dem man sich noch immer nicht ausgesöhnt hat?

Corsari betritt früher als gewöhnlich und unrasiert das Präsidium. Ohne einen Kaffee zu trinken, verschwindet er sofort im Bad. In dem Schränkchen mit dem metallenen Namensschild findet er alles, was er braucht: einen alten Rasierer mit Doppelklinge, Vetiver Rasierschaum und das entsprechende Aftershave dazu. Er schaltet das kleine Kofferradio ein, das bereits auf eine dieser seichten Morgensendungen eingestellt ist, schüttelt die Sprühdose und streicht die dichte, weiße und duftende Schaumwolke gleichmäßig auf seine Wangen. Systematisch beginnt er sich das Gesicht zu rasieren, immer von innen nach außen, wobei er beim ersten Durchgang den Mund- und Nasenbereich ausspart. Hals und Kinn kommen ganz zum Schluss dran. Während er sich im Spiegel betrachtet, denkt er an die Hände seines weiblichen Barbiers, eine der wenigen Frauen in Mailand, die diesen Beruf ausüben. Schlanke, entschlossene Hände. Jemand klopft an die Tür, doch er antwortet nicht. Kurz darauf ertönt eine energische Stimme: »Herr Kommissar, Sie werden am Telefon verlangt.« Corsari blickt auf die Uhr. Sieben Uhr dreißig, eine Stunde noch bis Dienstbeginn. Knurrend rasiert er sich zu Ende, säubert sein Gesicht mit Wasser nach und trocknet es ab. Schließlich verlässt er, gelöst und wohlriechend, das

Bad, um in seinem Arbeitszimmer den Anruf entgegenzunehmen.

»Corsari«, meldet er sich und drückt den Hörer gegen sein Ohr.

»Hallo?« Die Leitung wird unterbrochen.

»Wer war das?«, brüllt er der Dame von der Vermittlung über den Gang zu.

»Ich weiß es nicht. Es war eine Männerstimme.«

Ein weiteres Mal klingelt das Telefon. Corsari hebt ab und lauscht in den Hörer. »Hört sich an, als wäre es nichts Dramatisches. Ich schicke Ihnen später jemanden vorbei, in Ordnung?« Dann legt er auf, denkt kurz nach und ruft nach Funi.

»Gehen Sie zu dieser Adresse. Überprüfen Sie, was da los ist, und schauen Sie sich ein wenig um.«

»Soll ich alleine hingehen?«, fragt Funi und nimmt den Zettel mit den Notizen entgegen.

»Ja«, antwortet sein Vorgesetzter.

»Ich habe übrigens mit Hauptkommissarin Vergani gesprochen. Sie lässt Ihnen schöne Grüße ausrichten.«

Corsari nickt stumm. Doch Funi hat gelogen. Seit einigen Tagen schon konnte er sie nicht mehr erreichen, und er befürchtet, dass niemand außer ihm freiwillig diese Bürde übernehmen wollte. Dass niemand nachvollziehen konnte, in welchem Sumpf Maria Dolores Vergani gerade im Begriff war zu versinken. Also täuschte er einfach vor, in Kontakt mit ihr zu stehen, und heuchelte Gelassenheit und Teilnahmslosigkeit. Er versuchte, eine Verbindung aufrechtzuhalten, auf die nur wenige im Präsidium wirklich Wert legten.

Pietro Corsari bezog zu dem Ganzen keinerlei Stellung. Er hatte bisher noch kein einziges Mal klar seine eigene Meinung geäußert. Und es war nicht einmal daran zu denken, ihn irgendwie dazu zu bewegen.

8

»Mir geht es gut, danke.«

»Brauchst du etwas? Ich wollte sowieso gerade einkaufen gehen. Wenn du willst, bringe ich dir das Nötigste vorbei.«

»Das hast du mich doch schon vor einer Stunde gefragt, Mama. Ich brauche nichts.«

»Wenn dir trotzdem noch was einfällt, ruf mich an.«

»Danke, aber ich habe alles da. Du hast doch gestern erst für mich eingekauft.«

»Wann triffst du denn diesen Anwalt?«

»Ich lass es dich wissen, Mama. Mach dir nicht zu viele Gedanken. Bis später.«

Ich habe gelogen. Es geht mir nicht gut. Ich finde keine passenden Worte für den Gefühlszustand, in dem ich mich befinde. Ich weiß nur, dass er mich erdrückt. Ich versuche, mich still zu verhalten, mich so wenig wie möglich zu bewegen. Ich höre auf meinen Atem, um das Tempo zu drosseln, mit dem er sich von allein bewegt. Ich entspanne meine Gesichtszüge, löse meine verkrampfte Mimik. Meine Augen fixieren einen Punkt, dann schweifen sie wieder ab. Ich schalte den Fernseher ein, höre Worte und sehe Gesichter an mir vorüberziehen. Ich spreche wenig und habe wieder zu rauchen begonnen. Meine Finger riechen nach Nikotin. Um meinen

Mund gibt es wahrscheinlich ein paar Falten mehr. Daran will ich gar nicht denken.

Ich nehme nur Anrufe am Festnetz entgegen. Der Klingelton ist auf leise gestellt, ich kann ihn kaum hören. Zu Hause rufen mich nur wenige Leute an: meine Mutter, ein paar Freundinnen, Anwälte und noch einige andere. Mein Diensthandy wurde bei meiner Verhaftung von der Polizei beschlagnahmt. Mein privates Handy habe ich seit Monaten nicht mehr angeschaltet, nachdem ich mit Anrufen bombardiert worden war. Mir war nicht klar gewesen, wie viele Leute eigentlich meine Nummer hatten. Das Nutzlose, der Überfluss stürzt über einen herein, wenn man eigentlich nach dem Wesentlichen sucht.

Ich begreife jetzt erst die rettende Wirkung, die Verwirrtheit haben kann. Alles verschwindet hinter einem schützenden Nebel. Oder vielleicht ist es nur der Zigarettenrauch. Eine Schachtel am Tag, von der mir übel wird und die mich zum Schlafen zwingt. Genau das Gegenteil von dem, was sie eigentlich bewirken sollte. Ich ertrage meine Gedanken nur, wenn sie stillstehen.

9

Der liebe Herr Doktor scheint etwas ins Schwitzen zu geraten, behält dabei nichtsdestotrotz eine sachliche Miene. Keine fahrigen Gesten, kein Wort zu viel. Der Beruf formt gewöhnlich den Menschen. In diesem Fall jedoch war seine psychische Konstitution das Augenfälligste: kühl und mit einer extremen Selbstbeherrschung, ohne das Gebaren eines Schwätzers.

Ihm zur Linken sitzt sein gut siebzigjähriger Anwalt, der eine wunderschöne, seinem Alter entsprechende Zahnprothese zur Schau trägt.

»Was haben Sie mit all den gezogenen Zähnen gemacht?«, fragt Funi, während sich Corsari die aktuellsten Strafanzeigen durchsieht.

»Mein Mandant ist zu keiner Stellungnahme verpflichtet. Was soll diese Frage überhaupt?«, entgegnet der Anwalt, vielleicht in Gedanken bei seinen eigenen echten Zähnen.

»Eine Frage wie jede andere auch. Wissen *Sie* denn, was aus Ihrem natürlichen Gebiss geworden ist?«, kontert Funi herausfordernd.

»Diese Frage habe ich mir nie gestellt«, antwortet der Anwalt. »Ich gehe davon aus, dass sie auf dem Müll gelandet sind.«

»Ist das so?«, bohrt Funi nach und blickt dem Zahnbrecher fest in die Augen, der alles andere als überzeugend mit dem Kopf nickt.

»In Ordnung. Wir werden ihn später schon noch zum Reden bringen. Wie viel verlangen Sie denn so pro Implantat?«, fährt Funi fort, um fehlende Einzelheiten in den Ermittlungsakten zu ergänzen.

»So gut wie nichts«, antwortet der Anwalt.

»Ungewöhnlich«, meint Corsari und hebt seinen Kopf.

»Ein minimaler Betrag, verglichen mit der Arbeit, die mein Mandant ausführt«, ergänzt er.

»Und bald nie wieder ausführen wird«, entfährt es Funi, ganz gegen die üblichen Regeln.

»Tun wir mal so, als hätte ich diese Anspielung nicht gehört. Für den Moment zumindest. Darf ich Sie daran erinnern, dass Ihre Aufgabe darin besteht, die Wahrheit herauszufinden und nicht etwa Anklage zu erheben«, so die trockene Bemerkung des Anwalts.

»Von welcher konkreten Summe sprechen wir?« Corsari spart die unangenehmen Dinge für später auf und fährt mit der Befragung fort.

»Hundertfünfzig Euro pro Prothese. Stimmt doch, oder?« Das Wort führt noch immer der Verteidiger, der seinen Mandanten nun direkt ansieht. Der Zahnarzt nickt.

»Dann wäre also die nächste Frage, wie ein solch lächerlicher, ja, ich würde fast sagen abwegiger Betrag für eine zahnärztliche Leistung zustande kommt«, treibt Corsari ihn in die Enge. Nicht alles ist so einfach, wie es auf den ersten Blick scheint.

»Es handelt sich um Produkte einer Versuchsreihe«, erläutert der Anwalt etwas beiläufig.

»Das werden wir genauer überprüfen«, beendet der Hauptkommissar das Verhör, in Gedanken bereits mit der Frage beschäftigt, wohin er Funi für die nächsten Ermittlungen schicken könnte. Vorher hält er ihm jedoch wegen seiner unpassenden Bemerkung noch eine Standpauke: »Der Anwalt hat recht. Machen Sie sich auf eine Beschwerde beim Staatsanwalt gefasst. Vorgefertigte Meinungen, ob im positiven oder negativen Sinn, haben bei unserer Arbeit nichts zu suchen. Merken Sie sich das.« Und damit meinte er auch die Ermittlungen im Fall der Hauptkommissarin Vergani.

10

»Kann ich Ihnen behilflich sein?«, fragt Funi und blickt freundlich in die Augen eines jungen Mannes, der allein in den Gängen des Polizeipräsidiums umherirrt.

»Danke«, antwortet dieser ruhig und streckt dem Polizisten zur Begrüßung seine Hand entgegen. »Ich heiße Angelo Fazi und hätte gerne Kommissarin Vergani gesprochen.« Er hat klare Augen und feines blondes Haar, das aus der Kapuze seines blauen Sweatshirts hervorlugt.

»Sie ist nicht im Haus.«

»Kann ich hier auf sie warten?«, fragt der Junge.

Liest der eigentlich keine Zeitung?, denkt Funi bei sich, entschließt sich dann aber zu einer anderen Antwort: »Sie wird noch für eine ganze Weile nicht im Präsidium anzutreffen sein. Vielleicht kann ich Ihnen ja weiterhelfen?«

»Es handelt sich um nichts Berufliches, ich möchte sie einfach nur so sprechen. Ich kenne die Kommissarin schon seit einigen Jahren. Es geht um etwas Privates. Wären Sie so freundlich und könnten mir ihre Telefonnummer geben?«

»Lassen Sie mir doch Ihre da, dann werde ich sie weiterleiten.« Der Junge nennt seine Nummer, und Funi notiert sie. Er wird sein Versprechen halten. Ein guter Vorwand, um bei ihr anzurufen. Ein Telefonat, dem am gleichen Tag noch weitere folgen.

»Ja, Frau Kommissarin. Er meinte, er würde Sie seit Jahren kennen. Er hat mir seine Telefonnummer dagelassen. Er heißt Angelo.«

»Danke, Funi. Und wie geht es Ihnen?«

»Gut. Wir freuen uns alle, Sie bald wieder im Präsidium zu haben. Wissen Sie schon, wie lange sich das Ganze noch hinzieht?«

»Nein, ich weiß nichts Genaues. Ich halte Sie auf dem Laufenden. Gute Arbeit noch«, beendet sie das Gespräch.

»Ihnen auch noch einen schönen Tag.«

11

Der Jäger, der auf die Frau im Wald geschossen hat, heißt Saverio. Er hatte eigenmächtig Erkundungen angestellt und war bereits mehrere Male bis zu besagter Stelle vorgedrungen. Auf der Suche nach Antworten. Er hatte die Frau früher schon einmal gesehen und war ihr gefolgt. Er hatte sie beschattet und dann eins und eins zusammengezählt.

Ich bin mir fast sicher, dass es so gewesen sein muss. Aber er hat diese Version nicht erzählt, hat sie komplett unterschlagen und etwas ganz anderes behauptet. Er hat nicht ausgesagt, dass er der Vater des kleinen Antonio ist, eines der misshandelten Kinder. Aus einem einfachen Grund, um sein Kind zu schützen. Er hatte keine der Misshandlungen zur Anzeige gebracht. Nie Gerechtigkeit verlangt. Gerechtigkeit. »Kennen Sie denn eine Strafe, die einer solch grausamen Tat angemessen wäre?«, wollte er von mir wissen.

Ich hatte keine Antwort auf seine Frage gehabt. Vor mir tauchen noch einmal die Gesichter der Eltern auf. Ihre Blicke, die alle auf mich gerichtet waren. Niemand, außer ihnen, weiß, dass ich und Saverio uns schon einmal gesehen haben. Niemand von ihnen hat um eine Zeugenaussage gebeten. Auch der Vater von Arianna, des zuletzt entführten Mädchens, wusste es. Aber auch er schwieg.

Die Carabinieri von Aosta spielten die Tatsache, dass ich

unbefugt ermittelt hatte, herunter. Sie bestätigten nur, dass ich Don Paolo kannte, den Priester der Gemeinde von Valle, der sich kurz zuvor erhängt hatte, und dass ich bereits als Kind regelmäßig meine Ferien dort in den Bergen verbracht hatte. Und dass ich mich über den Verlauf der Ermittlungen erkundigt hatte. Weiter nichts.

Ich und Saverio, wir kannten uns also. Doch keiner von uns beiden hat das je erwähnt.

12

»Maria Dolores, ich werde Sie zwar mit Ihrem Vornamen anreden, aber weiterhin siezen. Ich möchte eine strikte Trennung zwischen Privatem und Beruflichem, zumindest bis zum Abschluss des Prozesses.« Mein Anwalt verkündet seine Absichten gleich vorneweg und schätzt mich sichtlich falsch ein.

Ich antworte ihm ebenso unverblümt: »Sie können auf der Stelle wieder gehen. Mir ist egal, ob Sie der Beste von allen sind. Ich werde gesiezt, und zwar mit Nachnamen, und Sie bleiben mir weg.«

Der Anwalt greift nach seiner schlichten schwarzen Ledertasche und erhebt sich vom Sofa. Entschiedenen Schrittes steuert er auf die Wohnungstür zu, gefolgt von meiner Freundin Marta, die als Richterin arbeitete. Sie war es gewesen, die darauf gedrängt hatte, ihm meinen Fall zu übertragen. Die beiden verband eine längst vergessene Bettgeschichte, und die Option auf Beischlaf war nun offenbar direkt an mich weitergereicht worden.

Sie versucht ihn zurückzuhalten. »Nun komm schon. Maria Dolores ist ein wenig durcheinander, das Ganze ist nicht leicht für sie. Am besten wir legen gleich zu Beginn einige Grundregeln fest, um Missverständnisse zu vermeiden und besser miteinander auszukommen.« Dann richtet sie ihren

Blick auf mich. »Doris, Max Nagel ist der beste Anwalt, den du finden kannst. Er hat für dich in kürzester Zeit den Hausarrest erwirkt. Versuch mal, nicht ganz so streng zu sein. Wo bleibt dein Sinn für Ironie?«

Wo früher Ironie war, hatte sich nun Sarkasmus Platz gemacht, der sich gegenüber gewisser, nicht weniger, Vertreter der menschlichen Rasse in blanke Abneigung verwandelte. Marta hat im Grunde recht. Nagel hatte geschickt verhandelt und den Richter davon überzeugt, dass eine Untersuchungshaft unverhältnismäßig sei. Es war ihm gelungen, in knappen, treffenden Worten meine Person zu umreißen.

»Sie ist nicht vorbestraft, eine Kommissarin mit tadelloser Vergangenheit – was das Risiko einer wiederholten Straftat einschränkt –, sie ist nach dem Vorfall nicht geflohen, und eine Fälschung der Beweismittel wäre äußerst schwierig.«

Bei mir handele es sich um einen »einfachen Fall«. Es gebe weder Zeugen, die sich bestechen ließen, oder Waffen, die man verschwinden lassen könne, noch Spuren zu verwischen. Mein Verteidiger plädierte auf Freispruch. Der Richter hielt allerdings aufgrund der Schwere der Umstände am Hausarrest fest, weil ich von meinem Schweigerecht Gebrauch gemacht hatte und weil trotz allem weiterhin der Verdacht auf vorsätzliche Tötung bestand. Zudem war ich zum Zeitpunkt des Geschehens nicht dienstlich vor Ort gewesen.

Auch Saverio, gegen den wegen derselben Straftat ermittelt wurde, hat einen Hausarrest erwirken können, allerdings mit einem anderen Anwalt, flüstere ich Marta leise ins Ohr. Sie wendet ein, er habe, im Gegensatz zu mir, auch sofort eine Aussage gemacht. Dann gibt sie mir ein Zeichen, besser still zu sein. Aber ich lasse nicht locker. »Sehe ich vielleicht wie jemand aus, den man besser hinter Schloss und Riegel steckt?«

Sie wiegt ihren Kopf hin und her, was so viel heißen soll

wie »Bei dir kann man sich nie sicher sein«. Und ich kann nicht umhin zuzugeben, dass es unter diesen Umständen nur eine einzige Person an meiner Seite gibt, die bereit wäre, ihre Hand für mich ins Feuer zu legen, und die ich genau dafür bezahle: meinen Anwalt.

Max Nagel. Sein Name war Programm. Schnell, zielgenau und effizient. Gerissen und scharfzüngig, wenn es der Moment erforderte. Ein moderner Superheld. Honorare von schwindelerregender Höhe und ein auf seinen Namen reserviertes, luxuriöses Zimmer in einem Fünf-Sterne-Hotel, falls noch ein Bonus dazukam. Ich mustere ihn mit Abstand und kann das klebrige Gel seiner pomadigen Haare förmlich an meinen Fingern spüren. Am liebsten würde ich seinen Kopf packen und unter einen Wasserhahn halten. Er legt eine Ruhe an den Tag, die den Schönen, Reichen und Berühmten vorbehalten ist. Ob Ironie oder Arroganz ist schwer zu unterscheiden. Er wäre genau mein Typ, das kann ich nicht bestreiten. Doch nicht jetzt und nicht hier. Im Gegenteil: Seine Selbstsicherheit, die ich in diesem Augenblick so sehr vermisse, stößt mich regelrecht ab. Ich beneide ihn darum und hasse ihn umso mehr. Aus einer schlichten Notwendigkeit heraus, habe ich meine Antipathie ihm gegenüber beiseitegelegt und ihn als meinen Verteidiger akzeptiert.

Eine Minute lang bleibt er noch stehen, mit dem Rücken zu mir gewandt, dann dreht er sich um und kommt auf mich zu. Er will bleiben, das habe ich begriffen. Er weiß, dass eine Menge Leute meinen Prozess verfolgen werden, was ihm eine entsprechende Plattform bieten würde. Ein Missbrauchsfall mit Bilderbuchurteil. Ein als Notwehr getarnter Racheakt, der durch die Komplizenschaft einer ehrbaren Kriminalbeamtin vollendet werden konnte.

Er schaut mich an, und ich begreife, dass er an etwas anderes denkt. Das ist mir nicht entgangen. Jetzt hat er auch mich dazu gezwungen, an etwas anderes zu denken. Aber ich habe keinen Kopf dafür. Und vor allem keine Lust. Ohne mich anzublicken, öffnet er seine Aktentasche, zieht ein Papier hervor. »Also, noch einmal von vorne. Das ist die Erklärung, die der andere Beschuldigte bei seiner Verhaftung zu Protokoll gegeben hat und deren Gültigkeit bestätigt wurde.«

Der andere Beschuldigte, sagt er. Der andere, neben mir. Beschuldigt. Der Tötung beschuldigt. Manchmal sage ich das laut vor mich hin. Ich werde der vorsätzlichen Tötung einer Frau beschuldigt. Meine Aufmerksamkeit kehrt wieder zu Nagel zurück, der aus dem Schriftstück laut vorliest: »*An jenem Morgen bin ich früh aufgestanden, um in den Wäldern von Challand jagen zu gehen. Ich kenne das ganze Gebiet wie meine eigene Westentasche und vor allem diese Gegend dort. Ich begegnete kaum Tieren, daher hatte ich mein Gewehr auch noch nicht angelegt. Länger als eine Stunde streifte ich durch den Wald und befand mich auf Höhe der Minen, als ich das Geräusch von raschelndem Laub etwas unterhalb von mir vernahm. Ich dachte sofort an eine Beute und blieb reglos stehen. Dann sah ich die Silhouette eines Menschen den Berg hinaufsteigen. Ich hielt Ausschau, ob es sich vielleicht um einen meiner Jagdfreunde handelte, erkannte stattdessen jedoch eine Frau, die ich zuvor bereits des Öfteren in unserem Dorf gesehen hatte: Hauptkommissarin Vergani. Ich wollte warten, bis sie näher kam, um sie zu grüßen. Ohne viel Lärm zu machen, der Tiere wegen. Dann verlor ich sie jedoch hinter Felsbrocken und Bäumen wieder aus den Augen. Ich ging ihr ein Stück entgegen, doch als sie wieder in mein Blickfeld trat, war sie nicht mehr allein. Hinter ihr, etwas unterhalb versetzt, kam eine zweite Gestalt den Berg hinauf, in der ich die Haushälterin von Don Paolo wiedererkannte. Während ich noch zu er-*

kennen versuchte, ob sie es wirklich war, bemerkte ich plötzlich, wie sie sich von hinten der Kommissarin näherte, beide Hände um deren Hals legte, im Begriff, sie zu erwürgen. Sie war größer und kräftiger als die Kommissarin. Sie hätte sie ohne Weiteres töten können. Deswegen habe ich auf sie gezielt und geschossen.«

Alles gelogen, frei erfunden, abgewandelt und verändert, was mein Topverteidiger da gerade vorgetragen hat. Die falsche Zeugenaussage meines Leidensgefährten. Das klägliche Produkt seiner Phantasie, um schadlos aus der ganzen Sache herauszukommen.

»Mit dieser Aussage wird sein Anwalt auf Notwehr plädieren«, fügt Nagel ergänzend hinzu. »Wollen Sie mir nicht endlich Ihre Version des Tathergangs erzählen?« Mit bohrendem Blick sieht er mich an, als stünde ich schon jetzt vor Gericht.

Ich schaue zu Marta und frage mich, ob es Sinn macht, dass sie noch bleibt. »Es ist besser, du gehst jetzt.«

Sie erhebt sich und, indem sie mir ein Zeichen macht, sitzen zu bleiben, beugt sie sich zu mir herab und gibt mir einen Kuss. »Hör auf ihn, Doris. Bitte. Und tu, was er sagt. Wir hören uns später.«

Sobald wir alleine sind, ändert sich sein Ton. »Jetzt mal von Anfang an.«

13

Funi ist indes in San Siro eingetroffen. Eine frische Brise weht durch die Stadt und trägt aus dem nahen Hippodrom das Wiehern von Pferden herüber, was dem Stadtviertel schon fast einen ländlichen Charakter verleiht. Ein tiefblauer Himmel spannt sich über die Dächer. Alles ist ordentlich, die Straßen sauber, die Häuser gepflegt. Die Gärten mit ihren Zierbäumen sind noch grün. Funi sucht nach der Adresse. Via dell'Ippodromo, da ist es. Ein Tor verdeckt die Sicht auf den Garten, aber zwischen zwei Büschen erhascht er einen Blick auf die Jugendstil-Fassade des Hauses, einige freilaufende Hunde und noch etwas anderes, Undefinierbares.

»Guten Tag«, grüßt der hochgeschossene, hagere Mann. Er pfeift die Wachhunde zurück und schließt das Seitentor auf.

»Kommen Sie doch rein.« Dann geht er den Weg zum Haus voraus. Funi folgt ihm schweigend und sieht sich im Garten um. Nach einigen Schritten bleibt der Mann stehen. »Da sind sie. Als wir heute Morgen aufgewacht sind, haben wir unseren Garten in diesem Zustand vorgefunden.«

Der Rasen ist auf Millimeter genau getrimmt. Einige Rosensträucher lassen schon Knospen erkennen, und das Grün der Heckenumpflanzung ist von Blüten weiß gesprenkelt. Etwas abseits im Garten sind drei riesige, aufrecht stehende Kreuze in den Boden gerammt. Alle drei aus schwerem dunklen Holz. Drei Meter hoch und etwa zwei Meter breit. Funi schweigt. Durch Fragen versucht er, sich dem Rätsel zu nähern: *Kunstobjekte? Fremdartige Skulpturen?* Ihm fällt auf, dass die Mulden unter den Kreuzen noch frisch sind und kleine Erdhaufen und Grasschollen um den Sockel herumliegen. Er verwirft den Gedanken, es könne sich hier um ein exzentrisches Kunstobjekt handeln. »Wann sind Sie zu Bett gegangen?«, beginnt er, während er nebenbei abzuschätzen versucht, welchen Kraftaufwand das Aufstellen derartiger Kreuze gekostet haben muss.

»Gegen eins. Wir haben mit Freunden Bridge gespielt, und danach ist jeder wieder zu sich nach Hause gegangen.«

»Und Sie haben in der Nacht nichts gehört? Kein Geräusch?«

»Nein, nichts. Wir nehmen immer ein Schlafmittel, bevor wir zu Bett gehen. Nicht einmal das Bellen der Hunde haben wir gehört.«

»Werden sie denn nicht angekettet?«

»Nein. Aber sie tun nichts. Sie sind keine Wachhunde. Sie bellen, aber beißen nicht. Daran ist meine Frau schuld.« Er setzt ein höfliches Lächeln auf.

»Ich hätte auch gern mit ihr gesprochen. Ist sie zu Hause?«

»Natürlich. Kommen Sie. Möchten Sie Kaffee?«

Schöne Kreuze, denkt Funi bei sich, ohne den Blick von ihnen zu lassen. Erhaben, makellos. Er denkt an ihre ursprüngliche Bedeutung, während er nun in die Förmlichkeit und den Glanz einer weit in die Vergangenheit reichenden, vornehmen Bourgoisie eintaucht. Er konnte das am nüchternen Geschmack und den eleganten Umgangsformen erahnen, die im Zeichen der Tradition gepflegt und über mehrere Generationen hinweg angesammelt worden waren. Eine bestimmte menschliche Kategorie, die nicht von heute auf morgen aus schnellem Reichtum entstanden, sondern von der Zeit vollendet und geschliffen worden war wie sanfte Wellen, die einen Felsen umspülen.

Im Haus herrscht ein angenehmer Geruch. Die Zimmer waren am Morgen bereits gelüftet worden, antike, frisch gewachste Möbel verströmen ihren Duft. Eine leichte Note von würzigem Tabak hängt im Raum, und, wie man in einer Vitrine unschwer erkennen kann, verfügt der Hausherr über eine ganze Sammlung an Pfeifen. Funis Blick fällt auf ein geschnitztes Modell aus weißem Meerschaum.

Die Hausherrin ist eine attraktive Frau, auch sie schlank und hochgewachsen. Sie ist in einen knielangen grauen Rock und eine blaue Strickweste gekleidet, ihre ergrauten Haare sind zu einem vollen Pagenkopf frisiert. Ihre großen blauen Augen hat sie durch einen leichten Lidstrich betont. Hinter ihr hängt eine Schwarz-Weiß-Fotografie, die sie jung und schön, mit einem Kind auf dem Arm und einem Hund an der Leine, zeigt. Sehr schön. Eigentlich sind alle schön, das Kind, der Hund, sie. Die Frau streckt Funi ihre schlanke Hand entgegen, an der sie drei einfache goldene Ringe trägt, und begrüßt ihn mit einem festen Händedruck.

»Guten Tag, ich heiße Celeste. Der Kaffee kommt sofort. Wollen Sie sich nicht setzen?« Sie macht eine Handbewegung in Richtung des Stuhls, den ihr Mann vom Tisch wegrückt. Alles hat einen Bezug zu einer Epoche, ist ein Stück Geschichte. Ein Stück Kunst oder Weisheit. Nichts ist einfach nur ein bloßer Haushaltsgegenstand.

Funi setzt sich, und aus jener Gewohnheit, die er von Maria Dolores übernommen hat, mustert er jedes Detail im Raum. *Wäre sie jetzt hier, hätte sie schon längst ihre Schlüsse gezogen.*

Natürlich würde Maria Dolores Vergani es verstehen, aufgrund des Stiles auf eine bestimmte Denkweise zu schließen, die Formen zu einer psychologischen Synthese zu fügen. Funi weiß, dass er dazu nicht in der Lage ist, aber er erinnert sich auch, dass die Kommissarin ihn immer auf seine zwei größten Talente hingewiesen hatte: seinen Instinkt und seine bohrenden Fragen. Und so schiebt er die ästhetisch-rationalen Überlegungen beiseite und setzt von Neuem zu einer Frage an. »Ist das Ihr Sohn?«, will er wissen und zeigt auf das Foto.

»Ja«, antwortet der Mann. »Giacomo. Er ist in London, aber er kommt am Sonntag wieder zurück.«

Das Kaffeeservice steht auf dem Tisch, und die uniformierte Hausangestellte lächelt Funi zu. Er lächelt zurück. Hübsch, jung, zart. Die Hausherrin beginnt bedächtig, jedes einzelne Stück vom Silbertablett zu nehmen und auf dem Tisch anzuordnen. Sie gießt den Kaffee in die Tassen, fragt ihn nach Zucker, deutet auf das Milchkännchen. Der Polizist folgt wie hypnotisiert ihren Bewegungen. Eleganz lässt ihn nicht gleichgültig. Er bedankt sich und, nachdem er den Kaffee getrunken hat, stellt er eine letzte Frage.

»Haben Sie irgendeine Vermutung, wer die Kreuze in Ihrem Garten aufgestellt haben könnte und warum?«

Die beiden blicken sich an und schütteln dann den Kopf.

Funi schließt: »Sie müssten noch auf das Präsidium kommen, damit wir Ihre Anzeige aufnehmen können. Dann werden wir sehen, wie wir weiter vorgehen. Wir schicken jemanden, der Fotos macht. Machen Sie sich darauf gefasst, dass die Presse Ihnen bald die Tür einrennen wird. Das Ganze ist zugegebenermaßen wirklich sehr sonderbar.«

14

Der Anfang liegt weit zurück. Das, was ich nicht weiß, kann ich auch nicht erzählen. Aber ich muss sprechen, etwas sagen, die Fakten der Reihe nach anordnen. Meine Listen. Richtig, wie eine meiner Listen. Fakten in zeitlicher Abfolge, ohne Kommentare, ohne Erläuterungen.

»Gehen wir alles Punkt für Punkt durch:

Ich stieg im Wald bergauf.

Ich sah einen Jäger mit einem Gewehr bewaffnet.

Er legte das Gewehr an und zielte auf mich.

Ich hörte einen Schuss und spürte im gleichen Augenblick eine Gestalt hinter mir.

Instinktiv drehte ich mich um und bohrte mein Messer in etwas hinein.«

»Wieso hatten Sie ein Messer in der Hand?«, fragt mich Nagel.

»Ich hatte es nicht in der Hand, sondern in meiner Hosentasche. Zur Sicherheit. Ich war in dem Wald schon einmal angegriffen worden und fürchtete mich nun. Das darf man doch, oder? Angst haben. Das ist ein Naturrecht. Ich bin Polizeibeamtin, ich habe meine Dienstpistole in einem Tresor eingeschlossen und ein Taschenmesser im Handschuhfach meines Autos. Sie meinen, ich hätte es besser nicht herausnehmen sollen? Natürlich. Ich hätte es nicht mitnehmen sollen.«

»Kannten Sie den Jäger, der mit dem Gewehr auf Sie zielte?«

»Ich bilde mir ein, ihn sofort erkannt zu haben, aber es war zu weit weg, um mit genauer Sicherheit sagen zu können, dass er es war. Ich meine, es war der Vater eines der misshandelten Kinder. Aber das darf ich nicht sagen, richtig? Sonst werden wir miteinander in Verbindung gebracht, der Komplizenschaft beschuldigt. Ich und er, gemeinsam im Wald, auf der Jagd nach der Haushälterin von Don Paolo. Bewaffnet wie eine Kampfeinheit, ein Rachekommando.

Ich war im Wald unterwegs, auf der Suche nach Antworten. Einen Moment lang hielt ich ihn für denjenigen, der die Kinder entführte. Dieser Jäger hielt also seine Waffe auf mich gerichtet, und ich konnte nichts tun, um mich vor ihm zu schützen. Hätte ich wie ein Tier davonrennen sollen? Mich hinter einem Baumstamm verstecken oder wie eine erschrockene Natter im Brombeergestrüpp verkriechen? Ich reagiere auf Angst mit Starre. Ich bin kein besonders emotionaler Charakter. Oder zumindest dachte ich, dass ich es nicht sei. Ich habe einfach abgewartet, dass die Kugel mich trifft. Und den Griff des Messers fest umklammert.«

»Und warum haben Sie sich dann umgedreht und zugestochen?«

»Da war irgendwas, ein Geräusch, ein Vibrieren der Luft. In der absoluten Stille der Angst meinte ich hinter mir etwas oder jemanden zu spüren. Die schlimmsten Dinge erwischen einen immer rücklings. Dann hörte ich den Knall, und ich drehte mich um. Eine Affekthandlung, eine Abwehrreaktion vor etwas Unsichtbaren. Ich weiß nicht, wie das passieren konnte. Ich hatte mich nicht unter Kontrolle.«

»Und was geschah dann?«

»Ich fand mich auf dem Boden wieder, der Körper der Frau auf mir drauf. Schwer und kräftig. Meine Hand umklammerte immer noch den Griff, das Messer steckte noch im Körper. Warmes, glitschiges Blut rann mir über die Hände. Es war nicht leicht gewesen, das Messer in das Fleisch zu stoßen. Man braucht Kraft dazu, und Kraft hatte ich. Nun lag sie auf mir. Irgendwie gelang es mir, sie von mir zu schieben. Ich zog die Klinge heraus. Ich blieb auf dem Rücken liegen, den Blick zum Himmel gerichtet. Vor die Wolken schob sich das Gesicht des Jägers Saverio. Ich habe nicht gleich begriffen, was passiert war, bis ich das Einschussloch des Projektils bemerkte. Er hatte sie erschossen. Der Schuss hatte ihr gegolten, nicht mir. Der Mann musste sie schon eine ganze Weile im Visier gehabt haben. Er muss sie hinter mir gesehen und im letzten Moment abgedrückt haben.«

»Ihrer Ansicht nach hat dieser Mann also vorsätzlich auf die Frau gezielt und geschossen.«

»Ja, da bin ich mir ganz sicher. Ich dachte, er würde auf mich zielen, aber das stimmte nicht. Ich war überzeugt davon, er wollte mich töten. Mich, ganz allein.«

»Und Sie haben nicht gespürt, dass Sie irgendwo angefasst wurden? An Ihrem Hals etwa, von jemandem hinter Ihnen? Oder irgendeine andere Berührung, die eine Notwehr rechtfertigen würde?«

»Niemand hat mich angefasst oder angegriffen. In dem Moment fühlte ich mich allein von dem Gewehr bedroht. Umgedreht habe ich mich, weil ich etwas gehört habe. Ich weiß nicht, was. Ich habe etwas mir Fremdes wahrgenommen. Angst, vielleicht. Ich weiß nicht. Eine Woche zuvor hatte sich ja dieser Zwischenfall ereignet, wie ich bereits erwähnte. Jemand hatte mir einen Schlag auf den Kopf versetzt. Ich stand also noch unter dem Eindruck dieser Erinnerung, und vielleicht vermutete ich ja dieselbe Person wieder hinter mir. Anders kann ich es mir auch nicht erklären, eine Affekthandlung. Ich stand unter Stress. Da reagiert man nicht immer ganz so überlegt.«

»Aber Sie sind doch Polizeibeamtin. Da müssten Sie doch eigentlich Stresssituationen gewohnt sein. Oder nicht?«

»Selbstbeherrschung kann man trainieren, sie hält aber nicht für ewig vor. Man kann es auch wieder verlernen.«

»Dann ist es also genauso möglich, dass Ihr Erinnerungsvermögen nicht ganz glaubhaft ist. Aufgrund der Stresssituation könnten Sie zum Beispiel die Gefahr falsch eingeschätzt haben, oder nicht?«

Ich versuche mich zu verteidigen. Entschuldigungen, Alibis, Gründe zu finden. Aber Nagel folgt mir nicht: Er geht stur seinen Weg. Den einzigen, den er beschreiten will. Er versucht, meine Anhaltspunkte in Frage zu stellen. Meine wenigen Sicherheiten, mein Gedächtnis, meine Erinnerungen in Zweifel zu ziehen. Um so die Unanfechtbarkeit der einzig möglichen Verteidigungsstrategie zu beweisen. Einer Strategie, der er entschieden hat zu folgen und die da heißt: Notwehr.

15

An was erinnere ich mich? Ich habe nicht gerade viel zu tun. Und viel Zeit, all das Revue passieren zu lassen, wofür nie genug Zeit da war. An was erinnere ich mich. Und welche Einzelheiten habe ich nicht behalten. Wie viel reale Erinnerung habe ich von den Dingen? Wie viel ist von den Gefühlen relativiert worden, durch die Zeit, durch meine Sichtweise? Ich denke, die Fakten sind ganz eindeutig. In meinem Kopf sind sie fest umrissen. Dann frage ich meine Mutter nach einem Kleid, das ich vor dreißig Jahren trug. Oder nach einem Spielzeug. Sie blickt mich an, lächelt und kramt in der Kiste mit den Fotos.

»Da, siehst du? Ich hatte doch recht. Gelb, mit einer Schleife vorne dran.«

Wieso aber ist es in meinem Kopf anders? Warum bleibt das Kleid rot? Ich erinnere mich noch gut daran. An eine intensive, kräftige Farbe. Noch einmal gehe ich die Tatsachen durch. Bild für Bild.

»Ja, Dolores. Genau so war es damals, nur bei dem Kleid irrst du dich. Es war nicht rot, es war gelb. Hast du das Foto nicht gesehen? Ein hübsches gelbes Kleidchen, das ich dir genäht hatte.«

Ich war wahnsinnig aufgeregt gewesen, mein zehnter Geburtstag. Das Fest, viele Gäste. Einige habe ich lange nicht mehr gesehen, von anderen weiß ich nicht, was aus ihnen geworden ist. Mit meinen Cousins allerdings habe ich noch immer Kontakt. Und auch zu der Tochter unseres Hausmeisters. Da waren die Großeltern, die Eltern. Das Kleid. Ja, ich erinnere mich daran. Aber es war rot. Feuerrot.

16

Eine merkwürdige Geschichte.

»Irgendjemand stellt drei Kreuze in einem Garten in San Siro auf, und niemand bekommt etwas davon mit. Weder wer sie aufgestellt hat, noch wer die Löcher dafür gegraben hat, noch wie sie hintransportiert wurden. Was weiß ich, mit einem Lastwagen womöglich oder etwas Ähnlichem. Sie sind drei Meter hoch. Was meinen Sie, Funi, wie viele Personen braucht man wohl für so eine Aktion?«

Corsari schaut sich die Fotos am Bildschirm des Computers an, auf denen die Kreuze aus den unterschiedlichsten Blickwinkeln abgebildet sind. Sogar von der Straße aus, die am Hippodrom entlangführt.

»Ich weiß nicht. Keine Ahnung. Drei, vielleicht vier sehr kräftige Personen.« Er überlegt einen Moment. »Wie war das noch gleich? Erinnern Sie sich, wie man das Kreuz von Jesus aufstellte?«

»Natürlich erinnere ich mich, aber fahren Sie nur fort.«

»Mit Seilen. Ein Seil pro Seite, also ein Mann links und ein Mann rechts… vielleicht noch ein dritter in der Mitte. Drei Personen braucht man mindestens.«

Pietro Corsaris Blick schweift erneut zu den Fotos. Er rückt mit dem Gesicht etwas näher an den Bildschirm. Sein Interesse gilt den Details, nicht dem Ganzen. »Da liegen Kerzenstummel, und so wie der Rasen drumherum zertrampelt ist, waren es mehr als drei Personen. Ein Bonbonpapier.«

»Eine ganze Gruppe?«

»Vielleicht.«

Achille Funi ist es nicht gewohnt, in erster Linie auf das Beweismaterial zu achten. Mit Maria Dolores ging man eher assoziativ vor, vertraute dem eigenen Instinkt. Folgte nicht immer stur einer Logik. Stellte Hypothesen auf. Erst danach überprüfte man, ob alles zusammen einen Sinn ergab.

»Was für eine Bedeutung haben eigentlich drei Kreuze?«

»Bleiben wir doch erstmal bei den Fakten, Funi. Hausfriedensbruch und Beschädigung privaten Eigentums. Davon gehen wir erst einmal aus. Da muss man nicht so lange rummachen.« Zwischen den Zeilen gelesen hieß das so viel wie: *Wir sind hier schließlich nicht bei der Vergani.* Und Corsari ließ keine Gelegenheit aus, das zu unterstreichen. Selbst noch nach Monaten. Er musste erst noch seinen Platz finden, sich auf beruflicher und menschlicher Ebene Achtung verschaffen. Aber Funi gibt sich damit nicht zufrieden, so machte ihm das alles keinen Spaß. Drei Kreuze, jeweils drei Meter hoch. Alle in einer Nacht aufgestellt. In einem Garten mit Wachhunden, die womöglich angeschlagen hatten, aber am nächsten Morgen friedlich mit dem Schwanz wedelten, als ob nichts gewesen wäre.

»Herr Kommissar, sollen wir noch mal mit den Eigentümern sprechen?«

»Wieso, Funi?«

»Ich möchte zusätzliche Informationen. Ich hätte da noch ein paar Fragen. Wenn Sie einverstanden sind, lade ich sie vor.«

Corsari überlegt einen Moment. Im Präsidium gibt es derzeit nicht allzu viel Arbeit. Und so legt er einmal sein männliches Konkurrenzdenken beiseite und beschließt, sein Einverständnis zu geben. »In Ordnung, Funi. Danach befassen wir uns aber wieder mit anderen Dingen, habe ich mich klar ausgedrückt?«

»Und was ist mit dem Zahnarzt?« Er weiß genau, welches Risiko er mit dieser Frage eingeht.

»Da hat sich noch nichts weiter getan. Als Erstes müssen wir der Frage nachgehen, woher die Prothesen stammen, mit denen er ganz Mailand beglückt.«

»Ich würde ja erst mal versuchen herauszufinden, was mit den ganzen Zähnen passiert ist«, schlägt Funi vor.

»Ich habe schon verstanden, Funi. Aber glauben Sie im Ernst, es ist so ein Riesengeschäft, kaputten Zähnen einen Neuanstrich zu verpassen?« Corsari fühlt sich offensichtlich auf den Schlips getreten.

»Ich weiß nicht, aber überprüfen würde ich das schon mal.«

»Also gut, ich werde eine Genehmigung besorgen. Damit Sie endlich Ruhe geben.«

17

Die Striemen waren nicht zu übersehen. Sie waren auf den Fotos des Erkennungsdienstes. Festgehalten im Protokoll der Krankenstation, wo ich noch unter Schockzustand untersucht worden war. Ich sehe auch noch etwas anderes in diesem Gesicht, das viel zu erzählen hätte. In dem sich das Erlebte eingebrannt hat. Es hält die Gefühle zurück, lässt ihnen keinen freien Lauf. Selbst wenn ich es wollte. Ein Gesicht wie ein zerwühltes Bett. Die Laken glattstreichen, die Enden umschlagen, die weichen Kissen neu hinstaffieren. Es gäbe dem Zimmer gleich ein anderes Aussehen. Die Rollläden leicht herunterlassen, die Vorhänge aufziehen und an den Seiten festmachen. Ein neues Leben für das Bett. Träume und Albträume. Nächtliche Unruhe und Umarmungen. So auch für dieses Gesicht. Ich trage Cremes auf, lasse nicht den kleinsten Winkel aus. Gesichtsmasken und Fluids mit belebender Wirkung. Ich recke das Kinn nach oben wie ein Huhn, das zum letzten Schrei ansetzt. Ich erinnere mich, meine Großmutter gesehen zu haben, wie sie die Hühner über ihrem Kopf schwang wie ein Cowboy sein Lasso, bis das Genick gebrochen war. Dann legte sie sie nebeneinander in eine Reihe. Gerupfte Tierkadaver.

Ich habe Spuren am Körper, darüber besteht kein Zweifel. Aber woher stammen sie? Weiß ich woher, oder will ich es nicht wissen? Die Druckstellen am Kopf und die anderen Verletzungen hatte ich, als ich ins Krankenhaus zum Nähen gebracht wurde. Wie alt waren sie? Ein, zwei Wochen? Verursacht durch einen Stock oder etwas Ähnliches. Schließlich war ich ja bergab geschleift worden, vielleicht irgendwie transportiert. Aber an jenem Morgen tauchten noch andere Verletzungen auf. Waren es tatsächlich andere? Auf den Fotos des Erkennungsdienstes, in der Erinnerung des Ermittlungsrichters. Und wenn ja: Was waren das für Male?

»Ja, Stresssituationen können die Gefahrenwahrnehmung verändern und auch dazu führen, dass bestimmte Erinnerungen verdrängt werden. Stress, Schock, ein Trauma. Ich bin Polizeibeamtin. Ich bin ein ganz normaler Mensch. Niemand hat mir die Hände um den Hals gelegt, ich habe mich nicht vor einem Angreifer in meinem Rücken gewehrt. Ich habe in Notwehr gehandelt, aber gegenüber wem? Der Welt. Wenn ich mich an nichts erinnern kann, kann ich auch nichts leugnen.«

»Sie sind am Tod einer Frau beteiligt«, kontert Nagel.

Er möchte hier herauskommen, mit der einzigen Gewissheit, die ihn interessiert. Er möchte hören, was ich nicht sagen kann. Oder nicht will. Oder was nicht richtig wäre zu sagen.

»Ja, ich habe eine Frau getötet. Ich bin am Tod eines Menschen beteiligt. Hätte ich sie auch alleine getötet, wenn der Schuss sein Ziel verfehlt hätte?«

»Das ist immerhin Beihilfe zu vorsätzlicher Tötung«, fährt er unbeirrt fort.

»Hätte ich sie alleine töten können? Wäre ich dazu fähig gewesen?«

»Sie wissen aber schon, wen Sie da umgebracht haben, oder? Eine Person, die sich strafbar gemacht hat.«

»Ich pflichte Ihnen bei, dass diese Person nicht irgendeine Frau war. Aber das spielt keine Rolle. Das wissen bereits alle.« Ich sage das und denke dabei doch etwas ganz anderes. Ich verteidige Opfer, suche nach Gründen, frage mich nach ihrem persönlichen Weg, der sie auf den Seziertisch geführt hat.

»Sie waren am Tod einer schuldigen Person beteiligt. Allein aufgrund dieser Tatsache sind alle schon mehr als bereit, an Ihre Version der Fakten zu glauben. Die allerdings mit jener des Jägers übereinstimmen sollte. Absolut übereinstimmen, ohne jeden Zweifel. Das verstehen Sie doch, oder?«

»Wen meinen Sie denn mit ›alle‹? Die Frage ist doch nicht, was wir bereit sind zu glauben, sondern was die Wahrheit ist. Die Frage ist doch nicht, wie wir unsere eigene Haut retten können, sondern im Namen wessen wir unser Dasein führen.«

Nagel hört mir nicht zu. Er telefoniert. Wie viele Peiniger laufen frei herum, die er verteidigt hat? Menschen wie ich. Opfer des Zufalls, des eigenen Willens, ihrer Selbst. Alle haben Anspruch auf Verteidigung. So sieht das Gesetz es vor.

»Es geht nicht um Moral, sondern um Gerechtigkeit.« Das wiederholt er das eine ums andere Mal.

Es klingelt an der Haustür. Ich blicke meinen Anwalt an, der die Augenbrauen nach oben zieht und einfach weiterredet. Dann schaue ich auf die Uhr. Schon eins. Ab und an findet etwas von außen seinen Weg in meine Wohnung. Carabinieri. Blumen. Zeitungen. Pizza. Der Junge reicht mir zwei Pappkartons. Ich bin im Begriff zu zahlen, aber der Junge schüttelt den Kopf und meint, das sei bereits erledigt worden. Er wisse nicht von wem, aber es sei eine Frau gewesen. Jung oder alt?

Er zuckt mit den Schultern und sagt: »So mittleren Alters.« Er grinst und fügt hinzu: »So wie Sie etwa.« Auch ich muss über mein mittleres Alter grinsen. Ich bin mit zu vielen Dingen beschäftigt, als dass mir eine passende witzige Bemerkung einfallen würde. Also höre ich einfach auf zu grinsen. Er verschwindet im Aufzug, und ich kehre mit gesenktem Kopf in die Wohnung zurück. Ein weiteres Mal muss ich mich meiner Appetitlosigkeit und, wer weiß noch wie lange, den Fragen meines Anwalts stellen.

18

»Nein, gestohlen wurde nichts«, sagt der Mann. Er sitzt gemeinsam mit seiner Frau im Büro von Hauptkommissar Corsari.

»Aber da ist die Sache mit dem Rosenstock«, erwähnt seine Frau ruhig.

»Ja. Also meine Frau hat bemerkt, dass einige Rosen fehlten. Es ist ein Rosenstrauch, der früh zu blühen beginnt. Bereits im Frühjahr sprießen die ersten Knospen, und er trägt bis in den Januar Blüten. Erst in den letzten Tagen waren zu unserer großen Freude die ersten Rosen aufgegangen.«

»Leider hat man die Blumen abgerissen, anstatt sie mit einer Schere abzuschneiden, und dabei wurden die Äste beschädigt. Das ist nicht gerade ein schöner Anblick, so ein verstümmelter Rosenstock«, ergänzt die Frau.

Funi fragt: »Kümmern Sie sich selbst um die Rosen?«

Corsari ist sichtlich wenig interessiert an dem Fall. Ab und an hebt er den Blick und sieht seinen Kollegen scharf an, der allerdings so tut, als bemerke er nichts davon.

»Jeden Tag widme ich mich meinen Rosen. Ich habe einen Gärtner, der mich berät, aber dieser Stock bedeutet mir ganz besonders viel. Es ist ein Geschenk meiner Tochter.«

»Ihrer Tochter? Wohnt sie bei Ihnen?«, fragt Funi leicht überrascht, denn er erinnert sich, kein einziges Foto von ihr im Haus gesehen zu haben. Weder an den Wänden noch in Bilderrahmen auf der Kommode.

»So in etwa könnte man das sagen, ja, sie ist immer bei uns«, antwortet die Frau mit der Andeutung eines Lächelns.

»Sie ist tot«, fügt ihr Mann erklärend hinzu.

»Entschuldigen Sie, ich wollte nicht …«

Aber die Frau unterbricht ihn. »Deswegen bedeutet mir der Rosenstock ja auch so viel.«

»Natürlich, ich verstehe«, erwidert er eilig und wechselt das Thema. »In welcher Beziehung stehen Sie zu Ihren Nachbarn?«

»Wir kennen uns seit vielen Jahren, unsere Kinder sind gemeinsam aufgewachsen. Von Zeit zu Zeit laden wir uns gegenseitig ein. Wir hatten noch nie Meinungsverschiedenheiten. Es sind höfliche, anständige Leute.«

Abgegriffene Formeln, denkt Funi. Worthülsen. Liebenswürdigkeiten. Eine bestimmte Auffassung von Taktgefühl, mit der man ausdrückt, dass auf Form Wert gelegt wird. Penible Zurückhaltung. Man drängt sich nicht auf. Ein bestimmter Grad der Zugehörigkeit wird nicht überschritten. Respekt, Umsicht, Feingefühl.

»Funi, sind Sie dann mal fertig?«, fragt Hauptkommissar Corsari.

»Einen Moment noch«, entgegnet er und hebt sofort zur nächsten Frage an. »Wann kommt Ihr Sohn denn wieder zurück?«

»Das wissen wir nicht genau. Er hätte eigentlich schon längst da sein sollen, aber er hat im Augenblick sehr viel zu tun. Wenn Sie möchten, sagen wir Ihnen rechtzeitig Bescheid.« Der Mann scheint äußerst kooperativ zu sein.

»Eigentlich würde ich ganz gerne mit ihm sprechen«, meint Funi und erhascht den skeptischen Blick seines Vorgesetzten. »Aber das eilt nicht.«

»Können wir dann gehen?«, fragt die Frau überraschend hastig.

»Ach, noch was: Sind Sie besonders religiös?«

»Religiös? Ja«, bestätigt sie. »Wir versuchen, unseren Glauben zu leben. Bei all unseren Fehlern, aber wir versuchen es, so gut es geht.« Eine Auffassung, mit der sie nicht alleine dasteht.

»Danke. Jetzt möchte ich Sie wirklich nicht länger aufhalten.« Funi erhebt sich, um die beiden nach draußen zu begleiten.

19

Anna

Vom Glauben kann man sich nicht lossagen. Glaube steht für Vertrauen. Ob Vertrauen in Gott oder in die Menschen, das macht keinen Unterschied. Die Schwester des Glaubens ist die Hoffnung, die weder vor Ängsten noch Illusionen bewahrt. Sie leistet Beistand oder flößt Furcht ein. Die Hoffnung birgt Grausamkeit und Zweifel in sich, diese Unfähigkeit zu handeln, die von der Ohnmacht gelenkt wird. Hoffnung heißt, etwas erreichen, was nicht in unseren Möglichkeiten steht, was nur andere uns schenken können. Anna trägt ein Kruzifix um ihr Handgelenk. Sie bewegt sich langsam vorwärts. Schritt für Schritt. Sie schaut nie nach vorne. Höchstens auf den Boden. Wenn sie muss. Um nicht hinzufallen, um nicht dem noch so kleinsten Rest an Menschlichkeit zu begegnen. Ihr Körper steckt in einem schlabbrigen Pullover. Ihre fehlende Taille ist unter einer weiten Hose versteckt. Über dem Arm trägt sie eine leichte Tasche. Wahrscheinlich ist sie leer. In der Hand ein weißes Buch. Ihr ovales Gesicht umrahmen blonde feine Haare. Sie spricht vor sich hin, aber hört sich nicht. Rezitiert. Ihr Körper wirkt unproportioniert. Sie ist sehr groß, mit langen Armen und Beinen. Sie geht bis zu einem grünen Haustor. Klingelt. Jemand öffnet, sie tritt ein, und hinter ihr fällt die

Tür ins Schloss. Der dunkle Gang öffnet sich zu einem Innenhof, der früher mal der Kreuzgang einer Kirche war.

Weitere Mädchen spazieren langsam umher. Andere sitzen auf den Mauervorsprüngen. Eine Handbewegung, um die Blicke der anderen aufzufangen. Kein Wort. Alle gehen in dieselbe Richtung. Wie luftige Schatten. Durchsichtige Libellen. Sie hinterlassen beim Vorübergehen keine sichtbaren Zeichen, sie selbst sind das Zeichen. Das, was sie mit sich tragen. Das bleibt.

20

Chiara

Chiara folgt der Schönheit wie eine Wünschelrutengängerin. Ziellos lässt sie sich in ihrer Phantasie hin und her treiben. Sie spielt mit der Verwandlung, seit sie ein Kind ist. Allein, vor dem Spiegel. Sie hat weder Harmonie noch Disziplin. Sie kann sich anstrengen, wie sie will, nie erreicht sie eine echte Eleganz. Sie besitzt keinen Geschmack, außer für das, was man sieht. Für alles, was an der Oberfläche kreist. Sie ist voller Gemeinplätze und hat wenige Laster. Sie geht nichts als den Windungen ihrer Hüften nach. Ihr einziger Blick ins Innere gilt der Vertiefung ihres Bauches. Und ihres Brustbeins. So wie ihr Körper zusammengestückelt ist, wirkt sie wie das Produkt einer Laune der Natur. Sie verliert ihre Haare, die zwischen den Bettlaken und auf dem Kopfkissen lange Fäden ziehen. Sie betet ihren Gott an. Den Gott der Feuchtigkeitscremes, der duftenden Gesichtsmasken und der Arganöle. Sie unterhält keine Beziehungen zu Menschen. Pflegt keine Freundschaften. Schlaksig schleicht sie herum, auf der bruchstückhaften Suche nach einer Bestätigung. Ein schiefes Lächeln, eine Grimasse. Sie benutzt Parfum, trägt Kleider in Größe 32 und bunte Halsketten. Ein Spatz, ein Kind. Sie geht durch das Tor und gesellt sich im Dunkeln zu den anderen, die wie sie sind.

Wie Magneten, die von ein und demselben Punkt angezogen werden, entfernen sich die Mädchen schon bald. Jede in ihrem eigenen Tempo. Manche Seite an Seite.

21

GIULIA

Es gibt nicht nur eine Art Mutter zu sein. Nicht eine passende für alle. Nicht die eine, die für alle gleich liebevoll und tröstend ist. Nicht eine ganz allein für dich. Angebetet, erwählt, gekrönt. Es gibt Erklärungen, Versprechungen. Aber keine Sicherheit. Niemals. Bestrafe mich nicht, weil ich deine Schuhe angezogen habe. Bestrafe mich nicht, weil ich mit deinem Schmuck gespielt habe. Bestrafe mich nicht, weil ich Papas Liebling bin. Giulia rührt sich nicht vom Fleck. Nicht mal für eine Sekunde ihres Lebens.

Jetzt, wo ihre Mutter weit weg ist, fühlt sie sich noch einsamer. Sie sucht die gleiche Liebe in allen Frauen um sich herum. Die Qualen einer Umarmung für einen Körper, der schon längst verloren ist. Sie erkennt sie in der langen Zigarettenspitze. In der ausgesuchten Kleidung, die an ihre Vergangenheit erinnert. Aus der sie ausgeschlossen war. Sie war nur ein Störfaktor, ein Ärgernis. Keine Fürsorge. Das ist ihr Altar. Wo sie ihr Essen darbringt. Das gesalzene Wasser ihrer Tränen. Jeden Tag begießt sie ihre Qual. Ein grimmiger Hass, der alles vernichtet. Immer weniger existiert der Wunsch durchzuhalten. Ein Irrtum von Anfang an, der einen gierigen Schlund hervorgebracht hat. Die Abgründe der Seele.

Alle Töchter ein und derselben Mutter. Mutter des Himmels und der Erde. Das würdige Zeichen der Abstammung. Fähigkeit des Körpers sich fortzupflanzen. Weibliche Kraft, auf die jedoch nichts folgt.

22

Ich forme meinen Körper. Laufe stundenlang. Das Laufband ist auf ein langsames Tempo eingestellt. Dann auf schnell. Dann wieder auf langsam. Dann auf sehr schnell. Dann fast auf Stillstand. Schließlich finde ich die passende Geschwindigkeit. Ich drücke auf den Tasten des Displays herum, bis meine Beine sich nicht mehr sträuben und gezwungenermaßen dem Rhythmus folgen, den ich ihnen vorgebe. Ich habe schlanke, straffe Beine wie die eines Teenagers. Anstelle eines Bauchansatzes sind da feste Muskeln. Meine Unterarme können kräftig zupacken, meine Schultern sind gerade. Kompakte Bizeps und Trizeps. Ich atme tief ein und aus. Weite meine Lungen, so gut es geht. Das Fenster meines Zimmers steht weit offen.

Im Nebenzimmer höre ich meine Mutter herumwerkeln. Sie kommt und geht, wie es ihr beliebt. In meinem Gefängnis fühlt sie sich wie zu Hause. Sie ist meine Zellenwärterin.

Von Zeit zu Zeit kommt auch mein Vater vorbei. Er hat sich erst einmal in seine Ferienwohnung ins Ayas-Tal zurückgezogen, dem Ort des Verbrechens. Er nimmt die Lorbeeren der Dorfbewohner entgegen, die ihm zujubeln. Er trinkt frische Kuhmilch und isst Holzofenbrot und wird wie ein Held behandelt. Er, der Vater der Rächerin. Wortführerin einer Tat, die getan werden musste. Er war es gewesen, der meine

Adresse weitergegeben hatte, damit mich all diese Blumen auch erreichen, die mir die Gegenwart so unerträglich machen.

»Kümmere dich erstmal darum, dass du unbeschadet aus der Sache rauskommst, dann sehen wir weiter«, sagt er mir ein ums andere Mal. Er hat meine Wahl, in den Polizeidienst zu wechseln, nie akzeptiert. Er war schon immer der Meinung, ich sei besser im Reden und Denken als im Handeln.

»Deine Stärke ist dein Kopf, nicht dein Körper. Kampf und Zerstörung sind nichts für Frauen.«

23

»Um wie viel Uhr wolltet ihr hingehen?« Funi fragt ganz direkt, um das Misstrauen der Kollegen nicht unnötig zu wecken. Gewisse Dinge macht man besser ohne viel Aufhebens.

»Heute Abend um zehn«, antwortet der Beamte. »Wollten Sie etwa auch mit?«

»Eigentlich ja. Aber ich muss erst noch mit der Hauptkommissarin telefonieren. Ich melde mich später noch mal. Danke.« Mit der Kommissarin ist sie gemeint, Maria Dolores Vergani.

Die regelmäßigen Kontrollen der unter Hausarrest stehenden Beschuldigten werden von den Carabinieri ausgeführt. Zu zweit. Zu jedem beliebigen Zeitpunkt, ob tags oder nachts, mit Diskretion. Bei Nacht genügt eine kurze Anwesenheitskontrolle durch die Gegensprechanlage, bei Tag ein kurzer Besuch und ein Kaffee. Vielleicht ein kleiner Wortwechsel, Blicke, eine Aufmunterung. Ein Abgleich der neuesten Gerüchte. Oft begleitet Funi die Carabinieri. Immer wieder auch Michele Conti, der Verlobte der Kommissarin, der bei der italienischen Sondereinheit *NOCS* arbeitet. Ein, zwei Zigaretten lang bleiben die Kollegen, Michele Conti vielleicht auch mal eine ganze Nacht.

»Guten Tag, Frau Kommissarin. Ich bin es, Funi.« Stets

höflich, auch wenn sie bereits seit Monaten immer die gleichen Telefonate führen.

»Wie geht's Ihnen?« Ihre Stimme klingt dunkel, monoton.

»Gut. Heute Abend um zehn werden die Carabinieri zur Kontrolle vorbeikommen. Würde es Ihnen etwas ausmachen, wenn ich mitkäme?«

»Nein, geht in Ordnung, Funi. Danke.« Sie freut sich, auch wenn sie es nicht zeigen kann.

»Brauchen Sie etwas?«

»Nein, vielen Dank.«

»Dann sehen wir uns also heute Abend.«

»Kommen Sie alleine?«

»Ja. Möchten Sie, dass ich Corsari auch Bescheid gebe?«

»Nein. Lassen Sie das mal ruhig, Funi.«

Das war die richtige Antwort. Sie hatte begriffen, dass Pietro Corsari imstande wäre, einen simplen Anstandsbesuch in ein Verhör umzuwandeln. Fragen, der Versuch zu verstehen, pseudophilosophische Deutungen. Maria Dolores Vergani hatte Corsari niemals ins Vertrauen gezogen, und genau das konnte er ihr nicht verzeihen. Hinzu kam seine Vermutung, sie könne sich stattdessen Funi anvertraut haben. Jeder Versuch, dies herauszufinden, blieb ergebnislos, weil Funi alles bestritt. Er war solidarisch und hatte etwas Wichtiges begriffen: Pietro Corsari hatte ihn im Blick. Er hatte erkannt, dass seine Kollegin, obwohl sie unter Hausarrest stand und der fahrlässigen Tötung beschuldigt wurde, noch immer stärker war als er. Und das machte ihn nervös.

»Der Junge hat erneut nach Ihnen gefragt. Erinnern Sie sich? Angelo.« Funi sitzt im Sessel, während Maria Dolores' Mutter ihm einen Kaffee reicht. Dann wünscht sie beiden eine gute Nacht.

»Danke, Mama«, sagt die Hauptkommissarin und ist sich darüber im Klaren, dass dies das meistbenutzte Wort überhaupt ist: *Danke.*

»Ja, ich erinnere mich. Ich hatte noch keine Zeit, mich bei ihm zu melden. Außerdem kann ich in der Lage, in der ich mich derzeit befinde, sowieso für niemanden etwas tun. Ich kann mir ja nicht mal eine Zeitung holen. Fragen Sie ihn doch einfach, was er will, und dann kümmern Sie sich um ihn.«

»Das habe ich bereits versucht, aber mit mir will er nicht sprechen. Er benimmt sich, ehrlich gesagt, etwas seltsam. Er betont immer wieder, dass es um etwas Privates geht.«

»Was gibt's denn sonst Neues? Wie läuft's im Präsidium?« Sie versucht, das Thema zu wechseln. Sie selbst hat nicht viel zu erzählen, keine Neuigkeiten, alles beim Alten. Sie täuscht Interesse vor, nicht ohne einen Hauch von Bitterkeit. Der Gedanke an ihre Arbeit löst in ihr, wie immer, die Lust am Ermitteln aus. Aber sie darf nicht. Und das schmerzt sie. Also versucht sie, wie beim Frisör, einfach nur dem alltäglichen Geschwätz zu folgen.

»Also, wir bearbeiten da gerade zwei Fälle: ein Zahnarzt, der besonders großen Spaß am Zähneziehen hat, und drei Kreuze, die in einem Garten in San Siro aufgestellt wurden. Sie wissen schon, die Gegend um das Hippodrom, das Reichenviertel.«

»Sie reden ja schon wie Corsari: arm – reich«, unterbricht sie ihn spöttisch.

»Reich, genau, Frau Kommissarin. Vielleicht hätte ich aber auch noch ›alt‹ erwähnen sollen.« Er setzt damit den Ton der Unterhaltung aufs Spiel.

»In welchem Garten denn genau, Funi?« Sie versucht, das Gespräch in eine andere Richtung zu lenken, um keinen Streit vom Zaun zu brechen.

»Hab ich doch schon gesagt, in San Siro, im Reichenviertel«, insistiert Funi und provoziert sie damit, ohne es zu beabsichtigen.

»Drei Kreuze in einem Garten in San Siro. Amüsant«, lächelt sie.

Er freut sich, sie offensichtlich guter Laune anzutreffen, und fährt mit seinem Bericht fort. »Drei Meter hoch. Und niemand will etwas gesehen oder gehört haben.«

»Und weiter?«, fragt sie neugierig auf mehr Details.

»Nichts weiter. Wir haben mit den Eigentümern des Gartens gesprochen, aber dabei ist nichts herausgekommen. Die beiden sind in Ordnung. Sie haben zwei Kinder, der Sohn treibt sich in der Weltgeschichte rum, die Tochter ist gestorben.«

»An was?«

»Ich weiß nicht. Hätte ich das fragen sollen?«

»Lassen Sie's gut sein, Funi. Sie haben bestimmt alle notwendigen Fragen gestellt.«

»Ich gebe mir Mühe, Frau Kommissarin«, entgegnet er, zufrieden über ihr Vertrauen, aber mit der Gewissheit, etwas übersehen zu haben.

»Ich werde mich jetzt hinlegen. Ich bin zwar nicht müde, aber ich muss darauf achtgeben, die Nacht nicht mit dem Tag zu verwechseln. Ich brauche einen gewissen Rhythmus. Danke fürs Kommen. Ich schätze Ihre Besuche sehr. Grüßen Sie mir alle Kollegen, natürlich auch Corsari.« Sie hält kurz inne. »Wie geht's ihm überhaupt?«

»Gut, glaube ich.« Dabei lässt er seinen Blick von Verganis Gesicht in einen unbestimmten Winkel des Zimmers schweifen.

»Wartet er immer noch auf den endgültigen Richterspruch, bevor er endlich Position bezieht?« Maria Dolores zündet sich eine weitere Zigarette an und wedelt mit der Hand den Rauch beiseite, bevor er ihr in die Augen dringen kann.

»Tatsache ist, dass alle im Präsidium darauf warten, dass Sie endlich zurückkehren.« Eine indirekte Formulierung, um auszudrücken, dass Corsari sie nicht ersetzen kann, selbst wenn er das gern wollte.

»Die Situation ist wirklich schwierig.« Sie stößt die Worte zusammen mit dem Zigarettenrauch aus.

»Bis bald also, Frau Kommissarin. Passen Sie auf sich auf.«

Er umarmt sie nicht, gibt ihr nur die Hand. Gesten sind wichtig, wenn sie spontan entstehen. Aufgesetzt sind sie nichts wert.

24

Ich würde gerne mehr wissen, mehr Dinge kennen. Ich hätte sie mir gerne schon angeeignet und verinnerlicht, um sie bereits nutzen zu können. Ich profitiere von der vielen Zeit, um Dinge anzuhäufen: Bilder, Worte, Klänge. In der Gefangenschaft hat man vielleicht größeren Freiraum. Ich versuche es.

Liste:

Was ich mache.

Ich höre Musik (vor allem Massive Attack, Portishead, David Bowie, Bob Dylan).

Sehe Filme (besonders von Wim Wenders, Luc Besson, Ridley Scott).

Mache Fitness (Laufband).

Rede mit Max Nagel (zu viel).

Ich schreibe Listen, lösche alles und schreibe neue Listen.

Ich bin abgelenkt, doch dann reißt mich etwas aus meinen Gedanken. Die Dialogszene eines Films. Ich habe nicht mal die richtige Sprache eingestellt.

»Look in the mirror. What do you see?«

»A wonderful girl.«

»Thanks. Next to her, what do you see?«

»I don't know.«

»Good. You are making progress.«

»*Before, all you saw was shit. At least, now, you don't see anything.*«

Auch heute habe ich mich wieder im Spiegel betrachtet. Hinter Wundmalen, die bereits verheilt sind, habe ich nach einem versteckten Gedanken gesucht, nach einer Antwort. Nichts.

»Vergani, versuchen wir doch einfach mal zu rekapitulieren, was vor diesem Spaziergang war.« Wieder einmal die Stimme von Max Nagel.

Es war kein Spaziergang im Wald, sondern eine unerlaubte Ermittlung. Und dennoch versuchen mich alle zu decken. Leugnen, mich jemals gesehen zu haben, außer im Vorübergehen im Dorf. Es ist also absolut legitim, dass eine Polizeibeamtin außerhalb ihrer Dienstzeit einen Spaziergang im Wald unternimmt. Noch dazu in dem Wald, in dem sie quasi aufgewachsen ist, in der Nähe des Ortes, wo ihre Familie eine Ferienwohnung besitzt.

»Also, bevor Sie Ihren Ausflug in den Wald angetreten haben, was ist da passiert?«, setzt der Anwalt erneut an.

»Eine kleine Gedächtnislücke habe ich da schon. Ich war zu Hause. Ich habe einen Rucksack mit allem, was ich brauchen könnte, gepackt. Ein zusätzlicher Pullover, passendes Schuhwerk. Ein Nachthemd, da ich mir nicht sicher war, ob ich am Abend nach Hause zurückkehren oder im Tal, in der Wohnung meiner Eltern, übernachten würde. Eine Taschenlampe. Nicht viel. Anschließend habe ich ein paar Telefonate erledigt und einen Kaffee zum Frühstück getrunken, und auch noch etwas Schokolade, das Ladegerät fürs Handy und meine Kamera eingesteckt. Dann bin ich los. Alleine.«

»Wieso beharren Sie immer wieder auf der Tatsache, dass Sie *alleine* waren?« Nagel versucht, mich aus allen Richtungen zu packen und mich durch unterschiedliche Blickwinkel aus der Reserve zu locken. Ich bin es gewohnt, mich auf einem schmalen Grat zu bewegen. Ich taste mich geschickt und vorsichtig auf Zehenspitzen voran.

»Wieso beharren Sie immer auf denselben Fragen?«, gebe ich zurück. »Ich kann es nur immer wieder sagen: Ich war alleine. Ich erinnere mich, dass ich alleine war. Vielleicht war ich auch am Abend davor alleine.«

»Ein *vielleicht* ist nie gut. Entweder Sie waren alleine oder nicht.«

Nagel möchte ein weiteres Mal meine Wohnung in der Via Ciro Menotti durchsuchen lassen. Zu meiner Beruhigung. Nach dem dortigen Einzug meiner Mutter ist es gut möglich, dass er von mir nicht mehr die geringste Spur findet. Offiziell weiß davon niemand. Aber Tatsache ist, dass ich sie regelrecht gezwungen habe, dort zu wohnen. So lange wie möglich. Sie hat sich nicht gesträubt. Sie hat die Möbel umgestellt und das Nötigste gekauft. Sie hat die Schränke aufgeräumt, die Seifen ausgewechselt und sich dort mit ihren Sachen eingerichtet. Das ist auch gut so. Aber was könnte Nagel jetzt noch finden, was nicht schon angefasst, umgestellt, durcheinandergebracht worden ist?

»Vergani, soweit ich verstanden habe, müssen wir, um Ihnen bei der Entscheidungsfindung zu helfen, herauskriegen, was genau Sie am Morgen des besagten Tages und am Abend zuvor gemacht haben.«

»Am Tag des Verbrechens, das meinen Sie doch mit ›besagtem Tag‹. Ich erinnere mich an fast nichts mehr. Mir fällt absolut nichts Besonderes ein. Die üblichen Sachen. Alles ganz normal.«

25

Gegensätzlicher konnten Freundinnen nicht sein. Das Gegenstück, die Schattenseite oder besser: Sonnenseite. Sie kann Dinge zum Strahlen bringen, wo sonst nie Licht hingelangt. Das ist Inga Riboldi. Leuchtend rote Haare. Zappelig wie ein junges Fohlen. Eigenwillig und ruhelos. Seit Kurzem Mutter. Sie lebt von Träumen und Kunst, der Galerie ihres Mannes. Extravagante Freunde gehen in ihrer Wohnung, die mit Gemälden und Büchern tapeziert ist, ein und aus. Mit ausreichend intelligentem Optimismus ausgestattet, geht sie die Dinge eher oberflächlich an, um, von Zeit zu Zeit, dank einer ungewöhnlichen Sichtweise, doch etwas tiefer einzutauchen. Maria Dolores, für die ihre Freundin so etwas wie ein Lebenselixier ist, kann ihr eine, inzwischen selten gewordene, Harmonie und einen außerordentlichen Geschmack für das Schöne nicht absprechen, von dem sie sich selbst angezogen fühlt.

Ihre Beziehung ist frei von jeglicher Konvention, sie vereint nichts weiter als eine starke Bindung. Irrational und authentisch. Auf der Basis von Vertrauen und gegenseitiger Vertrautheit, welche beiden immer wieder fruchtbare Begegnungen und Auseinandersetzungen beschert. Beide verbindet die Leidenschaft zur Sprache. Inga arbeitet als Werbetexterin und versucht schon von Berufswegen, die Dinge auf den Punkt zu bringen. Wie auch Maria Dolores.

Maria Dolores: »Die Lüge ist schon zum Alltag geworden. Das sagt zumindest mein Anwalt. Aber verstehst du, warum jemand, der einen Mord begangen hat, lügen darf, um sich zu verteidigen? Und warum er, wenn man herausfindet, dass er gelogen hat, nicht für diese Lüge bestraft werden kann? Weil wir nämlich so eine Art Recht haben zu lügen. Auf Erden können wir uns durch die Lüge retten. Wenn man es recht bedenkt, ist das wirklich erschütternd.«

Inga: »Das ist absolut nicht erschütternd, im Gegenteil.«

Maria Dolores: »Natürlich ist es das. Denn du wirst deinem Sohn beibringen, dass er immer die Wahrheit sagen muss, und wenn er lügt, um sich zu verteidigen, wirst du ihn bestrafen. Ein Mörder hingegen, der lügt, um sich zu verteidigen, wird, wenn man ihn dabei erwischt, nicht extra dafür bestraft, weil er gelogen hat. Er wird bestraft für das Vergehen, das er begangen hat. Vielleicht ohne mildernde Umstände, aber auch ohne eine zusätzliche Bestrafung. Verstehst du?«

Inga: »Aber du bist doch gar keine Mörderin.«

Maria Dolores: »Und als was würdest du mich dann bezeichnen?«

Inga: »Eine Polizistin, vielmehr, eine Kommissarin, oder besser noch eine Hauptkommissarin, die durch Notwehr sich selbst geschützt hat.«

Maria Dolores: »Bist du dir da ganz sicher?«

Inga: »Ja, ich bin mir sicher. Du bist eine Polizistin, die in Notwehr gehandelt hat. Auch wenn du es dir nicht eingestehen willst.«

26

»Herr Kommissar, ich muss mit Ihnen sprechen.« Funi steht vor Corsaris Büro.

»Um was geht es, Funi?«, antwortet dieser mit verordneter Höflichkeit.

»Ich habe hier eine Mitteilung vom Revier in Lecco …« Er unterbricht den Satz, um das Schreiben vorzulesen.

»Und was steht da drin?«

»Vor etwa drei Wochen haben Unbekannte in einiger Entfernung der Kirche San Pietro al Monte in Civate drei Kreuze aufgestellt.« Funi hebt den Kopf. »Hätten Sie etwas dagegen, wenn ich hinfahren und mich etwas umsehen würde?«

Pietro Corsari fixiert ihn und meint: »Und wieso werden ausgerechnet wir bei so etwas benachrichtigt?«

»Ich habe die Meldung über unsere drei Kreuze weitergeleitet.« *Unsere Kreuze* – wie seltsam das klang, seltsam vertraut. »Ich habe es eben ein wenig herumerzählt.« Funi macht sich auf eine Rüge gefasst, doch nichts dergleichen passiert.

Corsari runzelt nur die Stirn und gibt ihm mit einer Handbewegung zu verstehen, er solle ruhig machen, was er denke. Dann senkt er wieder seinen Kopf, beachtet ihn nicht weiter.

Er erträgt ihn stillschweigend, ohne mit ihm auf Konfrontation zu gehen. Vielleicht würde sich noch ein anderer, passenderer Vorwand finden, um seiner unterdrückten Aggressivität Luft zu machen. Und im Grunde war Funi an seinen Problemen am wenigsten schuld. Er suchte einfach nur nach Beschäftigung. Versuchte, die Zeit so gut wie möglich herumzukriegen. Und was war schon falsch daran, in dieser Form vom gewöhnlichen Dienst nach Vorschrift abzuweichen? Für den Moment konnte es ihm recht sein. Sollte er doch ruhig nach Civate fahren, dann würde man immer noch weitersehen. Aufgestellte Kreuze – wahrscheinlich von irgendeiner Sekte oder einem Irren. So ein Geltungsbedürftiger, der früher oder später schon genug davon haben würde, Löcher in den Boden zu graben und Kreuze darin zu versenken.

27

Anna räumt ihr Zimmer auf. Es ist ein Einzelzimmer. Ein karges Viereck mit einem weißen Bett darin. Ein Schrank, ein Rattansessel und ein Holztisch mit einer Schreibtischlampe darauf. Die Wände sind schneeweiß, vor dem einzigen Fenster hängen kurze Leinenvorhänge, die das direkte Sonnenlicht abschirmen. Der Boden ist aus Stein. Grau, kalt. Anna kennt den Boden gut. Sie legt sich oft darauf. Mit nacktem Bauch und leeren Brüsten, die nur noch Hautlappen sind. Sie kriecht in jeden Winkel. Windet sich und schaut zur Decke. Ihre Knie sind lila und bläulichfarben. So kriecht sie oft stundenlang. Betet ihren Rosenkranz herunter. Fleht zu einem Gott, sie zu befreien. Sieht in der Schwüle der Luft Gestalten, die sich bewegen. Und ernährt sich von Wasser. Wenn sie versucht, etwas zu essen, spuckt sie alles wieder aus, bespuckt den Arzt und seine Assistentin, ihre Kameradinnen, die ihr nicht glauben wollen. Die nicht in der Lage sind zu verstehen, zu was der Geist fähig ist, wenn der Leib rein bleibt. Rein von körperlichen, irdischen Einmischungen.

»Beginnen wir also mit unserer heutigen Sitzung«, sagt der Arzt. »Machen Sie sich schon mal fertig, Anna.« Er geht zur Tür und schließt sie ab.

Anna gehorcht. Ihre Überzeugung verlangt das von ihr. Gehorsam und Respekt. Anna bereitet sich vor. Sie zieht ihren

Pullover aus, knöpft mit ihren Spinnenfingern ihre Bluse auf, faltet alles sorgsam zusammen und legt es auf den Bettrand. Dann streift sie ihre Hose ab, zieht ihre Socken aus und öffnet ihren BH, sodass sie nur noch in der Unterhose dasitzt.

»Gut so. Und jetzt knien Sie sich hin. Mit aufrechtem Oberkörper. Legen Sie ruhig Ihren Rosenkranz für einen Moment aufs Bett«, weist sie der Arzt an.

»Kann ich ihn nicht behalten?« Sie streckt ihm die kleine rosafarbene Kette entgegen.

»Heute nicht«, entgegnet er. »Versuchen wir, uns von allem zu befreien, was uns am Irdischen festhält. Symbole, Blendwerk. Legen Sie ihn zusammen mit den Kleidern aufs Bett. Später können Sie ihn dann wiederhaben.«

Anna tut, was man ihr sagt. Dann kniet sie sich erneut nieder, nur mit ihrer weißen, knappen Unterhose bekleidet. Sie ist komplett rasiert. Jung. Ausgemergelt. Als hätte der Bildhauer etwas zu viel Marmor abgeschlagen. Sie hat etwas Zartes an sich, das im kompletten Gegensatz zu den kantigen Linien ihres Körpers steht.

»Wie fühlen Sie sich?«, fragt der Arzt.

»Gut«, lautet ihre Antwort. »Ich habe in den vergangenen Tagen viel gebetet und Simone Weil gelesen.«

»Erinnern Sie sich an das, was Sie gelesen haben?« Der Arzt schaut ihr noch immer fest in die Augen.

»Ich erkenne mich wieder in ihrem Bestreben nach einer vollkommenen Wahrnehmung der Welt«, lautet die Antwort ohne das geringste Zögern.

»Und was sagt Simone Weil über den Körper? Erinnern Sie sich?«

»Natürlich. Durch sie habe ich begriffen, dass Verständnis nur über den Körper funktioniert, über den Kontakt mit der Welt«, erwidert sie beseelt und etwas unsicher. Mit hervorspringenden Rippen und ausgehöhlten Hüften. Die Haut über ihren Brüsten ist zerkratzt, mit leichten Schürfungen und Rötungen, als wäre sie zu lange der Sonne ausgesetzt gewesen. Oder als hätte man die Haut mit einem groben Schwamm gerieben.

»Wie nah sind Sie schon Ihrem Ziel, Anna?«

»Ich bin seines noch nicht würdig, ich habe noch einen weiten Weg vor mir. Ich muss mich von den materiellen Ketten befreien, meinen Körper reinigen.«

»Wollen wir etwas konkreter werden, Anna?«

»Ja, Herr Doktor. *Bis wir, beschränkte Intelligenzen, limitiert durch unsere Körper, die grenzenlose Materie beherrschen können, ist es notwendig, dass diese Grenzen unterworfen werden.*«

»Gut, Anna. Jetzt versuchen wir, diese komplexen Gedanken auf ganz einfache Weise umzusetzen. Legen Sie sich auf den Boden.«

Das Mädchen liegt bäuchlings auf der Erde. Ihr ist kalt. Der rohe Stein presst sich gegen ihren Körper. Die Knie schmerzen, die Arme scheinen bei jeder Bewegung zerbrechen zu können.

»Los, Anna.«

Anna beginnt vorwärtszukriechen wie eine Schlange, windet sich, scheuert mit ihrem Körper über den Boden, wobei sie den Kopf etwas nach oben reckt. Sie schleift das mit, was von ihr noch übrig ist: nicht viel mehr als eine lästige Fessel. Ein Saugnapf aus Haut, der am Stein zu kleben scheint, sich daran heftet. Sie spreizt die Knie nach außen, wie die Beine einer Heuschrecke. Dann hat sie ihr Ziel erreicht. Sie legt die Wange auf die Schuhspitze des Mannes, der sie führt. Der Arzt sitzt breitbeinig auf einem Stuhl.

»So ist es gut, Anna. Nun richten Sie sich wieder auf, ganz langsam. So ist es gut. *Aus dem Umstand heraus, dass wir einen Körper haben, ist die Welt um diesen Körper geordnet; sie ist geordnet in Bezug auf die Reaktion des Körpers …* Ja, gut so. Weiter. Gut machst du das.«

Anna isst nichts. Reihen von Krümeln. Abgezählte Reiskörner. Drei, fünf, acht. Bis dreißig. Lebt von Salatblättern. Und schluckt Spermien.

28

»Raten Sie mal, wo ich gerade bin, Frau Kommissarin.«

»Ich habe absolut keine Ahnung, Funi. Nach den Geräuschen im Hintergrund zu schließen, irgendwo im Freien.« Maria Dolores kann sich bei derartigen Überraschungsanrufen von Funi oft ein Grinsen nicht verkneifen.

»Ich bin in einem dichten Wald und spaziere gerade eine steile Anhöhe hinauf. Das wäre was für Sie hier. Nichts als blühende Büsche um mich herum. Die Bäume allerdings sind noch kahl, dazu ist es zu früh im Jahr. Man hat mir gesagt, für die Jahreszeit sei alles noch sehr spät dran.« Er schnauft, während er emporsteigt.

»Funi, machen Sie langsam, Sie bekommen sonst noch einen Herzinfarkt. Wo um Himmels Willen sind Sie eigentlich?« Für einen kurzen Moment war ihr der Gedanke gekommen, er könne einen erneuten Versuch unternommen haben, ihre Vergangenheit zu erkunden.

»Ich bin auf dem Weg zu einer Kirche. Sie würde Ihnen gefallen, glaube ich. Wenn ich oben bin, melde ich mich noch mal, dann kann ich sie Ihnen beschreiben.«

»Dann warte ich also auf Ihren Anruf.«

Es ist elf Uhr morgens, und sie ist noch nicht angezogen. Sie steht reglos vor dem Wohnzimmerfenster. Ihr Elternhaus ist ein Ziegelgebäude mit hohen Räumen. Hier ist sie aufgewachsen, ab ihrem dritten Lebensjahr. Da war sie gerade mal einen Meter groß und konnte nur durch die Eisenstäbe des Balkongeländers hindurchspähen.

Mit achtzehn ist sie dann ausgezogen. Hat sich ihren eigenen Blick auf die Welt geschaffen. Von hier oben war die Aussicht schon immer besser gewesen, als von jedem Riesenrad aus: die Landebahn des Militärflughafens, der Flughafen von Linate, das graue Motel »San Lorenzo«, die Ost-Umgehungsstraße, die in zwei Richtungen verläuft. Wie oft hatte sie sich in diesem Blick verloren, war mit den Augen dem Zementband gefolgt, das den Stadtrand umsäumt. Wie ein Satinband, das einen Strauß Blumen zusammenhält. Sie begreift plötzlich, dass sie einen Großteil ihres Lebens mit dem Anblick von Autobahnauffahrten und -abfahrten verbracht hat. Zufahrten auf eine Brücke, die Fahrzeuge wie eine Startrampe nach unten oder oben beförderte. Je nachdem, von wo man kam und wohin man wollte. Die Vorstellung einer fortwährenden Bewegung, einer Abgrenzung, eines Übergangs, einer schnellen Fahrt. Das Gefühl von Geschwindigkeit, das sich im Wunsch auflöst, Distanzen zu überwinden. Ein Raum, der nur für wenige Sekunden durchbrochen wird. Flugzeuge im Himmel, Autos am Boden. Nichts ruht länger als für einen kurzen Moment. Um einen kaputten Reifen zu wechseln, zu tanken, irgendwo schnell zu übernachten. Nie ist es ganz dunkel. Nie völlig still.

Instinktiv legt sie ihre Hände um den Hals, so als wolle sie ihn stützen. Am Abend zuvor hatte sie eine Tablette eingenommen, die ihr einen langen friedlichen Schlaf beschert hatte. Ab und zu gönnte sie sich das. Das Telefon klingelt ein weiteres Mal. Sie beschließt, nicht hinzugehen. Aber das Klingeln will nicht verstummen.

29

Nagel sagt: »Würden Sie über irgendeinen Umstand, der Sie betrifft, lügen, und man käme Ihnen auf die Schliche, würden Sie durch das Urteil für das begangene Verbrechen bestraft werden. Sie erhielten also trotz allem die Strafe, die Sie verdienten.«

»Und für die Lüge? Würde ich nicht auch für die Lüge bestraft werden?«

Nagel antwortet: »Eine Lüge wird nur dann geahndet, wenn sie Dritte mit einbezieht. Oder im Falle einer Verleumdung. Ist es das, was Sie wollen?«

»Nein, das will ich nicht. Ich habe nicht gesagt, dass ich anstelle des Mannes getötet habe. Ich habe nicht *allein* getötet. Ich habe *auch* getötet. Und was mir nicht aus dem Kopf will, ist die Frage, ob ich imstande gewesen wäre, sie zu töten. Ich allein. Wenn da nicht dieser Mann gewesen wäre, der mit dem Gewehr auf mich gezielt hat.«

Nagel ist sich da ganz sicher: »Nein. Sie standen derart unter Stress, eben wegen diesem Gewehr. Sie haben einen entscheidenden Moment lang daran geglaubt, dass dieser Mann Sie erschießen würde. Sie rührten sich nicht von der Stelle, waren wie gelähmt, unter Schock. Sie hatten das Gefühl, ihn schon einmal gesehen zu haben, aber aus dieser Entfernung konnten Sie sich nicht hundertprozentig sicher sein. Wir beide wissen genau, dass Sie ihn kannten, aber das werden wir nicht sagen. Allerdings hat das bisher auch niemand behauptet. Sie haben zu jenem Zeitpunkt gemutmaßt, dieser Mann, der Vater eines der misshandelten Kinder, könne der Vergewaltiger sein. Vielleicht war er es ja, der Sie eine Woche zuvor in demselben Wald angegriffen hatte. Sie, Vergani, waren durcheinander und voller Angst.«

»Und deswegen bin ich ausgerastet, als ich hinter mir eine Gestalt spürte. Ich habe also unbesonnen reagiert. Ohne die Möglichkeit, mich selbst zu stoppen oder zu kontrollieren. Wenn ich erzähle, dass es so gelaufen ist, bekäme ich vielleicht mildernde Umstände … Wie sähen denn diese mildernden Umstände aus?«

Nagel wirkt entschlossen: »Es geht hier nicht um mildernde Umstände. Sie haben nicht aus irgendeiner sozialen Gesinnung heraus so reagiert, wie Sie reagiert haben. Oder weil Sie von einem rasenden Mob dazu getrieben wurden. Im Falle einer Verurteilung könnten Sie Strafmilderung geltend machen wie jeder andere auch, der, wie Sie, nicht vorbestraft ist. Wir aber wollen und müssen auf Freispruch aus Notwehr plädieren.« So lautet Nagels Antwort. Das ewige Lied: *Ich will Freispruch.* Etwas unzufrieden schiebt er nach: »Haben Sie etwa Angst davor, freigesprochen zu werden? Oder ist Ihr Gewissen auf der Suche nach Bestrafung, koste es, was es wolle?«

Angst. Zu verlieren, nichts zu finden, sich nicht erinnern zu können. Meine einzige Angst besteht darin, das alles nicht durchzustehen. Mir selbst nicht gewachsen zu sein. Angst, wieder an meine alte Arbeit zurückzukehren. Eine Arbeit, bei der ich von anderen verlange, die Wahrheit zu sagen, aber selbst diesem Anspruch nicht gerecht werde.

30

»Hier in der Kirche gibt es ein wunderschönes Fresko. Eine mit der Sonne bekleidete Frau gebärt ein Kind, während der Mond ihr zu Füßen liegt und auf ihrem Kopf die Sterne ruhen. Außerdem ist da noch ein Engel mit einem Schwert, der den Teufel angreift, glaube ich.« Funi spricht, während er nach oben blickt. Dann geht er wieder nach draußen.

»Das wird der Erzengel Michael sein«, antwortet Maria Dolores. »Im Großen und Ganzen beneide ich Sie ja, Funi.«

»Sie sollten erstmal die Kreuze sehen. Genauso hoch wie die anderen. Beeindruckend. Die mussten ganz schön schuften, um sie aufzustellen. Wahrscheinlich würden Sie darin irgendetwas Künstlerisches sehen.«

»Spontan fallen mir da nur betende Hände ein, die aus Sand herausragen.«

»Wie bitte?«

»Nichts. Das war nur so eine Assoziation. Ich musste eben an den Künstler Cattelan denken, erinnern Sie sich noch? Der mit dem Stroh umwickelten Pferd, das von der Decke der Galerie herunterbaumelt? Der gleiche, der auch den Galgen auf der Piazza 24. Maggio aufgestellt hat, an dem Kinder aufgehängt sind?«

»Glauben Sie, er könnte das hier getan haben?«

»Das schließe ich eher aus. Ich meinte damit vielmehr, dass

die Kunst manchmal aus dem Leben schöpft, bevor die Dinge überhaupt passieren. Machen Sie doch bitte ein paar Aufnahmen für mich. Sie haben mich neugierig gemacht.«

»Geht klar. Aber in unserem konkreten Fall hier sind die Dinge doch schon passiert?« Funi hält inne und sucht nach den passenden Worten.

Maria Dolores kommt ihm zuvor. »Guter Einwand.« Dann fragt sie: »Was haben Sie eigentlich mit den Kreuzen vor?«

»Die hier stehen schon seit einem knappen Monat, die anderen in San Siro werden in einigen Tagen entfernt.«

»Machen Sie auch von denen noch ein paar Fotos, bevor sie weg sind. Und schauen Sie unten, am Sockel, mal genauer hin. Vielleicht liegen da irgendwelche Gegenstände oder etwas Ähnliches.«

»Wird gemacht.« Funi grinst. Für einen kurzen Moment war sie wieder zu der alten Hauptkommissarin geworden. Energisch und mit diesem gebieterischen Ton. Die Gedanken immer bei der Arbeit. Er hatte es schon geahnt, dass es ihr besser gehen würde, wenn er sie, wenn auch nur am Rande und immer mit der gebotenen Vorsicht, in eine Ermittlung einbeziehen würde. Aber das durfte sie nicht merken.

»Ich könnte ja heute Abend bei Ihnen vorbeischauen, um Ihnen die Fotos zu zeigen, was meinen Sie? Ich werde mich erkundigen, wann die Kollegen zur Kontrolle vorbeikommen, und dann kurz mit raufgehen.«

»Einverstanden, Funi. Ich erwarte Sie.«

31

»Ich will nicht lügen. Noch mal ganz von vorn: Die Wahrheit ist, dass ich nicht glaube, aus Notwehr mit dem Messer zugestochen zu haben. Ja, diese Frau hatte sich mir genähert. Vielleicht hätte sie mich auch angegriffen, aber das kann ich nicht mit Sicherheit sagen. Genauso wenig wie ich mit Sicherheit sagen kann, dass dieser Mann aus Notwehr geschossen hat. Er hatte das Gewehr minutenlang auf mich gerichtet, mich anvisiert, um den richtigen Moment abzupassen und dann abgedrückt. Ich wusste, dass er im Wald hinter jemandem her war. Ich wusste, dass er sich selbst Gerechtigkeit verschaffen würde. ›Kennen Sie denn eine Strafe, die einer solch grausamen Tat angemessen wäre?‹, hatte er mich gefragt. Er wollte sich von dieser Fessel einfach befreien. Wollte diese Person, die sein Leben und das Leben der ganzen Dorfgemeinschaft zur Hölle gemacht hatte, ein für alle Mal aus dem Wege räumen. Das ist meine Wahrheit. Soll ich sie etwa leugnen? Oder sogar unterschlagen?«

Max Nagel: »Sie hatten damit gerechnet, der Hauptmann der Carabinieri von Aosta würde Sie maßregeln. Sie glaubten, er würde es öffentlich machen, dass Sie sich, über das gebührende Maß hinaus, in den Fall um das verschwundene Mädchen im Ayas-Tal eingemischt hatten. Aber anders als erwartet, hat er alles heruntergespielt und Ihnen so das Leben einfacher gemacht. Sie in die Geschichte eingebunden, ohne Sie damit in Schwierigkeiten zu bringen, und Ihnen dadurch einen wertvollen Dienst erwiesen.«

»Darüber bin ich mir durchaus im Klaren. Irgendeinen Gewinn wird er allerdings daraus schon geschlagen haben. Aber was ist eigentlich mit der Vernachlässigung seiner Amtspflichten, seiner Inkompetenz, die dem Schuldigen erst ermöglicht haben, weiter sein Unwesen zu treiben? Das Leben des Dorfpriesters in Verzweiflung gestürzt haben? Ich war in diesem Wald unterwegs gewesen, weil sich niemand darum geschert hat, die Wahrheit herauszufinden. Ich habe auf den verzweifelten Hilferuf eines Mannes reagiert. Aber ich konnte nichts tun: Ich habe getötet. Und nichts hat sich dadurch geändert. Dieses Mal steht mein Gewissen auf dem Spiel.«

Max Nagel: »Vergani, Sie sehen das alles aus dem falschen Blickwinkel. Sie verwechseln die moralische mit der rechtlichen Ebene. Das sind zwei komplett unterschiedliche Dinge.«

Nagel ist kein Philosoph, aber er versucht, mir das Leben schwer zu machen. Er weiß, dass ich mir bei den Einzelheiten in der Sache nicht ganz sicher bin. Er weiß, dass ich mich in einer privilegierten Lage fühle, weil ich Polizistin bin, aber gleichzeitig auch unterlegen. Ich habe nicht über alles, was in meinem Leben passiert ist, frei entschieden. Immer noch fehlten mir einige Puzzleteile, um endgültig sagen zu können, wie es wirklich passiert war.

»Die Wahrheit ist keine Frage der Moral, sondern eine Frage der Ethik. Könnten wir von dieser Grundvoraussetzung ausgehen, würde das allen viel Leid ersparen.«

Max Nagel: »Einer angemessenen Verteidigungsstrategie nachzugehen ist hingegen eine Rechtsfrage. Immerhin geht es hier nicht ausschließlich um Sie. Andere sind auch noch involviert und versuchen, den Wahrheitsgehalt dessen, was angeblich passiert ist, einzuschätzen – ausgehend von Ihren Behauptungen und durch die Überprüfung der gesamten Umstände. Das ist die juristische Ebene. Und bisher scheint mir Ihre Wahrheit, Maria Dolores Vergani, nicht die einzig mögliche zu sein. Darüber sind wir uns doch hoffentlich einig.«

32

»Gratuliere, Funi. Ich muss gestehen, dass ich mit einem so bravourösen Ergebnis nicht gerechnet hätte! Und dann auch noch gleich beim ersten Anlauf.« Was so viel heißt wie: *Ich hätte Ihnen nicht zugetraut, dass Sie die Beförderung zum Kommissar mit einer solchen Kaltschnäuzigkeit schaffen würden.* Die Wahrheit ist allerdings, dass Achille Funi, obwohl er sowohl an Lebens- als auch an Dienstjahren gemessen der Älteste im Präsidium ist, bisher wenig von Karriereplänen wissen wollte. Doch im Leben kann es vorkommen, dass der Vergleich mit anderen in einem das Bewusstsein stärkt, dass der Durchschnitt manchmal ziemlich niedrig liegen kann. Und so hatte Funi nach einer neuen Herausforderung gesucht, etwas, das ihm in Wahrheit längst zustand: eine neue Funktion.

Ungeachtet des Karrieresprungs seines Untergebenen scheint Pietro Corsari ausgezeichneter Laune zu sein. Was vermutlich mit dem neuen Foto auf seinem Schreibtisch zu tun hat. Eine lächelnde dunkelhaarige Frau, die sich mit der Hand durch ihre langen weichen Haare fährt. Achille Maria Funi ist es sofort aufgefallen, und Corsari möchte, dass alle es sehen und kommentieren. Und daran ist auch nichts auszusetzen. Aber wie man eine Frau innerhalb von wenigen Monaten durch eine andere ersetzen kann, im Herzen und im

Bilderrahmen, bleibt das Geheimnis der Männer. Vor allem der Männer. Fast ausschließlich der Männer.

»Danke für die Glückwünsche. Ich werde mich jetzt mal nach den Details erkundigen.«

»Die kann ich Ihnen auch sagen: Man hat Sie hierher zugewiesen. Ich vermute, dass Sie froh darüber sind. Lassen Sie nur, Sie brauchen sich nicht zu bedanken.« Ein aufgesetztes Grinsen. »Sie wissen wohl schon, dass Sie das Büro von Kollegin Vergani bekommen?«

»Ich kann genauso gut in meinem bleiben. Das macht keinen großen Unterschied.« Er spürt nicht gerade das Verlangen danach, sich ein zweites Mal bei Corsari zu bedanken.

»Ihr Büro ist bereits für einen anderen Kollegen vorgesehen. Also: Packen Sie Ihre Sachen und bringen Sie sie schon rüber. Eigentlich ist es nicht meine Aufgabe, Sie einzuweisen. Jetzt mal zack, zack, und keine weiteren Diskussionen, K-o-m-m-i-s-s-a-r Funi.« Dann fügt er weniger gut gelaunt hinzu: »Ich nehme an, dass Sie bereits Ihre ehemalige Vorgesetzte Vergani in Kenntnis gesetzt haben, richtig?«

»Noch nicht«, antwortet Funi, und dann ganz gelassen: »Das werde ich schon noch tun. Es eilt ja nicht.«

»Natürlich. Aber vergessen Sie es bloß nicht. Gute Nachrichten soll man nicht aufschieben.«

»Danke für den Tipp, Herr Kommissar.« In keiner Weise von dessen guten Absichten überzeugt.

»Pietro, ab heute nur noch Pietro. Pietro und Achille.«

Seinen Vornamen im Präsidium zu hören war für Funi noch ungewohnt. Familiäre Bande, Fluch und Segen.

Funi hatte niemandem von seinem Antrag auf Beförderung zum Hauptkommissar erzählt und sich selbst nicht wirklich Chancen ausgerechnet. Und nun war es wirklich geschehen.

Fürs Erste wäre er allein im Büro von Maria Dolores, später würden sie es sich dann teilen. Eine Ehre, ein Vergnügen. Der natürliche Weg, vom »Sie« zum »Du« zu wechseln. Sich der Uniform und der Frau, die darin steckte, anzunähern. Nun musste er all sein Feingefühl aufbringen, um ihr die Neuigkeit beizubringen. Es ist immer schwierig, sich auf eine Stufe mit seinem Lehrmeister zu stellen, und umgekehrt ist es nicht immer angenehm, sich plötzlich Seite an Seite mit einem Untergebenen, einem Schüler, einem Zögling wiederzufinden, der inzwischen herangewachsen und selbständig geworden war. Es ist keine Seltenheit, dass man ausgerechnet von der Person, die einen zu Beginn unterstützt hat, später nicht anerkannt wird. Der Person, die einst Leitbild, Orientierung und Mentor war. Und oft gerät man ausgerechnet mit dieser aneinander. *Er oder ich*. Das kam vor. Und Funi wusste das.

33

»Guten Tag, ich bin's, Angelo.« Eine ruhige, junge Stimme.

Maria Dolores horcht für einen kurzen Moment schweigend in den Hörer, dann antwortet sie mit einem knappen »Guten Tag«. Während der Untersuchungshaft hat sie ihre Resolutheit verloren, ihre Ungeduld, mit der sie den Sprecher am anderen Ende der Leitung oft überrumpelte. Jetzt musste sie mit ihrer Zeit nicht mehr sparsam umgehen. Gestand ihrem Gegenüber zwar nicht ihre physische Präsenz, aber dafür ihre unbegrenzte zeitliche Verfügbarkeit zu.

Die Stimme setzt von Neuem an: »Vielleicht erinnern Sie sich nicht mehr an mich. Wir kennen uns von früher.«

Pause.

»Könnten Sie etwas konkreter werden?« Die Liebenswürdigkeit in seiner Stimme lässt sie weiter nachhaken.

»Ich hatte mich auf der Schultoilette mit einer Pistole eingeschlossen.«

Maria Dolores unterbricht ihn. »Angelo.« Ihr Atem stockt leicht.

»Ja, ich bin's. Wie geht es Ihnen?«

Sie nimmt einen tiefen Atemzug. Dann greift sie mit der linken Hand nach der Zigarettenschachtel, zieht eine heraus, geht einige Schritte in Richtung Fenster, öffnet es und zündet sie an. Dann antwortet sie: »Gut, danke. Und dir?«

»Ich würde Sie gerne treffen.«

»Ich darf keinen Besuch empfangen.« Sie stößt den Zigarettenrauch aus und tippt mit dem Zeigefinger die Asche ab, die sich noch nicht gebildet hat. Sie ist unentschlossen, ob sie weiterreden soll. »Ich bin nicht mehr die Gleiche, die du vor vielen Jahren kennengelernt hast.«

»Ich auch nicht. Aber ich muss Sie noch einmal sprechen.«

»Der Zeitpunkt ist etwas schwierig, Angelo. Vielleicht weißt du es bereits, ich darf niemanden sehen. Ich bin mir nicht mal sicher, ob es dir etwas bringen würde, mit mir zu sprechen. Ich mache, wie gesagt, gerade eine schwierige Phase durch, ich weiß nicht, ob ...«

»Ich muss jetzt Schluss machen, aber ich melde mich wieder. Vielen Dank noch mal.«

»Wie geht es dir denn jetzt?«, fragt sie, bevor er das Gespräch beenden kann.

»Ich melde mich.« Er legt abrupt auf.

Sie bleibt mit der angerauchten Zigarette zurück. Benommen von dem seltsamen Gefühl von etwas Überraschendem, Unerwartetem. Eine Stimme aus einer längst vergangenen Zeit. Angelo war ein Teenager gewesen, als sie sich das erste Mal begegneten. Und sie schrieb gerade an ihrer Abschlussarbeit zum Psychotherapeuten. Sie hatte dafür über Wochen an einer Studie über Jugendliche gearbeitet und an jenem Morgen an einem Gymnasium Daten zusammengetragen. Angelo hatte sich auf der Toilette eingesperrt und damit gedroht, sich mit der Waffe seines Vaters zu erschießen, der bei einem Sicherheitsdienst arbeitete. Maria Dolores hatte sich auf der anderen Seite der Tür wiedergefunden, um ihm zuzuhören. Sie hatte vorsichtig das Gespräch gesucht, in dem verzweifelten Versuch, ihn davon abzuhalten, sich umzubringen. Bei ihr war ein Philosophielehrer, die einzige Person, mit dem der Junge sprechen wollte. Ein Morgen voller panischer Angst.

34

Chiara

Chiara bekommt ihre Regel nicht. Trägt keine Wimpern. Ein Härchen nach dem anderen reißt sie sich heraus, behält es kurz zwischen Zeigefinger und Daumen der rechten Hand und wünscht sich etwas. Immer dasselbe. *Spieglein, Spieglein an der Wand, wer ist die Schönste im ganzen Land?*

»Du bist das, Chiara, du«, raunt der Arzt ihr wie ein Zauberer leise ins Ohr. Weiß gekleidet, seinen Kittel und die Krankenakte in der Hand, wacht er über sie.

Bis auf zwei Härchen am linken Augenlid, hat sie sich fast alle Wimpern herausgerissen. Ein nackter Blick aus geröteten Augen. Darüber zwei nachgezogene Striche anstelle der gezupften Augenbrauen. Ein Drachen in schwarzen Schattierungen, gebannt auf die faltige Haut ihres linken Oberschenkel. Auf einem Schulterblatt der Flügel eines Engels. Der zweite Flügel erst halb fertig.

»Deine Eltern wollen dich nächsten Sonntag besuchen kommen. Wie fändest du das?«

»Ich möchte sie nicht sehen«, antwortet sie.

Seit fast sechs Monaten hat sie keinen Besuch mehr, lässt niemanden mehr zu sich.

»Sie sollen mich sehen, wenn ich schön und schlank bin.«

Wenn ich schön bin, bedeutet so viel wie niemals. Denn Maß und ein Ende sind längst verloren gegangen. Das Loch lässt sich nicht mehr stopfen, der Schlund ist unersättlich. Sie bezeichnen sich gegenseitig als schön, erhaben, selbstbeherrscht, anders als der Rest der korrupten und beschmutzten Welt.

Er tröstet sie, belohnt sie, leitet sie. Der Arzt steht an ihrer Seite. Mysteriös und dominant. Chiara spielt mit ihren ständig wechselnden Schminkutensilien, die verstreut in der Schublade des Holztisches herumliegen. Sie trägt enge bunte Kleidung. Hohe Schuhe und Umhängetaschen. Langsam und unsicher bewegt sie sich darin. Hölzern und antriebslos. Während die Essenssplitter durch den Mund in ihren Magen gelangen, betet sie stumm immer dasselbe herunter: *Mit mir ist es etwas anderes. Er liebt mich wirklich. Das sagt er mir immerzu. Ich werde gesund und schön. Zum Sterben schön.*

Heute ist eine Modenschau geplant. Die Damen haben sich hübsch gemacht. Geheimnisvolle Mädchen, die dem Essen abgeschworen haben. »Werde Teil meiner Träume«, so heißt das Kleid von Chiara. Sie wird ihre fehlende Energie besiegen, das Dunkle, das geklärt werden muss. Der Laufsteg ist schon vorbereitet, Assistenten und Oberarzt sitzen bereit und erwarten den Auftritt ihrer Patientinnen.

35

Die zwei Beamten der Carabinieri stehen vor der Gegensprechanlage. Achille Funi sieht sie bereits von Weitem. Er hat vor dem Wohnhaus geparkt, ist ausgestiegen und nähert sich nun langsam dem Eingangstor. Die zwei läuten, Maria Dolores antwortet, er könnte nun mit ihr eine halbe oder auch eine ganze Stunde sprechen. Während er auf das Haus zusteuert, bemerkt er aus dem Augenwinkel einen Mann, der sein Motorrad abstellt, die Scheinwerfer ausschaltet und sich den Helm abzieht. Er steigt von der Maschine und geht ebenfalls zum Haustor. Die beiden Beamten grüßen ihn mit einer vertrauten Geste und lassen ihn herein. Zuvor jedoch sagt der Mann etwas zu ihnen, die zwei nicken, geben ihm die Hand und kehren zu ihrem Wagen zurück. Funi folgt ihnen.

»Wir dachten, du wärst heute Abend dran gewesen«, sagt einer von ihnen.

»Das dachte ich auch. Offensichtlich hat er sich in letzter Minute doch noch freimachen können. Besser so, die beiden haben sich lange nicht gesehen.«

Insgeheim denkt er sich jedoch: *Sie hätte mir ja wenigstens Bescheid sagen können. Ein kurzer Anruf hätte genügt.* Dann beschließt er, Maria Dolores kurz mitzuteilen, dass er nicht kommen wird.

»Guten Abend. Ich werde es heute Abend leider nicht mehr

schaffen. Aber wir können ja morgen telefonieren. Ich muss Sie wegen der Kreuze sprechen.«

»Ist gut, Funi. Bis morgen.« Sie ist durch den Fernseher abgelenkt, in dem gerade ein Special über die Band Massive Attack läuft. Rhythmisch. Hypnotisch.

»*… Won't lie and say this lovin's best*
leave us in emotional peace …«

Es klingelt an der Wohnungstür. Maria Dolores öffnet, überzeugt davon, die Beamten der Carabinieri vorzufinden.

»Ciao«, begrüßt sie der Mann.

»Michele. Mit dir habe ich nicht gerechnet.«

»Bist du allein?«

»Ja, komm rein.« Maria Dolores wirft einen flüchtigen Blick auf den Treppenabsatz, ob dort ein Wachtposten steht. Sie meint einen Schatten zu bemerken, aber das Treppenhaus ist leer. Michele Conti legt seinen Helm auf einen Stuhl und die Schlüssel auf den Korridortisch. Dann schaut er sich um.

»Wo sind denn deine Eltern?«

»Mein Vater ist in den Bergen, und meine Mutter ist mit Freundinnen unterwegs. Zum Glück lässt sie mich wenigstens von Zeit zu Zeit etwas durchatmen.«

Sie bedeutet ihm, auf dem Sofa Platz zu nehmen, und greift nach der Fernbedienung. Sie wartet die letzten Takte von *Karmacoma* ab und stellt dann auf leise. Sie schaut ihn an. »Willst du was trinken?«

»Ja. Ich habe noch nicht mal gegessen. Du hast nicht zufällig was zu Hause …?«

»Einen gefüllten Kühlschrank findest du bei mir immer. Bedien dich ruhig.«

Michele geht in die Küche, die sich direkt an den Wohnraum anschließt. Sie bleibt sitzen und zündet sich eine Zigarette an. Er nimmt eine Packung mit vorgewaschenem Salat, öffnet sie und leert sie über einem Teller aus. »Leistest du mir Gesellschaft?«

Sie wirken wie ein intaktes Paar. Ein ganz normaler Abend zu Hause. Er hat sich verspätet, sie ist müde von einem arbeitsreichen Tag.

»Ich komme«, antwortet Maria Dolores. Sie erhebt sich, geht an einigen nüchternen Bildern und einem Spiegel vorbei und tritt an den Tisch, wo er bereits zu essen begonnen hat.

Michele: »Ich habe dich noch nie so gut in Schuss gesehen.«

Maria Dolores: »Ich trainiere jeden Tag. Früher hatte ich keine Zeit dafür. Außerdem bin ich auf Diät.«

Michele: »Dann geht's dir also gut?«

Maria Dolores: »Ich halte es nicht mehr länger aus, ständig hier drinnen eingeschlossen zu sein.«

Michele: »Und wie geht es mit dem Anwalt voran? Habt ihr euch schon geeinigt, was ihr sagen wollt?«

Maria Dolores: »Wechseln wir besser das Thema.«

Michele: »Tut mir leid. Aber ich muss wissen, ob ich dich die nächsten zwanzig oder dreißig Jahre im Gefängnis besuchen muss, oder ob wir uns ein gemeinsames Leben aufbauen können.«

Von einem gemeinsamen Leben hatte er bisher nie gesprochen. Dass er mit ihr zusammen sein wollte, ja. Vielleicht sogar zusammen wohnen. Aber etwas gemeinsam aufbauen? Ein Leben? Ihr gemeinsames Leben? Im Augenblick löste dieser Gedanke nichts weiter als Angst in ihr aus. Noch jemand, den sie in ihr karges Leben mit aufnehmen musste. Allein ihre Zusammenkünfte, die sich nach seinem Wohlwollen gestalteten, ließen sie nicht völlig gleichgültig. Sie hatte bereits versucht, ihm klarzumachen, dass sie gern von seinen Besuchen unterrichtet werden wollte, aber umsonst. Michele kreuzte auf, wann er konnte oder wollte. Das entschied ausschließlich er. Und genau darin bestand für sie eine der vielen subtilen Formen der Konditionierung und der Machtausübung, die sie aufgrund des Hausarrestes hinnehmen musste.

Maria Dolores: »Kannst du mir sagen, was wir am Abend vor dem verfluchten Tag gemacht haben?«

Michele schaut sie an: »Schon wieder?«

Maria Dolores: »Ja, schon wieder. Haben wir uns am Abend davor gesehen? Ich erinnere mich nicht genau. Ich muss meine Gedanken ordnen. Hilf mir dabei.«

Michele: »Ich weiß nicht, was ich noch tun soll. Du hast mich das doch schon hundertmal gefragt. Am Abend davor haben wir uns nicht gesehen, vielleicht ist ja dein Freund von der *Guardia di Finanza* noch aufgetaucht. Mit dem du dich angeblich nie allein getroffen hast.«

Stille.

Michele: »War er bei dir?«

Maria Dolores: »Ich war allein. Aber ein Stück fehlt, und ich bringe es nicht zusammen. Das weißt du.«

Michele: »Hast du ihn mal gefragt? Ich meine, ob er an dem Abend bei dir war?«

Sie errötet, als fühle sie sich schuldig für diese Geschichte, die eigentlich keine war. Erbost, vor allem darüber, dass sie alles hatte beichten müssen, nachdem sie dieser Frau ein Messer in den Bauch gerammt hatte. In solchen Momenten, das wusste sie, war es besser, alles zu sagen, jede Minute des eigenen Lebens offenzulegen. Und dennoch: Sie hatte ihn nicht betrogen. Sie hatte nur ihre Zeit und ihre Gedanken mit einem anderen Mann geteilt. Fragen ohne Antworten. Keine leidenschaftlichen Emotionen. Sie hatte es schlicht zugelassen, sich ein vages Glücksgefühl einzureden, das niemals Realität geworden wäre.

Maria Dolores: »Darum hat sich schon mein Anwalt gekümmert. Er war nicht bei mir, er war kein einziges Mal in meiner Wohnung. Im Übrigen weißt du, dass zwischen uns nie etwas war. Nie.«

Michele: »Hatte ich schon wieder vergessen. Wie peinlich die ganzen Mails, die er dir geschrieben hat. Selbst wenn man aus ihnen herauslesen kann, wie harmlos er eigentlich ist. Ein notgeiler Schlappschwanz. Garantiert impotent, wenn du mich fragst.«

Maria Dolores zeigt keine Reaktion, wehrt sich nicht gegen seine Beleidigungen. Eifersüchtige Männer mussten sich irgendwie Luft machen. Ihnen zu widersprechen würde die Situation nur noch verschlimmern. Aus irgendeiner unerfindlichen Absurdität heraus suchen sie immer wieder erneut nach der Bestätigung, dass vermeintliche Liebhaber wirklich existieren. Das ist ihre Art, sich selbst Schmerzen zuzufügen. Eine innere Stimme mahnt Maria Dolores, besser den Mund zu halten.

Sie kann Micheles unterdrückte Wut und Aggressivität deutlich spüren und versucht daher, zum eigentlichen Ausgangsthema zurückzukehren: »Und du bist dir wirklich ganz sicher, dass wir uns an jenem Abend nicht gesehen haben? Und auch nicht am Morgen danach?«

»Ich sag's dir jetzt noch mal: Wir haben uns am späten Nachmittag voneinander verabschiedet. Dann bin ich gegangen. Daran solltest du dich doch erinnern können. Siehst du, nicht einmal die einfachsten Dinge kannst du in deinem Gedächtnis abrufen. Aber du musst ja ständig etwas hinzufügen, was gar nicht da ist und dir damit das Leben verkomplizieren.«

Man nennt das *Hintergedanken haben.* Was unter Menschen, denen es an Geradlinigkeit fehlt, besonders verbreitet ist. Und oft einhergeht mit Charakterzügen wie Vielschichtigkeit, Stärke, Angst und Unsicherheit. Der Zweifel lässt sie auflodern und über den Trümmern der Zerstörungswut wieder abflauen. Sie machen Beziehungen zunichte, hinterfragen Behauptungen, stellen absurdeste Verbindungen her und schmettern jegliche Antwort von gesundem Menschenverstand ab. Sie zielen auf das noch so kleinste Wort.

»Vielleicht hast du ja recht.«

»Du willst die Realität nicht akzeptieren. Du hast dabei geholfen, ein Monster aus dem Verkehr zu ziehen. Ich würde dir gern mal zeigen, was sie alles bei ihr zu Hause gefunden haben, nachdem ihr beide sie getötet habt. Kinderpornographisches Material unterschiedlichster Art. Die Kleider der missbrauchten Kinder und vor allem die Speicherkarte mit den Fotos des entführten Mädchens. Du erinnerst dich doch an sie, nicht wahr? Du warst doch wegen ihr dort? Mir kannst du nichts vormachen. Ob du es nun getan hast, um dich zu wehren oder aus einem anderen Grund, das ist doch völlig unerheblich für deine Verurteilung. Überhaupt, dieser monatelange Hausarrest ist an sich doch schon total übertrieben.«

Maria Dolores schaut ihn an, versucht, sich selbst davon zu überzeugen, dass er recht hat. Dann sieht sie, dass es bereits spät ist und Michele keine Anstalten macht zu gehen. Sie dreht ihm den Rücken zu und beginnt den Tisch abzuräumen. Als er sich ihr geräuschlos von hinten nähert, zuckt sie zusammen. Er legt seine Arme um sie und schmiegt seine Wange an die ihrige. »Ich bleibe heute Nacht bei dir«, raunt er ihr ins Ohr.

Er fragt Maria Dolores nicht um Erlaubnis, und sie hat nicht die Kraft ihn wegzuschicken.

36

Michele Conti lässt sie hochschrecken. Weckt in ihr eine ständige Anspannung. So als bestünde ihre Beziehung erst seit Kurzem. Die Sinne sind leicht erregbar, in Habachtstellung. Das Geheimnis, damit eine Beziehung nicht in Enthaltsamkeit endet, besteht in der Suche nach Extremen. Dazu musste man in der Sexualität harmonieren. Braucht man ein komplexes psychologisches Profil, Bruchstellen und Schwächen. Und einige Grundvoraussetzungen.

Michele Conti war ein echter Mann. Was so viel heißt wie: stark, beschützend, tatkräftig. Augen und Arme, Blick und Aktion. Er trägt eine Uniform der italienischen Spezialeinheit *NOCS* und eine Pistole, von der er bei seinen Einsätzen der Risikostufe 1 auch Gebrauch macht. Und er besitzt ein Motorrad. Außerdem fülliges, lockiges Haar und eine Ray Ban.

Maria Dolores hatte sich, als sie ihn das erste Mal sah, bereits in dieses Klischee von einem Mann verliebt. Er stieg gerade in den Helikopter und trug Overall und Helm. Das Profil eines Körpers. Nichts als Körper. Sie hatte sich anfangs gegen diese reine physische Anziehung gewehrt, hatte das Offensichtliche und die Leidenschaft geleugnet. Und war schließlich gezwungen worden, sich zu ergeben und dem Schicksal zu fügen.

Das passiert Männern ebenso wie Frauen. Er hatte lange

und nachdrücklich um sie geworben. Er wollte sie haben. Und Maria Dolores hatte sich auch in diesen Umstand verliebt. In die Begierde, die sie in seinen Augen erkennen konnte. In den Wunsch, sie zu erobern, koste es, was es wolle. Sie zu besitzen. Zudem besaß er das gewisse Etwas. Diese besondere Art, zuzuhören und zu denken. Das Geschick und den Mut sich jeder Situation zu stellen. *Überlass das ruhig mir*. Und das war bei ihm nicht nur eine Floskel.

Seine Rolle ist die des klassischen Mannes. Die er gut kennt und ernst nimmt. Seine Schwächen? Jähzorn und ein aufwallendes Temperament. Das ist sein wunder Punkt. Gefühlsausbrüche, die nicht selten in körperlicher Aggression ausarten. Saat seiner verkannten Zerbrechlichkeit, die alles außer Kraft setzt. Wenn er gewalttätig wird, kann er einem sogar Angst einflößen. Maria Dolores weiß das, redet sich selbst jedoch ein, ihn nicht zu fürchten.

Hochmut gegen Zorn, ein Konflikt, der gefährlich werden kann. Nichtsdestotrotz fühlt sie sich von ihm angezogen und kann auf ihn nicht verzichten. Als gute Psychologin hält sie ihn mit therapeutischem Geschick in Schach. Und führt mit ihm ein ständiges Kopf-an-Kopf-Rennen, dank ihres Berufes als Kommissarin. Aber starke Gefühle nähren die Laster und bringen sie zum Ausbrechen. In ihrem Fall haben beide, aus unterschiedlichen Gründen, ihre Gefühle wenig im Griff. Sie beide kämpfen in ihrem Leben einen persönlichen Kampf gegen die Angst. Angst, sich aufgeben zu müssen. Getäuscht zu werden. Ihr wahres, fehlbares Ich zeigen zu müssen.

37

Die Nachbarin meiner Eltern läutet an der Wohnungstür. Passender wäre es wohl zu sagen, sie hält den Klingelknopf so lange gedrückt, bis sie den Schlüssel im Schloss herumdrehen hört. Sie hat ihren Mann verloren und lebt nun allein. Von Zeit zu Zeit kümmert sie sich um einen ihrer Enkel. Die grauen Vorhänge vor ihrem Fenster sind immer zugezogen und dieselben, seit sie hier vor vierundvierzig Jahren eingezogen ist. Ihre Tochter, mit der ich gemeinsam die Grundschule besucht habe, arbeitet bei McDonald's. Sie hatte abstehende Ohren und wickelte daher immer ein blaues Band um ihren Kopf, das helfen sollte, sie anzulegen und zu kaschieren. Kinder kennen in diesem Alter keine Gnade, wenn der Körper einer Comicfigur ähnelt. Wunden, die man sein ganzes Leben nicht mehr loskriegt. Dumbo und Teletubby. Schön, hässlich. Nur in wenigen Bereichen sind Kinder bereits so klar, direkt und hart.

Meine Nachbarin besitzt einen Wohnwagen. Nun ist er nicht mehr funktionstüchtig und steht vor dem Haus. Jeden Tag geht sie runter, öffnet die Fenster, macht von innen sauber und schwelgt in Erinnerung an die vielen Urlaube auf den Campingplätzen Italiens. Einmal hatten sie und ihr Mann sich einen kleinen Bungalow in der Ferienanlage bei Gabicce geleistet, doch dann gleich weiterverkauft. Zu viele Mücken im August, zu schwül und zu viele schreiende Kinder.

»Doris, ich bin's. Willst du frischen Chicorée?«

Der Chicorée ist grün. Frühgemüse aus ihrem eigenen kleinen Gärtchen, der mit Plastik abgedeckt ist und am Fluss Lambro liegt. Von was hat der Chicorée sich genährt, dass er schneller als die anderen gewachsen ist? Von Pisse und Scheiße. Blei und Amin. Der Lambro, ein halbtrübes Gewässer, schlängelt sich gemächlich durch den Osten Mailands. Er ist Sammelstelle für die Abwässer von elf Millionen Menschen. Den körpereigenen Ausscheidungen, den fauligen Überbleibseln von Fehlkalkulationen. Nichts weiter als die Illusion eines Flusses.

»Also, willst du ihn jetzt nun? Er ist schön knackig und wird dir guttun.«

Ich weiß nicht, was ich antworten soll. Soll ich die Wahrheit sagen, nämlich dass ich ihren von Jauche gedüngten Chicorée nicht essen werde? Weil er Stickstoffdioxyd und Industrieabgase absorbiert hat und Leptospirose überträgt? Oder soll ich ihr Geschenk annehmen, den Chicorée im Kühlschrank verstauen und zwei Minuten später in den Abfall werfen? Man lügt, um seinem Mitmenschen einen Gefallen zu tun. Um ihn nicht zu kränken. Weil man ja nicht immer alles sagen muss. Unterschlagen. Schweigen. Takt und Anstand sind kleine Lügen, Pirouetten mit unerwarteter Verbeugung. Kleine Heucheleien.

Geben Sie mir ruhig Ihren Chicorée, und fragen Sie mich dann gleich auch noch, wie er mir geschmeckt hat. Wenn ich morgen früh nicht schon als Kadaver daliege, wie die Enten, die Tauben, die ausgezehrten Hunde oder die kranken und verkrüppelten Katzen.

Die schlimmsten Albträume entstehen aus den farbigen Schlieren des Lambro, der dem Po Schwärme an phosphoreszierenden Karpfen zuführt und dem Gemüse beim Wachsen hilft, indem er die Plantagen über viele Kilometer bewässert. In Mailand gibt es viele Gemüsebeete, die an den Autobahnausfahrten liegen. Mit Blick auf die Alpen.

»Danke, das ist wirklich nett.« Ich sage das, weil ich keine anderen möglichen Wahrheiten kenne. Ich nehme den Chicorée und lege ihn in den Kühlschrank. In einer halben Stunde, bevor meine Mutter nach Hause kommt und ihn verkochen kann, werde ich ihn in den Abfall werfen.

»Morgen bringe ich dir auch noch Zucchini mit. Sie sind groß und aromatisch«, antwortet sie zufrieden, während sie ihre rauen und schwieligen Hände, die von städtischer Erde verschmutzt sind, zurückzieht.

Ich bleibe mit meiner Heuchelei allein zurück. Meinen bürgerlichen Konventionen des friedlichen Miteinanders. Das Gerüst, das ein zivilisiertes Volk aufrechterhält und die Menschen daran hindert, übereinander herzufallen und sich gegenseitig zu zerfleischen.

Elftes Gebot: Du sollst nicht die Wahrheit sagen. Es gibt keine Wahrheit.

38

»Das Ding zählt irgendwie nicht richtig zusammen.« Der frischgebackene Hauptkommissar sitzt am Schreibtisch von Maria Dolores Vergani mit einem Taschenrechner in der Hand. Ihm gegenüber steht Pietro Corsari, die Hände in den Hosentaschen und lustlos an den Türpfosten gelehnt. Ungepflegt und unrasiert.

»Was zählt nicht, Funi?« Gute Frage.

Funi hebt den Kopf und greift die ungewollte Zweideutigkeit auf. »Ich weiß ganz genau, was zählt und was nicht zählt. Aber meine Meinung zählt ja nicht.«

»Funi, für meinen Geschmack drücken Sie sich ein wenig zu kompliziert aus. Sie hätten Philosophie studieren sollen.« Corsari scheint sich über ihn lustig machen zu wollen.

»Ach, wissen Sie. Ich lerne besser aus der Praxis. Für mich zählen eigentlich nur wenige Dinge. Das habe ich erst jetzt begriffen. Aber lassen wir das. Was die Kreuze betrifft: Sie sind eine exakte Nachahmung der Kreuze aus der Passion Christi. Wenn Sie verstehen, was ich meine?«

»Sind Sie immer noch nicht weiter? Sie haben wohl einen Narren gefressen an diesem Fall?« Funi hat Corsari auf dem falschen Fuß erwischt und vor allem ohne Argumente.

»Weitere drei Kreuze in Caltagirone, in Sizilien. Noch mal drei im Garten einer Villa unweit von Bergamo. Jeweils drei in der Nähe der Wallfahrtskirchen von Oropa und Loreto. Irgendjemand reist durch ganz Italien, um überall Kreuze aufzustellen. Da muss es doch irgendeinen Zusammenhang geben oder etwa nicht?«

»Das ist bestimmt jemand mit einem schweren psychischen Schaden. Stellen Sie sich doch nur mal den Kraftaufwand vor, die Dinger in den Boden zu kriegen. Ein Kreuz macht niemandem Angst. Lassen Sie die Sache auf sich beruhen, Funi«, meint er gelangweilt.

»Es wäre ein großer Fehler, die Sache auf sich beruhen zu lassen. Für mich wäre das ein großer Fehler. Egal. Die Abmessungen stimmen jedenfalls überein: Das größte Kreuz ist vier Meter hoch. Ein Meter in die Erde hineingeschlagen, ein weiterer Meter zwischen Boden und den Füßen des Gekreuzigten, ein Meter siebzig seine geschätzte Körpergröße. Bleiben dreißig Zentimeter übrig. Exakt wie das Kreuz auf dem Berg Golgatha.«

»Sie sind doch nicht etwa religiös?«

»Wenn schon, dann ein guter Christ. Religiös? Das weiß ich selbst nicht so genau. Aber das hat auch nichts mit den Kreuzen zu tun. Hausfriedensbruch, Besetzung öffentlichen Raumes, das sind die Straftaten, mit denen wir es hier zu tun haben. Das haben Sie doch selbst gesagt. Ich werde der Sache auf den Grund gehen. Corsari, ich habe gelernt, dass man etwas erst beendet, wenn es wirklich zu Ende ist. Und nicht mittendrin.«

»Pietro, ich habe dir schon einmal gesagt, du sollst mich Pietro nennen«, entgegnet er, ein wenig verstimmt.

»Corsari wäre mir lieber. Damit fühle ich mich wohler. Irgendwann werde ich es schon schaffen, Sie beim Vornamen zu nennen.« *Sie zu schätzen*, vielleicht. *Ihnen zu vertrauen*, hätte er gern noch hinzugefügt.

39

Giulia

Der Mund ist wie eine Tür. Zwischen Drinnen und Draußen, zwischen Oben und Unten. Sie hat es geschafft Haare, Nägel und Nadeln zu erbrechen. Sich einen imaginären Raum zu graben, wo das, was von ihrem Körper noch übrig ist, auf ein Minimum reduziert ist. Ein Zufluchtsort, eine unerträgliche Leichtigkeit. Wo ist das angestrebte Ziel, bei dem das Verlangen endgültig gestillt sein wird?

Sie suche nach Zugehörigkeit und Bestätigung. Sie strebe danach, sich in einem leeren See zu spiegeln, das absolute Nichts auszufüllen. So lautet zumindest die Theorie des Arztes, die er von seiner Kanzel herabpredigt. Die *Mütterlosen*, so wie sie auch eine ist, sitzen da und hören ihm zu. Die fleischlosen Knochen drücken gegen das Holz des Stuhles und verursachen Schmerzen. Bewegung bedeutet Unterdrückung. Dynamik ist Angriff und Flucht. Die Beute flieht und zwischen Zimmern, Gängen, Sälen, dunklen Ecken, Vorratskellern und Abstellkammern spielt sich die Inszenierung ab.

Giulia steht im Zentrum, Hauptperson und Opfer zugleich. Sie schleppt sich dahin, wo sie kann und wohin sie es schafft. Sie erhält einen Preis, wenn es ihr gelingt zu entkommen.

Wird bestraft, wenn man sie fängt. Und sie flieht erzürnt. Fällt. Steht wieder auf und beginnt von Neuem zu rennen. Sie wird verfolgt. Gepackt. Überwältigt.

40

»Die Kreuze sind sowohl in Gärten von Privathäusern als auch auf Grünflächen rund um Kirchen aufgestellt.«

»Wie viele sind es insgesamt?«, fragt Maria Dolores, während sie aufsteht, um das Wohnzimmerfenster zu schließen.

»Zwölf«, antwortet Funi und ordnet auf dem Teppich die ausgedruckten Fotos chronologisch an.

»Zwei fehlen also noch«, bemerkt sie nachdenklich.

»Zwei?«

»Ja, der Kreuzweg hat vierzehn Stationen. Zwei fehlen noch, dann ist er vollständig.«

»Ein privater Kreuzweg?«

»Nein, öffentlich. Der Boden ist zwar teilweise privat, aber auch in diesen Fällen sind die Kreuze für alle sichtbar, das haben Sie mir selbst gesagt, Funi. Oder irre ich mich?« Sie greift nach der Aufnahme von der Via dell'Ippodromo.

»Nein, nein. Das stimmt schon. Aber wozu das alles?«

»Zur Andacht. Als Pilgerweg. Was wir noch herausfinden müssen, ist, was die einzelnen Orte miteinander verbindet. Was haben sie gemeinsam? Zunächst einmal den nötigen Erdboden, um die Pfähle hineinzurammen.« Sie zündet sich eine Zigarette an.

»Fassen wir mal zusammen: Ich denke, wir können sagen, dass die Gotteshäuser alle einen bestimmten Bekanntheitsgrad haben. Ich kann Ihnen gern eine Liste dalassen, wenn Sie einen Blick darauf werfen wollen. Die Eigentümer der Privathäuser dagegen sind, wie soll ich sagen …«

»Reich. Sagen Sie es ruhig. Das ist ja kein Schimpfwort.«

»Richtig. Die Häuser gehören vermögenden Familien.« Er benutzt lieber ein entsprechendes Synonym. »Aber ich habe noch nicht mit allen gesprochen, nur mit der Familie hier in Mailand. Sollte ich das nachholen?«

»Funi, besprechen Sie das mit Corsari. Mit ihm müssen Sie vereinbaren, wie Sie vorgehen wollen. Ich finde es ja schon verwunderlich, dass er Ihnen bisher überhaupt so viel Spielraum gelassen hat.« Sie denkt kurz nach. »Ich habe ihn schon eine ganze Weile nicht mehr gesehen. Ist auch wirklich alles in Ordnung im Präsidium?«

»Natürlich.« Jetzt wäre der geeignete Zeitpunkt gewesen, ihr zu sagen, dass es nun sein Fall war, weil er zum Hauptkommissar befördert worden war. Aber er fühlt sich noch nicht bereit. Er befürchtet, sie damit in eine unangenehme Lage zu bringen. Manchmal genügte der Erfolg anderer nicht, damit es uns besser ging. Im Gegenteil.

»In Ordnung, Funi. Ich werde Sie damit nicht mehr behelligen. Aber ich möchte Sie um einen Gefallen bitten, bevor Sie gehen.«

»Was immer in meiner Macht steht.« Und darüber hinaus. Das weiß Maria Dolores.

»Könnten Sie mir den Abschlussbericht über die Durchsuchung meiner Wohnung nach meiner Verhaftung zukommen lassen? Wenn Sie das nicht hinkriegen, dann lesen Sie ihn bitte aufmerksam durch und berichten mir dann, in welchem Zustand mein Schlafzimmer vorgefunden wurde. Danke, Funi.« Sie will einem bestimmten Gedanken nachgehen. Eine Lücke schließen. Selbst wenn es mit größter Wahrscheinlichkeit gar keine Lücke zu schließen gibt. Ihr Gewissen ist noch nicht bereit für die Zukunft. Da gab es noch zu viele ungelöste Altlasten. Und um diese beiseiteräumen zu können, musste sie daran arbeiten, Teile zusammensetzen, ergänzen. Bruchstücke, Details, vielleicht haltlose Vermutungen.

»Bis bald.« Funi erhebt sich und streckt ihr seine Hand entgegen.

»Danke, Funi. Bis bald.« Sie drückt ihm zum Abschied die Hand.

41

Max Nagel: »Die Rechtsprechung dient dem Schutz Dritter vor möglichem Schaden. Selbstmord und Selbstbeschädigung sind daher im rechtlichen Sinn keine Vergehen, es sei denn, dahinter verbirgt sich eine betrügerische Absicht …«

Maria Dolores Vergani: »Wenn man einen Menschen tötet und es dafür keine Zeugen gibt, kann man also, um sich zu verteidigen, lügen und hat auch noch das Gesetz auf seiner Seite.«

Max Nagel: »Natürlich.«

Maria Dolores Vergani: »Das ist nicht moralisch.«

Max Nagel: »Zum Teufel mit der Moral!«

Maria Dolores Vergani: »Ach ja, richtig. Vor dem Gesetz darf man ja lügen, um sich zu verteidigen. Ich vergesse immer dieses winzige und unbedeutende Detail.«

Max Nagel: »Hier geht es schlicht ums Überleben. Da kannst du dir die Moral sonst wohin stecken.« Ihm entwischt aus Versehen das »Du«.

Maria Dolores Vergani: »Wir sprechen hier vom Tod eines Menschen.«

Max Nagel: »Sie kommen mir vor wie eine Jurastudentin im ersten Semester. Ich erkläre es Ihnen jetzt noch einmal: Würden Sie sich dazu entschließen, die Unwahrheit zu sagen, könnten Sie hundertprozentig davon ausgehen, dass

Sie jemand dieser Lüge überführen würde. Das irdische Gericht müsste den Beleg erbringen, dass das fragliche Subjekt, also Sie, wirklich lügt. Es muss nachweisen, dass die objektiven Fakten von Ihrer Version der Dinge abweichen. Sagen Sie, Vergani, gibt es, abgesehen von der Staatsanwaltschaft von Aosta, die in dem Fall die Ermittlungen eingeleitet hat, jemanden, der Sie der vorsätzlichen Tötung dieser Frau beschuldigt? Gibt es Zeugen, die das bekräftigen können? Gibt es konkrete Beweise, die widerlegen, dass die Version der einzigen am Tatort anwesenden Person richtig ist? Gibt es Anhaltspunkte oder Beweismittel der Spurensicherung, die etwas anderes als Notwehr nahelegen? Sie treiben mich wirklich noch an den Rand des Wahnsinns. Wollen Sie Ihren Kopf für jemanden anderen hinhalten? Da mache ich nicht mit. Und genauso wenig können Sie es wollen, dass ein anderer Unschuldiger verurteilt wird. Überlegen Sie es sich gut, Sie überspannen den Bogen. Hier geht es nicht darum, dass Sie Ihre Schuldgefühle loswerden, sondern um einen Gerichtsprozess, in dem Sie die einzig mögliche Wahrheit sagen müssen.«

Maria Dolores Vergani: »Dieser Mann hat vorsätzlich auf einen Menschen gezielt und ihn getötet.«

Max Nagel: »Dieser Mann hat von seinem Recht der Notwehr Gebrauch gemacht. Er gibt an, Sie vor einem Übergriff geschützt zu haben, der für Sie tödlich hätte enden können. Im Moment der Festnahme hatten Sie am Hals entsprechende Hämatome, die diese Version mehr als glaubhaft machen. Hinzu kommt Ihre intuitive Tat der Selbstverteidigung. Können Sie mir sagen, wo Sie sich diese Male sonst zugefügt haben sollen? Durch einen Treppensturz? Und wann soll das gewesen sein? Gibt es dafür Zeugen? Sie sind ein wenig zu überheblich. Sie würden gerne die Märtyrerin, die Heldin spielen. Lassen Sie sich doch stattdessen lieber zu einer Geste der Demut herab. Sie haben sich ungeschickt verteidigt und dabei einen Menschen getötet. Genauer gesagt: dazu beigetragen, einen Menschen zu töten. Tut mir leid, aber Sie haben nicht einmal den alleinigen Anspruch auf die Tötung.«

42

Wer kann das sein? Meine Mutter bestimmt nicht. Mein Vater auch nicht. Sie haben beide einen Schlüssel. Ich schaue im Sitzen auf die Tür. Ich lese. Alle Zeitungsartikel, die meine Person betreffen. Ich lese alle Porträts über mich, alle Betrachtungen über das Leben und den Tod. Ich lese, was die Familien sagen. Ein Foto zeigt mich im Streifenwagen der Polizei, mein Gesicht in Großaufnahme. Ein anderes die Tatwaffen und angeblich die Wälder des Aostatals. Aber das stimmt nicht. Die veröffentlichten Fotos zeigen Wälder aus dem Veltlin. Irgendwelche Archivbilder, das sieht man sofort. Es fehlen die dunklen Felsen und die hohen Pinien. Nicht einmal das Unterholz mit dem wuchernden Farn kann man auf den Fotos entdecken. An jenem Tag standen wir aber knietief im Farn und in Heidelbeersträuchern.

An der Tür klingelt es ein zweites Mal. Vielleicht gibt es ja dieses Mal Zucchini mit Rückstrahlern. Ich rufe, wer da ist, bekomme jedoch keine Antwort. Es werden die Carabinieri sein. Wahrscheinlich sind sie direkt bis zur Wohnungstür gekommen und wollen jetzt einen Kaffee. Ich öffne.

»Guten Tag.« Das ist alles, was er sagt. Er ist jung, größer als ich. Er hat helle Augen, durchsichtige Haut und ein kleines Piercing an der Oberlippe. Die feinen blonden Haare reichen ihm bis auf die Schultern. Er fragt nichts und tritt mit gesenktem Blick in die Wohnung. Mir bleibt nichts anderes übrig, als die Tür wieder zu schließen. Was ich dann auch tue.

»Guten Tag, ich bin's, Angelo.« Er reicht mir seine Hand, und ich ergreife sie. Sein Händedruck ist entschlossen, kühl und fest.

»Du kannst hier nicht bleiben. Das ist gegen die Sicherheitsvorschriften. Ich könnte ernsthaft in Schwierigkeiten geraten. Wenn sie ausgerechnet in diesem Moment bei mir anklingeln, riskiere ich eine Gefängnisstrafe. Du musst gehen. Du kannst mich telefonisch erreichen, wenn du mich unbedingt sprechen willst.«

Er setzt sich auf den Sessel, ohne mich um Erlaubnis zu fragen. Auf den Sessel, wo sonst immer ich sitze. Mitten auf die ausgeschnittenen Zeitungsartikel. Er trägt einen dunklen Kapuzenpullover. Seine Hände wirken gepflegt, mit einem schmalen Goldring am linken Ringfinger.

»Erkennen Sie mich wieder?«

»Natürlich erkenne ich dich. Du bist noch immer so jung. Wie alt wirst du wohl sein? Vierundzwanzig, sechsundzwanzig? Was treibst du so? Warum bist du hier? Wie geht's dir?«

Er streift die Ärmel seines Kapuzenpullovers nach oben. An dem einen Arm sind viele kleine, vernarbte Schnitte zu erkennen, eng nebeneinander, wie die Gräten eines Fisches. Blonde Härchen. Arme eines Mannes, schön geformt, mit leicht hervorspringenden Venen.

Das Telefon läutet. Ich will nicht rangehen. Das erste Klingeln.

»Es kommt vor, dass man vom eigenen Schmerz verführt wird«, beginnt er. »Erinnern Sie sich an diesen Satz?«

Ein zweites Klingeln.

»So sehr, dass man darin gefangen bleibt und den Weg bis zum Äußersten gehen will.«

Ein drittes Klingeln.

»Um zu begreifen, ob man imstande ist, das Äußerste zu überschreiten.«

Ein viertes Klingeln.

»Und jedes Mal verschiebt sich der äußerste Punkt des Erträglichen weiter nach hinten, bis einem klar wird, dass man unbegrenzt so weitermachen könnte. Über die eigenen physischen und psychischen Möglichkeiten hinaus …«

Ein fünftes Klingeln.

Ich muss rangehen. Ich gebe ihm ein Handzeichen, einen Moment innezuhalten. Ich habe das Telefon irgendwo liegen gelassen. Ich beginne es zu suchen.

Ein sechstes Klingeln.

Ich gehe durch den Flur bis zum Bad. Ich kann es nicht finden. Dann gehe ich den ganzen Weg wieder zurück. Es liegt auf dem anderen Sessel, da wo es hingehört. Ich habe es einfach übersehen.

Ein siebtes Klingeln.

Ich gehe ran. »Nein, ich habe nicht geschlafen. Ja, ich bin allein. Ja, wenn ich es dir doch sage. Ich habe das Telefon nur nicht gefunden. Ist gut. Bleib kurz dran.« Während ich spreche, schaue ich mich nach Angelo um. Ich kann ihn nicht sehen.

Angelo ist gegangen. Ich beende meine Rechtfertigungen und klemme mir das Telefon zwischen Wange und Kinn. Ich öffne die Wohnungstür. Sie ist abgeschlossen. Ich schaue nach dem Aufzug. Er bewegt sich nicht. Ich beuge mich über das Treppengeländer. Niemand. Ich gehe auf den Balkon und blicke hinab. Nichts. Nur Kinder mit ihren Müttern. Wohin bist du verschwunden? Er wird einen Moment auf die Toilette gegangen sein. Ich drehe mich um und nehme einen vorbeihuschenden Schatten wahr. Einen Luftzug. Er ist nicht mehr da.

Wahrscheinlich ist er rausgegangen, als ich mich gerade über die Balkonbrüstung gebeugt und nach unten gesehen habe. Er hätte sich ruhig verabschieden können. Oder vielleicht habe ich seinen Gruß auch überhört. Er wird eingeschnappt gewesen sein.

Widerwillig nehme ich das Telefongespräch wieder auf. »Warum rufst du überhaupt jetzt an?«

Michele hat bereits aufgelegt. Er wollte mich nur kontrollieren. So wie alle im Moment.

43

»Der Frühling lässt auf sich warten. Die Erde ist kalt, und der Morgen bedeckt alles mit Raureif.«

Ihm hat es schon immer gefallen, sich gewählt auszudrücken. Er hat sich nie daran gewöhnen können, einfach zu sprechen. Dann überrascht er mich.

»Wenn ich etwas einkaufen will, bekomme ich in den Läden alles umsonst. Sie meinen, das sei schon in Ordnung so. Aber mir ist das unangenehm.«

Mein Vater hat sein ganzes Leben lang gegeben. Selber etwas geschenkt zu bekommen war nicht seine Sache. Seine Großzügigkeit, die ihm schon immer eigen war, war verbunden mit dem Bedürfnis zu dominieren. Im ständigen Geben, Zugestehen, Verfügbar sein steckt auch etwas Niederträchtiges. Etwas, das einem das Gefühl gibt, über dem anderen zu stehen. Wenn ich ihn so anschaue, begreife ich, dass es manchmal schwieriger ist zu nehmen, anstatt zu geben.

»Sie fragen nach dir.« Man spürt seine Last, immer die gleichen Antworten geben zu müssen. »Sie wollen wissen, wann du wieder ins Tal kommst, wann sie dich feiern können.«

Ein Fest mit Feuerwerk, mit Grappa-Kaffee aus der hölzernen *Grolla*, der für das Aostatal typischen Freundschaftstasse. Mit einem Schnapsglas Genepì, Polenta und Meringuekuchen.

»Sie haben eine Straße nach Don Paolo benannt. Auf eigene Initiative hin, der Bürgermeister allen voran. Via Don Paolo, so heißt sie jetzt.«

Während er spricht, fällt mir auf, dass er von Tag zu Tag kleiner wird. Kleiner und dünner. Und schweigsamer. Sein Blick schweift ab. Er liebt mich wirklich wie eine eigene Tochter. Er hat mich genauso ausgesucht, erwartet, gewollt wie meine Mutter. Darin unterscheiden sich die beiden nicht. Heute ist er hier, um seine Kleidung zu wechseln, einige Einkäufe zu erledigen. Seine Pflichtansprache als Vater zu halten.

»Wann hat das alles endlich ein Ende, Maria Dolores?«

»In einigen Monaten. Und ich weiß nicht, wie alles ausgehen wird. Ich weiß nicht, was ich sagen werde. Papa, vielen Dank, dass ich hier in deiner Wohnung sein kann und du so lange dort im Ayas-Tal wohnst.«

»Du musst dich nicht bedanken. Du bist doch meine Tochter. Ich würde alles für dich tun.«

»Auch lügen?«

»Ist das jetzt eine Aufforderung?«

»Nein, ich meinte nur so prinzipiell. Ich weiß, dass du es für mich tun würdest.«

»Hast du das Gefühl, du siehst die Dinge jetzt ein wenig klarer?«

»In manchen Momenten, ja. Manchmal sogar so klar, dass alles fast unsichtbar wird. Und dann wieder auch nicht. Hast du eigentlich die Wundmale an meinem Hals gesehen?«

»Natürlich habe ich sie gesehen.«

»Stand ich unter Schock? Habe ich niemanden mehr erkannt, nicht begriffen, wo ich war? In welchem Zustand war ich? Erinnerst du dich noch?«

»Du wirktest erschrocken. In deinen Augen stand Angst. Du konntest dich an nichts erinnern. Stundenlang hast du dich nicht bewegt und wolltest nicht mehr aufhören zu weinen. Du warst außer dir. Das warst nicht du selbst.«

Er bleibt auf Distanz, als er spricht. Aber ich spüre, dass es ihm nahegeht, dass er voller Schmerz ist.

»Maria Dolores, versuch da rauszukommen. Dann sehen wir weiter. Wir kennen fähige Leute. Sie werden dir helfen, du wirst sehen.«

Eine Frage der Psyche. Etwas ist nicht ganz normal. Es wäre einfacher, alles auf ein psychisches Problem zu schieben. Aber niemand hat für mich ein psychiatrisches Gutachten angefordert. Ich war und bin absolut im Besitz meiner geistigen Kräfte. Wie viele meiner Generation hatte ich, von außen betrachtet, bisher ein glückliches Leben.

Liste:
Pluspunkte.
Aufgewachsen in einer ruhigen Umgebung.
Die besten Schulen besucht.
Reisen in Italien und ins Ausland.
Ich kann Klavier spielen.
Ich laufe Ski, spiele Tennis, kann segeln und reiten.
Minuspunkte.
Allein. Single. Unfähig, eine dauerhafte Beziehung einzugehen.
Berufsverbot als Psychologin aufgrund meines Hochmuts.
Mord, ohne Vorsatz.
Tendenz zur Anorexie, allerdings unter Kontrolle.
Suspendiert als Hauptkommissarin.
Emotional instabil.
Durcheinander.
Abgestumpft vor Langeweile.
Schlafstörungen.

Ich muss mich retten, sagt mein Vater. Aber vor was? Könnte ich jetzt, wo ich weiß, was töten bedeutet, vielleicht anders leben?

44

Funi wollte Maria Dolores' Bemerkung nicht mehr aus dem Kopf gehen, und so beschließt er, bei der Entfernung der Kreuze in San Siro anwesend zu sein.

»Bestes Brennholz. Wir machen ein paar Untersuchungen im Labor und dann ab damit auf den Schuttplatz«, versucht er, das Gespräch mit dem Hausherrn in Gang zu bringen. Er wirkt sehr elegant, wie er da mit seiner hellgrauen Kaschmirweste neben Funi steht, in der tadellosen Haltung all jener, die ihr Leben lang in einer glänzenden Scheinwelt wertvoller Objekte und erlesener Gedanken verbracht haben.

»Dennoch, so ein Kreuz hat einen starken symbolischen Charakter«, wendet der Mann ein und verfolgt mit seinem Blick das Prozedere um die drei Kreuze, die jeden Moment in die falsche Richtung zu kippen drohen, auf die Sträucher oder die Rosen. Dann wird er plötzlich von etwas abgelenkt und meint nachdenklich: »Sehen Sie mal, wie merkwürdig das aussieht, wenn der Schatten auf die Hauswand fällt.« Er zeigt auf die weiße Fassade, auf der sich die Silhouette des größten der drei Kreuze abzeichnet, während es versetzt wird. Funi schießt mit seinem Handy ein Foto davon und nickt. Dann kann er sich nicht mehr länger zurückhalten: »An was ist Ihre Tochter eigentlich gestorben?«

Wäre Maria Dolores dabei gewesen, hätte sie die unverblümte Art seiner Fragestellung missbilligt. Er merkt es selbst noch rechtzeitig. »Verzeihen Sie, wenn ich taktlos wirke, aber ich wollte Sie das schon seit Langem fragen. Ich wäre Ihnen dankbar, wenn Sie mir dennoch antworten würden«, entschuldigt er sich ein wenig zu devot.

Und tatsächlich fühlt sich sein Gegenüber berechtigt, ihn zurechtzuweisen. »Ich weiß nicht, inwiefern die Einzelheiten unserer privaten Trauer Ihnen bei Ihrer Arbeit nützlich sein könnten. Aber zu Ihrer Information: Giulia ist eines natürlichen Todes gestorben.« Er versucht einen möglichst sachlichen Ton anzuschlagen.

Achille Maria Funi assoziiert den Begriff *natürlicher Tod* mit dem einzigen Bild, das dazu in seinem Kopf existiert: das Alter. Jene Form des körperlichen Verfalls, die am Ende, aber wirklich am Ende unserer Existenz und nicht etwa einer Krankheit, auf uns wartet.

»Was genau meinen Sie denn mit *natürlicher Tod*? Sie war doch ein junges Mädchen, wenn ich mich nicht irre?«, lässt er nicht locker.

»Ihr Leben ist erloschen wie die Flamme einer Kerze.«

Noch so ein unsinniger Vergleich. Die Flamme einer Kerze erlischt aufgrund eines Luftzuges oder eines zu kurzen Dochtes, oder weil das flüssige Wachs die Flamme erstickt. Aber fast nie aus, weil sie komplett heruntergebrannt ist.

»Würden Sie mir etwas mehr darüber erzählen?«

»Eines Morgens ist sie nicht mehr aufgewacht.«

»Aber hatte sie denn irgendeine Krankheit?«

»Das ist schwierig zu erklären. Vielleicht könnte Ihnen meine Frau dazu nähere Informationen geben. Ihr Leiden hatte etwas mit dem Essen zu tun.« *Chronische Gastritis? Lebensmittelvergiftung? Zu viel oder zu wenig essen?* Funi stellt einfache mentale Gleichungen auf.

»Und wo ist Ihre Tochter gestorben?« Er weiß, dass er nicht mehr lange so weitermachen kann.

»Hier zu Hause, in ihrem Zimmer. Sie ist friedlich eingeschlafen.«

»Sie meinen, ohne zu leiden?«

»Friedlich.«

Das wird sich noch herausstellen. Aber nicht jetzt und nicht hier.

45

Die Einwohner von Civate sind gegen eine Entfernung der Kreuze. Das Holz und die Verarbeitung sind hochwertig. Das größte Kreuz ist am oberen Rand mit einigen Gravierungen verziert. Nichts Raffiniertes, aber gefällig. Die Carabinieri versuchen, die potenziellen Urheber des Kunstwerks ausfindig zu machen, Handwerker aus der Gegend, die in erster Linie Holz verarbeiten. Die Landschaft wirkt durch diese Zeichen der Leidensgeschichte Christi nicht wirklich verunstaltet, bleiben die Kreuze doch hinter dem Horizont versteckt, bis man in unmittelbare Nähe der Benediktinerabtei gelangt. Niemand will irgendetwas von alledem bemerkt haben, was in Funis Augen wenig glaubhaft erscheint.

»Wie Sie wollen«, antwortet der Kommissar auf die Bitte einer Gruppe Gläubiger, die Kreuze einfach an Ort und Stelle stehen zu lassen. Sie sind in Strickjacken aus grober Wolle gehüllt, da hier oben auf sechshundert Höhenmetern frischere Temperaturen herrschen.

»Wir müssen sie trotzdem erst mitnehmen, um Proben, Tests und Vergleiche mit ihnen zu machen«, erklärt er in einem Ton, als spräche er zu seiner Mutter.

Die alten Weiblein besprechen sich untereinander und schauen währenddessen mit schmerzvoller Miene zum Kreuz empor, als wären sie Teil eines altvertrauten Bildes: gottesfürchtige Frauen vor den leeren Kreuzen nach der Kreuzabnahme Christi. Schon malen sie sich insgeheim Ostern mit einem neuen Wallfahrtsweg aus, sehen sich bereits die Anhöhe mit qualvollen Geheimnissen und glorreichen Liedern hinaufsteigen. Murren und Vorhaltungen verstummen schon bald.

Unbefangen, doch mit der nötigen Distanz nähert sich Hauptkommissar Funi dem Sockel des größten Kreuzes und verfolgt aufmerksam seine Demontage.

»Da steckt was im Boden!«, schreit plötzlich einer der Polizisten aus Lecco, die zur Hilfe angefordert worden waren. Schaufeln beginnen den Erdboden umzugraben, nicht nur an einem bestimmten Punkt, sondern im gesamten angrenzenden Gebiet. Auch die anderen Kreuze werden nun umgelegt, der Graben immer breiter. Innerhalb von fünf Stunden versammeln sich am östlichen Abhang der Anhöhe weitere Polizeibeamte, darunter die Spurensicherung und eine Gerichtsmedizinerin.

46

»Ich bin Hauptkommissar Achille Funi, von der Kripo Mailand. Ich überwache hier die Beseitigung der Kreuze. Bitte kommen Sie doch mit, die Leiche befindet sich dort drüben.« Funi spricht zu der Gerichtsmedizinerin. Sie hat dunkle Locken, ein breites Gesicht und ein selbstsicheres Lächeln. Sie trägt Handschuhe, und statt eines Händedrucks zur Begrüßung blickt sie ihn aufmerksam an.

»Wir nehmen alles mit, was wir hier finden können und lassen die Leiche dann überstellen«, erklärt sie in ruhigem Tonfall an die Kollegen der Spurensicherung gewandt, während sie die von Erde beschmutzten, ursprünglich weißen Leinentücher und die Kleidung Schicht für Schicht entfernt. Zum Vorschein kommt der zum Teil verweste Körper eines jungen, maximal zwanzigjährigen Mädchens.

»Wir nehmen sie nach Mailand mit. Ich arbeite ebenfalls dort«, sagt sie zu Funi.

»Natürlich, selbstverständlich. Wie Sie wollen«, antwortet er. Der Blick der Frau ist noch immer auf den Leichnam geheftet. Dunkle Hose, schwarzer Mantel, neue, elegante Schuhe mit flachen Absätzen, an denen Erde klebt. Feine, glatte, blonde Haare.

»Können Sie schon etwas sagen?«, fragt Funi.

»Nein, außer das, was Sie selbst sehen können. Sie ist noch

fast ein Teenager, hier sehen Sie die Spuren von Akne im Gesicht? Zierliche Statur.«

Funi nickt. Sie fährt fort: »Äußerlich scheinen keine Anzeichen der Gewaltanwendung erkennbar zu sein, aber ich möchte nicht zu viel vorwegnehmen. Oder warten Sie: Ich gehe davon aus, dass sie nicht länger als etwa drei Wochen hier liegt.«

»Das könnte hinkommen. Vor einem Monat haben die Carabinieri diese aufgestellten Kreuze hier gefunden. Sehen Sie? Dort drüben liegen sie.«

Die Medizinerin schaut auf die Holzpfähle und stößt einen Laut unverhohlener Überraschung aus.

»Und das sind nicht die einzigen«, fügt Funi hinzu.

Die Frau lächelt. Sie ist jung, um die fünfunddreißig und hat einen straffen Körper mit klaren Linien, ohne Ecken und Kanten. Ihre großen Augen sind stark geschminkt, und ihr weicher Mund wird von einem nicht zu gewagten, aber dennoch gut sichtbaren Lippenstift hervorgehoben.

Währenddessen die einen den Leichnam in einem zweistündigen Fußmarsch ins Tal hinabtransportieren, schließt die Spurensicherung derweil die Aufnahme der Beweismittel ab. Funi weiß, dass die Ergebnisse nach Lecco geschickt werden, selbst wenn der diensthabende Richter einen Gerichtsmediziner aus Mailand bestellt hat.

»Darf ich mal einen Blick drauf werfen?«, fragt Funi die beiden Beamten, die gerade dabei sind, die Plastiktüten zu versiegeln.

Groß ist ihre Ausbeute nicht gerade: Bonbonpapiere, Zigarettenstummel, nichts von besonderem Interesse, selbst wenn am Anfang erst mal alles danach aussieht.

»Ich gehe dann also. Für mich gibt es hier nichts mehr zu tun.« Die Frau lächelt erneut. Dieses Mal ist sie es, die ihm ihre kleine, schmale Hand zum Gruß entgegenstreckt. Funi ergreift sie und erwidert den Händedruck. »Würde es Ihnen etwas ausmachen, wenn ich Sie morgen anrufe?«, fragt er, ohne ihre Hand loszulassen. »Wegen der Autopsie, meine ich.«

»Ich kann Ihnen jetzt noch nicht sagen, ob ich morgen schon so weit bin, aber rufen Sie mich doch trotzdem an.« Sie kramt in ihrer eleganten braunen Ledertasche. »Nina Parisi, bitte schön.« Sie streckt ihm eine Visitenkarte entgegen, als sein Handy klingelt.

»Achille Funi.« Er spricht ins Telefon, doch sein Name ist an sie gerichtet, für den Fall, dass sie ihn bereits vergessen haben sollte. Die Gerichtsmedizinerin nickt. Dann spricht er weiter. »Ich denke überhaupt nicht daran. Ich stehe hier gerade auf einem Berg und bezweifle, dass ich ihn noch rechtzeitig erwischen würde. Außerdem habe ich nicht die Absicht, mich wegen ihm besonders zu beeilen. Schließlich ist er außer Dienst, oder etwa nicht? Dann kann er sich doch rumtreiben, wo's ihm passt.« Er legt auf.

»Probleme?«, fragt sie.

»Ein etwas ungestümer Hauptkommissar. Aber das sind Dinge, die mich eigentlich nichts angehen.«

»Das kommt darauf an, wie stark Ihre Freundschaft zueinander ist.«

Sicher. Oder wie stark die Abneigung, denkt Funi und drückt es auf seine Weise aus: »Uns verbindet überhaupt keine Freundschaft. Mein Respekt gilt eher der ehemaligen Hauptkommissarin, ich meine … sie ist natürlich noch immer Hauptkommissarin, wenn auch im Moment suspendiert. Sie haben bestimmt von der Geschichte gehört.«

»Sie meinen die Polizeibeamtin, die des Mordes beschuldigt wird?«

»Hauptkommissarin Vergani, ja.«

Dann steigen sie nebeneinander den einzigen Fußweg hinab zu ihren Autos. Sie unterhalten sich über Gefühle und andere komplexe Themen, wobei sie doch nach etwas ganz anderem suchen. Nach ein wenig Leichtigkeit, vielleicht. Die man manchmal so nötig braucht.

47

»Lungen, Magen, alles hat an Substanz und Volumen verloren. Den Knochen fehlt Kalzium, der Osseinwert ist sehr niedrig: Nach meinen Berechnungen liegt das Knochenvolumen zwei Drittel unter dem Normalwert. Die Speiseröhre ist um circa ein Drittel geschrumpft, sowohl was ihre Größe als auch den Umfang betrifft. Und der Darm hat etwa nur die Hälfte seiner normalen Masse.«

»Aber an was ist sie denn gestorben?«, fragt Funi, der so gut wie nichts versteht.

»Herzversagen. Das Herz hat sich auf minimalste Größe zusammengezogen, sodass es zu einem Herzversagen gekommen ist. Verkleinerte Herzkammern, Herzbeutel und Bauchfell.« Sie stößt einen tiefen Seufzer aus.

»Und das Herzversagen hat dann eine solch gravierende Dekompensation ausgelöst?«

»Nein, umgekehrt. Ein Mangel an Nahrung hat alle inneren Organe geschädigt und so das Herz zum Stillstand gebracht.«

»Das heißt?«

»Das darfst du mich nicht fragen. Fest steht, dass man das Mädchen davon abgehalten hat zu essen. Mehr kann ich dazu nicht sagen. Das ist doch deine Aufgabe, Vermutungen zu äußern, oder etwa nicht?«

Er hatte noch immer nicht seine alte Gewohnheit abgelegt: Jedes Mal, wenn er sich in Gegenwart einer fähigen und starken Frau befand, verhielt er sich ihr gegenüber, als wäre sie Maria Dolores Vergani. Maria Dolores hätte es gewagt, eine Vermutung zu äußern. Selbstverständlich noch vor ihm.

»Du hast recht, entschuldige, ich war etwas abgelenkt.« Dann fasst er sich wieder, und, einem spontanen Impuls folgend, fragt er sie: »Sollen wir uns nicht duzen?« Bravo, Funi. Das *Du* ist eine Art der Nähe, die du zulassen kannst. Und die du vermutlich auch willst.

»Aber das tun wir doch bereits.«

»Wir haben es hier mit einer versteckten Leiche zu tun. Also müssen wir als Erstes nach den Verantwortlichen suchen. Damit haben wir schon mal den ersten Schritt getan.« Die Gerichtsmedizinerin lacht, und Funis Unbehagen ist im Nu wie weggeblasen. Er fragt weiter nach: »Gibt es Spuren äußerer Gewaltanwendung?«

»Nein, keine. Sie hat blaue Flecken an den Knien, als ob sie gefallen wäre. Meiner Ansicht nach konnte sie sich in ihrem Zustand nicht mal alleine aufrecht halten.«

»Keinerlei Male an den Hand- oder Fußgelenken?«

»Nichts, keine Anzeichen von äußerer Gewalteinwirkung oder Folter.« Sie hält kurz inne, dann erinnert sie sich an ein besonderes Detail. »Schau mal, das hatte sie dabei.« Sie zeigt auf ein kleines Heft, das auf einem Metalltablett liegt. »Ich dachte, das könnte dich vielleicht interessieren, bevor ich es nach Lecco weiterschicke.«

48

Es gibt Männer, die lösen eine irrsinnige Wut in einem aus, wenn man nur an sie denkt. Unverständliche Absichten, irrationale Handlungen, ihre Abwesenheit und ihre Art, sich allem zu entziehen. Nur an diese Dinge erinnert man sich später noch. Über andere Männer wiederum ärgert man sich allein durch den Umstand, dass man seine Zunge in ihren Mund gesteckt hat. Oder ihre in seinem eigenen geduldet hat. Wieder andere hätte man sich genauso gut ersparen können. Im Grunde, fragt man sich, hat man doch nichts Böses getan, um einen gewissen Abschaum der Menschheit verdient zu haben. Und dann gibt es da auch noch die Gefährlichen. Allein der Gedanke an sie lässt einem das Herz schneller schlagen, raubt einem den Atem. Man spürt, wie ein Virus versucht, die Datei mit all dem erduldeten Leid zu löschen. Eine Datei, die einen am Leben gehalten und erlaubt hat, sich von dieser Person zu entfernen und vor ihr zu schützen … einen Sinn in allem zu sehen, wenn auch nur einen einzigen unter tausend möglichen. Der Rettungsring. Und plötzlich gelingt es einem nicht mehr, diese Datei wiederherzustellen. Das rote Alarmlämpchen geht von alleine aus, die Gefahr tritt weit in den Hintergrund, bis sie ganz verblasst ist. Eine Stimme ertönt, die einem zuflüstert, man könne es schon schaffen, jetzt, wo es einem besser geht, wo man stärker ist. Ja, man redet sich tatsächlich ein, es könnte gelingen, diesen Mann zurückzuerobern und seine Liebe neu zu gewinnen. Vielleicht sogar, sich mit ihm zu verloben und den Rest des Lebens mit ihm zu verbringen. Das alles mag für Frauen gelten, doch Männer ticken in dieser Beziehung scheinbar auch nicht viel anders. Glauben wir es einfach mal. Denn genau das war mit Pietro Corsari passiert. Oder zumindest sah es ganz danach aus.

»Corsari hat sich zwei Tage frei genommen, und niemand weiß, wo er abgeblieben ist. Man munkelt, er sei hinter dem litauischen Mädchen her. Erinnern Sie sich? Dieser Minderjährigen vom Babystrich.«

»Natürlich. Wie könnte ich die vergessen haben. Alina. Sie behauptete, sie sei zwanzig, und letztendlich waren es dann gerade mal siebzehn.« Maria Dolores steht an das Fenster gelehnt.

»Das ist ja gerade der Punkt«, antwortet Funi aus seinem Sessel heraus. »Die Kollegen haben mich gebeten, ihn ausfindig zu machen. Aber wieso eigentlich mich?«

»Funi, passen Sie auf, dass Sie nicht den Kopf verlieren, egal für wen oder was. Das gibt nur Schwierigkeiten.«

In einem anderen Moment hätte er geantwortet *Machen Sie sich darum mal keine Sorgen* oder *Ich doch nicht*, jetzt aber scheint ihm diese Reaktion nicht ganz passend. Maria Dolores bemerkt sein Zögern, doch er hat das Thema bereits gewechselt. »Also in der Sache mit den Kreuzen stehen die Dinge folgendermaßen: Zusammen mit den drei in Civate und weiteren, die an den unterschiedlichsten Stellen in Italien aufgestellt wurden, sind wir jetzt bei vierzehn. Ich habe dort überall graben lassen, aber nichts. Bisher noch nichts.«

»Ist das Mädchen schon identifiziert?«

»Noch nicht. Ich warte auf das Ergebnis. Sie trug ein kleines Heft bei sich, in dem einige Seiten beschrieben waren.

Andere waren herausgerissen. Es scheint ihr sehr persönliches Tagebuch gewesen zu sein. Sie hielt es in ihrer Unterhose versteckt. Sie schreibt darin von einer Liebe. Von einer Person, bei der sie sich ganz besonders fühlte.« Er zieht sein Handy hervor, mit dem er die Seiten fotografiert hat.

»Besonders… ja.« Maria Dolores nimmt Funis Telefon und beginnt zu lesen, als es im selben Moment zu klingeln beginnt und der Name *Nina* auf dem Display erscheint.

Sie reicht es ihm, und er hebt sofort ab. »Ciao. Ja, geht in Ordnung. In einer halben Stunde bin ich bei dir. Gut. Danke.«

»Gehen Sie ruhig, Funi, wenn Sie müssen. Wir reden ein anderes Mal weiter.«

»Das war die Gerichtsmedizin. Vielleicht haben sie das Mädchen identifiziert. Ich komme später noch mal vorbei. Wenn das für Sie in Ordnung ist.«

»Nina?«, entwischt es ihr, bevor Funi das Zimmer verlässt.

Funi lächelt. »Nina Parisi. Ich bin sicher, sie würde Ihnen gefallen. Eine Frau, die was auf dem Kasten hat, selbstsicher, fähig.« *So wie Sie*, hätte er beinahe hinzugefügt.

49

»Entschuldigen Sie die Störung, ich bin es, Achille Funi, Hauptkommissar Funi, erinnern Sie sich? Ja, also ich hoffe, meine Kollegen haben Ihren Garten in ordentlichem Zustand hinterlassen, ohne Ihre Rosen zu beschädigen … Ich rufe Sie an, weil ich mit Ihnen gerne noch einige Dinge besprechen würde … Ja, auch mit Ihrem Mann, aber in erster Linie mit Ihnen … Könnten Sie zu mir ins Präsidium kommen? Gut, dann sehen wir uns hier. Wie wäre es mit morgen? … Ja, morgen früh, danke.« Er beendet das Gespräch und schaut auf. Vor ihm steht ein erschöpfter Pietro Corsari mit Dreitagebart.

»Ich muss dich unbedingt kurz sprechen.« Man kann die Dringlichkeit aus seinen Worten heraushören.

»Setz dich.« Funi befindet sich derzeit in einer Phase, in der er von seiner Distanziertheit etwas abrückt, seinen guten Willen zu einer Annäherung zeigt. Oder es zumindest versucht. Aber vielleicht ist das *Du* in diesem Fall einfach nur ein Zeichen dafür, dass er eine bestimmte Stufe erreicht hat. Die Stufe der Macht. *Mann gegen Mann.*

»Ich bin ihr gefolgt und habe versucht, mit ihr zu reden. Ich kann ohne sie nicht mehr leben.« Er scheint es ernst zu meinen. Aber oft täuscht man sich selbst.

»Von wem sprichst du eigentlich? Vom dem litauischen Mädchen?«

»Ja, von ihr. Ich kann es mir auch nicht erklären, aber sie hat wieder damit begonnen, in diesen Scheißclubs zu tanzen, halbnackt, und alle glotzen sie an. Sie will nicht mehr mit mir reden, sagt, dass es vorbei ist zwischen uns, und dann wieder, dass sie sich nicht sicher ist. Dass sie erst darüber nachdenken muss. Dass sie mich anrufen wird. Sie hat mich im Beisein ihrer Freundinnen, diesen Schlampen, wie das allerletzte Arschloch runtergemacht. Ich weiß auch nicht, was mich geritten hat. Sie hat mich total blamiert, aber trotzdem, ich kann es einfach nicht glauben.«

»Was jetzt genau? Dass die Rotzgöre dich bloßgestellt oder mit dir Schluss gemacht hat?«

»Nenn sie nicht so. Sie ist eine erwachsene Frau.«

»Sie ist siebzehn, also noch minderjährig. Sicher, sie macht alles, was auch erwachsene Frauen machen, aber nichtsdestotrotz ist sie noch ein Kind. Das sollte dir genügen, um einen Schlussstrich unter die Sache zu ziehen. Die hat schon einiges hinter sich, und so jemanden ins normale Leben zurückzuholen, das weißt du selbst, ist nicht einfach. Trauen kann man so jemandem sowieso nie.«

»Ich habe ihr den Arsch gerettet, sie aus dem Milieu rausgeholt, mich für sie zum Affen gemacht und Gefälligkeiten für sie rausgeschlagen. Sie war illegal im Land, hat sich strafbar gemacht. Und wie hat sie es mir gedankt? Mich sitzengelassen, einfach abserviert. Das ist nicht in Ordnung.«

Die eigenen Worte laut auszusprechen ist etwas anderes, als sie nur zu denken.

»Sie hat auch ihren Teil geleistet. Sie war dir treu. Sechs lange Monate loyal gegenüber einem Mann, der ihr Vater sein könnte. Komm schon, mach keine große Sache draus. Die Welt ist voll von Frauen, auch von jungen Frauen, wenn du darauf unbedingt Wert legst.«

»Wegen ihr ist meine zwanzigjährige Beziehung draufgegangen.«

»Du wirst jemand Neues kennenlernen.« Funi schaut ihm fest in die Augen. Mit seinem Kopf ist er jedoch schon längst wieder bei der Arbeit.

Pietro Corsari spürt das, begreift, dass auch Funi ihn in seiner Situation allein zurücklassen will, und provoziert ihn: »Hast du eigentlich deiner sensationellen Vergani schon gestanden, dass du jetzt auf ihrem Chefsessel sitzt und ihr Büro in Beschlag genommen hast?«

»Verzieh dich, Corsari. Verlass bitte das Zimmer und versuch, dich ein wenig zu beruhigen. Wenn ich mich nicht irre, hast du noch einen halben Tag frei.«

»Und du hast so viel zu tun, dass dir nicht einmal Zeit bleibt, einem Freund zuzuhören?« Er hat einen schärferen Ton angeschlagen, und Funi beschließt, das Gespräch auf professioneller Ebene zu beenden.

»Jetzt hör mal gut zu: Wir haben eine Leiche zu identifizieren, und ich warte darauf zu erfahren, wem ich die frohe Botschaft überbringen darf. Geh nach Hause, schlaf dich aus, und dann lass uns morgen noch mal über alles sprechen. Verstanden?«

Corsari antwortet nicht. Er verlässt das Büro, ohne die geringste Absicht, nach Hause zu gehen. Der Weg, den er einschlägt, führt genau in die entgegengesetzte Richtung.

50

Maria Dolores Vergani: »Ich glaube, es ist ein Fehler zu lügen.«

Max Nagel: »Sehen Sie, wo Ihr Denkfehler liegt? In diesem *Ich glaube*, wodurch Sie keine klare Gegenposition beziehen.«

Maria Dolores Vergani: »Aber was hat die Lüge mit dem Ganzen zu tun?«

Max Nagel: »Die Lüge, wie Sie es nennen, ist das Recht auf Verteidigung. Die nicht die moralische Ebene einschließt. Ich hätte Sie nicht für so dogmatisch gehalten. Nun aber zurück zu uns. Es geht um einen Mann, dem droht, wegen vorsätzlicher Tötung angeklagt zu werden, der jedoch weiterhin seine Unschuld beteuert. Aber nicht nur das, er behauptet sogar, es für Sie getan zu haben, Vergani, um Sie zu verteidigen. Dieser Mann hat ein Kind. Ein Kind, das bereits gelitten hat. Erinnern Sie sich an Antonio? Er wurde entführt und misshandelt von eben dieser besagten Frau, die getötet wurde. Ein kleines krankes Kind. Was sollen wir nun tun? Na los, erklären Sie mir, was Ihr Gewissen dazu sagt.«

Er versucht es jetzt auf der Gefühlsebene. Pathetisch, an der Grenze zum Unerträglichen. Oder bin ich es, die langsam zynisch wird? Ich kehre zu seiner Beleidigung von eben zurück: dogmatisch.

»Wenn Sie in mir eine Dogmatikerin sehen, mein lieber

Anwalt, dann nur, weil Sie mich in diese Rolle drängen. Sie machen sich die Dinge etwas zu einfach. Sie gehen von Ihrer These aus und begreifen nicht, dass auch meine These ihre Berechtigung haben könnte. Aber der Weg dorthin liegt genau in der entgegengesetzten Richtung zu dem Ihrigen. Ich suche nach der Wahrheit, um später frei entscheiden zu können, und sei es für die Lüge und die Bereitschaft, die Verantwortung zu übernehmen. Sie jedoch verlangen von mir zu lügen, ohne die Wahrheit überhaupt in Betracht zu ziehen.«

51

Maria Dolores: »Für das eigene Kind darf man lügen. Ja, vielleicht.«

Inga: »Natürlich darf man das. Und vergiss nicht, das alles ist ihm passiert, nicht dir. Im Grunde bist du dir doch nicht mal hundertprozentig sicher, was genau geschehen ist.«

Maria Dolores: »Und wenn ich mir ganz sicher wäre?«

Inga: »Das ist aber nicht der Fall, meine Liebe. Du bist dir ja nicht mal zu fünfzig Prozent sicher, was sich zugetragen hat, und nicht etwa, weil du verwirrt bist, neben der Kappe, plemplem oder wie immer du es nennen willst, sondern weil du dich schlichtweg an nichts erinnerst. Wie willst du dich schuldig bekennen, wenn du nicht einmal selbst davon überzeugt bist?«

Maria Dolores: »Ich bekenne gar nichts, wie du weißt.«

Inga: »Die Tatsachen und Beweise sprechen doch eine eindeutige Sprache, oder etwa nicht? Mach dir wenigstens einmal das Leben nicht ganz so schwer. Vermisch nicht irgendwelche Dinge, die nichts mit dem Fall zu tun haben. Lass das Offensichtliche für sich sprechen. Halte es wie ein Künstler mit seiner Kunst. Die einzig mögliche Wahrheit steckt in seinem Werk und zeigt sich in dem, was sichtbar zurückbleibt. In deinem Fall: die Tatsachen und Beweise.«

52

Jedes Mal, wenn er sein neues Büro betritt, überkommt Funi ein seltsames Unbehagen. Die Bilder hängen wie eh und je an der Wand, und sogar die Gegenstände auf dem Schreibtisch stehen noch immer an ihrem alten Platz. Die Gerichtsmedizinerin Nina Parisi sitzt ihm gegenüber. Beide halten sie einen Plastikbecher mit Automaten-Kaffee in der Hand, den Funi nun in die weißen Tassen der Hauptkommissarin Vergani umfüllt. Dann wirft er die wenig eleganten Gefäße in den Abfalleimer und bietet Nina mit einem echten Löffel Zucker an.

»Hauptkommissarin Vergani wäre zufrieden darüber, dass alles in seinen gewohnten Bahnen läuft.« Zu spät bemerkt er, dass er seine Gedanken laut ausgesprochen hat.

»Sie hat auf jeden Fall Glück, dass sie so viele Menschen um sich hat, die sie mögen«, entgegnet Nina mit einem Lächeln und gibt ihm ein Handzeichen, dass sie genug Zucker hat.

»Auch für mich ist es eine Ehre, sie zu kennen und mit ihr gemeinsam gearbeitet zu haben. Wer weiß, wann diese Geschichte endlich ein Ende hat und vor allem, wie sie ausgehen wird…« Funi seufzt und setzt sich zurück auf seinen Stuhl.

Nina Parisi nimmt einen Schluck von ihrem Kaffee. Ihre Lippen verändern sich nicht, als sie die Tasse leicht berühren. Manche Leute ziehen beim Trinken regelrecht Grimassen, wirken plump. Andere verwandeln ihren Mund in einen Saugnapf. Besser, man sieht ihnen dabei erst gar nicht zu. Nina Parisi hingegen wirkt sehr feminin, anmutig und entspannt, wie sie so dasitzt und an ihrer Tasse nippt. Sowohl in ihrem Auftreten als auch in ihrer Wortwahl.

»Sie liegt dir am Herzen, und du tust gut daran, sie zu unterstützen. Das ist sicherlich eine sehr schwierige Zeit für sie.« Sie schaut ihm in die Augen und fährt fort. »Wie ich eben schon sagte: Sie kann sich glücklich schätzen, Menschen wie dich an ihrer Seite zu haben.«

»Wenn alles vorbei ist, werde ich sie dir mal vorstellen.«

»Das hoffe ich doch.« Sie hält ihr offenes Lächeln zurück, das ihren Mund schon die ganze Zeit umspielt.

Das passiert für gewöhnlich, wenn ein Mann, auf den man es abgesehen hat, von einer anderen Frau spricht. Oder umgekehrt. Zu Beginn akzeptiert man alles, dann, nach und nach, beginnt man sich mit dem Gegenüber zu vergleichen. Man sucht nach den Schwachstellen des anderen, und nun beginnt das Spiel der Zerstörung. Nina befindet sich noch in der Anfangsphase, in der es darum geht, zuzuhören und Verständnis aufzubringen, zu unterstützen und alles zu teilen. Nichtsdestotrotz hat Achille Funi das Gefühl, es mit dem Thema Vergani etwas übertrieben zu haben, und denkt gerade darüber nach, wie er den Fehler wiedergutmachen könnte, als es an seiner Tür klopft.

Ungeachtet seiner guten Absichten sieht er sich gezwungen, Nina zu verabschieden. Sie kommt ihm zuvor. »Ich lasse dir eine Kopie des Befundes da und einige Aufnahmen des Mädchens. Ihr Name ist Anna Tura. Das konnten wir mithilfe eines Gebissabdrucks herausfinden. Wenn du noch was brauchst, dann melde dich ruhig.«

Sie ist schon am Gehen, als Funi sie zurückhält: »Danke für

alles, und wenn du Lust hast, können wir ja vielleicht mal irgendwann zusammen essen gehen.«

»Warum nicht.«

»Gut«, merkt er zufrieden an. »Dann ruf ich dich die nächsten Tage mal an.«

53

»Ich bin allein gekommen. Ich hoffe, das macht Ihnen nichts aus.« Sie betritt das Büro, blickt sich diskret um und nimmt in einer eleganten Pose auf dem Stuhl Platz.

Szenenwechsel. Zuerst das Temperament einer jungen Frau, die noch die Hälfte ihres Lebens vor sich hat, nun das nüchterne Auftreten eines Menschen, der an einem Punkt angelangt ist, von wo aus man die Vergangenheit beherrschen und die Zukunft erahnen kann. Wo man jeden Schritt der eigenen Existenz mit Würde und seinem persönlichen Tempo geht, das endlich nur noch von den eigenen Bedürfnissen vorgegeben wird. Eine alte Frau.

»Danke, dass Sie kommen konnten. Es wird kein angenehmes Gespräch werden, wofür ich mich bereits im Voraus bei Ihnen entschuldigen möchte. Aber es ist leider unvermeidlich.«

»Mein Mann hat mich bereits davon in Kenntnis gesetzt, worüber Sie mit mir sprechen wollen. Fragen Sie nur. Ich werde Ihnen Rede und Antwort stehen.«

»Erzählen Sie mir ein wenig über Ihre Tochter«, bittet er sie als Einstieg.

»Sie hieß Giulia. Sie war ein sehr intelligentes, begabtes und kultiviertes Mädchen. Vielleicht ein wenig rebellisch, wie alle Teenager. Sie liebte die Bildenden Künste und machte selbst wunderschöne Collagen. Sie hatte einen guten Geschmack. Ja, das könnte man so sagen.«

Sie hält einen Moment inne und fährt dann fort.

»Sie hatte eine Schule mit künstlerischem Schwerpunkt besucht und sich anschließend an der Kunstakademie in Mailand eingeschrieben. Zu Beginn waren wir nicht sonderlich begeistert über ihre Entscheidung, doch dann haben wir verstanden, dass dies der richtige Weg für sie war. Sie war glücklich mit dem, was sie tat…«

Funi unterbricht sie. »Ist sie die ältere Ihrer beiden Kinder?«

»Nein, erst ist Giacomo geboren, fünf Jahre später dann Giulia. Giacomo liebte sie sehr, und er hat ihren Tod nie wirklich überwunden.«

»An was genau ist Ihre Tochter denn gestorben?«

»Ehrlich gesagt weiß ich das auch nicht so genau. Ich muss Ihnen die Antwort auf die Frage, an was sie letztendlich gestorben ist, leider schuldig bleiben.« Sie entnimmt ihrer Tasche eine lange Zigarettenspitze, steckt eine Zigarette hinein und bittet Funi darum, rauchen zu dürfen. Er zieht aus einer Schublade eine Schachtel Streichhölzer und gibt ihr Feuer.

»Hat man denn keine Autopsie gemacht?«

»Doch, sicher. Auf dem Totenschein steht Herzstillstand und eine ganze Liste anderer Dinge. Sie verlor ihre Haare, konnte sich nicht mehr auf den Beinen halten, fantasierte.«

»Ist sie im Krankenhaus gestorben?«

»Nein, zu Hause. In ihrem Bett. Sie hat Versprechungen gemacht und dann nicht gehalten. Das machte sie öfters.«

»Könnten Sie sich etwas genauer ausdrücken? Was genau hatte sie versprochen?«

»Dass sie wieder anfangen würde zu essen. Aber das tat sie

nicht. Sie hat uns alle getäuscht, vor allem ihren Vater und mich.«

»Aber war sie denn krank und deshalb in Behandlung?«

»Wir haben alle möglichen Therapien ausprobiert, aber nichts hat geholfen. Sie hat uns nur vorgespielt, dass sie auf unsere Hilfe eingeht. Ihr Vater kaufte ihr jeden Tag die leckersten Köstlichkeiten. Sie können sich in den exklusivsten Geschäften Mailands erkundigen. Sie wissen bestimmt, welche ich meine.« Vielleicht, vielleicht auch nicht. Um keinen Fehler zu machen nickt Funi zustimmend, und die Frau fährt in ihrem Bericht fort. »Süßes, Herbes, von allem etwas. Sie aß, und anschließend erbrach sie alles wieder. Sie war aggressiv, ja, das war es, was ich manchmal spürte. Sie besaß eine Aggressivität, die ich nie verstanden habe. Vielleicht weil sie auf ihre Art eine Künstlerin war. Wissen Sie, dass ich von Zeit zu Zeit noch immer nach ihren Arbeiten gefragt werde? Für eine Sammelausstellung in der Akademie zum Beispiel.«

Die Zeit reicht nicht aus, um das Ende der Geschichte abzuwarten. Bevor Funi jedoch die Frau für heute verabschiedet, beschließt er, sie noch um einen letzten Gefallen zu bitten. »Könnten Sie Ihrem Sohn Giacomo ausrichten, bei mir im Präsidium vorbeizuschauen? Ich würde ihm gerne ein paar Fragen stellen.«

»Natürlich. Für was benötigen Sie eigentlich die ganzen Informationen? Was hat meine Tochter mit den Kreuzen in unserem Garten zu tun?«

»Das weiß ich noch nicht. Es tut mir leid, aber derzeit kann ich Ihnen noch nichts Genaueres dazu sagen. Dennoch vielen Dank für Ihre Mithilfe. Lassen Sie mich doch bitte wissen, wann Ihr Sohn vorbeikommen kann. Danke.«

Sie verabschieden sich, und Funi blickt ihr hinterher. Sie wirkt schmal wie eine Spindel, zart und würdevoll.

54

Meine Mutter sagt, da sei jemand für mich an der Wohnungstür. Die Carabinieri, die »Schwarzen«, wie ich sie aufgrund ihrer Uniform nenne, sind es nicht. Die wären ohne große Aufforderung einfach reingekommen. Ich muss vorsichtig sein mit diesem Spitznamen. Für mich ist das nicht beleidigend, einfach eine Farbe. Aber den Carabinieri würde das vielleicht weniger gefallen. Außerdem muss ich damit aufhören, den Schrank immer wieder umzuräumen. Es gibt darin noch Sachen, die ich vor mehr als zwanzig Jahren hiergelassen habe. Dieser Schrank ist das Einzige, was sich nicht verändert hat, seit ich fortgegangen bin. Meine Mutter ruft lauthals nach mir: »Maria Dolores, hier ist jemand, der dich sprechen will.«

»Ist gut, ich komme schon.«

Ich höre, wie sie die Türe schließt. Dann sind es also doch »die Schwarzen«. Sie weiß, dass sie niemanden sonst hereinlassen darf. Ich lasse mir Zeit und ziehe mich in aller Ruhe um. Es wäre mir peinlich, mich in Jogginghose zu zeigen. Ich habe sie nur an, wenn ich trainiere. Ansonsten kleide ich mich, als würde ich ausgehen. Ich entscheide, wohin es heute geht, und wähle danach meine Kleidung. Vielleicht ist sie nicht mehr ganz so modisch, aber was macht das schon? Wenn diese Geschichte vorbei ist, werde ich als Erstes meine Garderobe erneuern und zum Frisör gehen. Draußen. Zum ersten Mal seit Langem habe ich in Gedanken diese Wohnung verlassen. Ich glaube also daran, dass alles gut ausgehen wird. Der Gedanke an Freiheit beginnt sich in meinem Kopf zu formen. Und dennoch muss ich mindestens weitere sechs Monate eingeschlossen hier drinnen verbringen. Und danach? Maria Dolores, du wirst erwartet, hör für einen Moment auf nachzudenken, und geh endlich nach drüben.

»Und?«, frage ich sie nicht gerade im höflichsten Ton.

»Er ist wieder gegangen«, antwortet sie.

»Wer war es denn?«

»Ich weiß nicht. Er hat seinen Namen nicht genannt.«

»Und was wollte er?«

»Ich weiß nicht. Er hat nur nach dir gefragt.«

»Mama, du lernst auch wirklich nichts dazu. Du fragst nicht nach dem Namen, du hinterlässt keine Nachrichten.«

Schon als ich noch hier wohnte, brachte sie mich damit zur Weißglut. *Da hat jemand für dich angerufen.* Wer denn? Wer hat angerufen? Manchmal hatte ich tagelang auf einen Anruf, ein Zeichen, eine Stimme gewartet. Ich rief die Falschen zurück, machte mir selbst etwas vor und verursachte dadurch nur Schaden.

»Wie sah er denn aus? Kannst du ihn mir wenigstens beschreiben?«

»Es war ein Junge. Ein Teenager.«

»Ein Junge? Ein junger Mann meinst du wohl, mit einem Piercing an der Oberlippe und blauen Augen? Sah er so aus?«

»Ein Mann? Nein, ein Mann war es nicht. Er war noch nicht so alt. Ein Junge, es war ein Junge.«

Er wirkt wie ein Junge, ich bin mir sicher, dass er es war. Er wirkt wie ein Junge, ist aber ein Mann. Ein junger Mann. Er wird zurückkommen. Ich denke, er wird wiederkommen. »Hat er gesagt, dass er ein anderes Mal wiederkommt?«

»Nein, das hat er nicht gesagt. Wer ist das denn? Kennst du ihn? Ist er Polizist?«

»Ja, ich kenne ihn. Um genau zu sein, kenne ich ihn von früher. Lass ihn das nächste Mal einfach rein, hörst du?«

»Aber das darf ich doch nicht. Wenn er kein Polizist ist, darf er doch nicht rein.«

»Mach einfach, was ich dir sage.«

Ich denke an ihn. Jede Minute. Ständig.

Währenddessen läutet es erneut an der Tür. Dieses Mal öffne ich. Es ist Pietro Corsari, unübersehbar in einem desaströsen Zustand. Er betritt das Wohnzimmer meiner Eltern. Er fragt nicht um Erlaubnis, grüßt nicht, lässt sich einfach in den Sessel fallen. Meine Mutter schaut mich fragend an und verlässt stumm den Raum. Sie grüßt ihn flüchtig. Sie hat Corsari noch nie gemocht. Heute geht es zu wie in einem Taubenschlag. Und nicht nur in meinem begrenzten Raum.

55

Er musste sich unbedingt bei Nina melden, doch vorher erst noch die Eltern von Anna Tura benachrichtigen. Achille Funi hatte bereits recherchiert, dass sie seit mindestens einem Monat zu Hause vermisst wurde. Die Eltern hatten eine Woche nach dem unerklärlichen Fortbleiben des Mädchens die Vermisstenanzeige aufgegeben.

Die Mutter weint im Stehen und versucht dabei, jedes Schluchzen zu unterdrücken. Der Vater tröstet sie nicht, lässt eine Distanz erkennen, die nicht sein Körper, sondern seine Worte verraten. Er ist es, der mit Funi spricht. »Anna ging es schlecht. Schon seit Langem. Wir haben alles Mögliche versucht, um ihr zu helfen, aber es hat nichts genützt. Sie war im Umgang mit sich selbst sehr streng und vertrat eine theoretische und unanfechtbare Haltung.«

Nach zwanzig Minuten Weinen und phrasenhaften Worten, steht Funi noch immer am Eingang. Er bittet darum, sich setzen zu dürfen. Der Mann fordert ihn auf, am Küchentisch Platz zu nehmen. Die harten Stühle sind jetzt genau das Richtige. Er setzt sich, die beiden Eltern machen jedoch keinerlei Anstalten, seinem Beispiel zu folgen. Er beschließt, einige Minuten abzuwarten und blickt sich um. Überall Bücher. In den Wandregalen, auf den Tischen, am Boden ordentlich übereinandergestapelt. Auch in der Küche liegen Bücher.

Dann bleibt sein Blick am Hausherren haften: »Sie müssten den Leichnam noch identifizieren. Natürlich nur, wenn sich Ihre Frau imstande dazu fühlt. Ich begleite Sie.« Sie nickt und verschwindet hinter einer Tür. Er ist bereits fertig zum Gehen und steuert auf die Garderobe neben der Eingangstür zu.

»Sie war ein sehr intelligentes Mädchen, dickköpfig und intelligent. Sie lernte viel, liebte Bücher, war immer sehr gut in der Schule. Ich würde sogar sagen erstklassig. Und das sage ich nicht, weil sie meine Tochter war.«

Er spricht in der Vergangenheit von ihr. So als wäre sie vor ihrem eigentlichen Tod für den Vater schon längst gestorben gewesen. Ein Gefühl, dem Funi auf den Grund gehen will. »War es das erste Mal, dass sie nicht nach Hause kam?«

»Nein, sie blieb öfters weg. Aber normalerweise benachrichtigte sie uns dann. Sie traf regelmäßig so Leute aus einer Gruppe, mit denen sie mystische Gebete sprach. Sie hatte diese religiöse Besessenheit … Manchmal suchte sie Zuflucht in einem Kloster. Damit es keine Missverständnisse gibt: Sie wollte nicht etwa Nonne werden, oder etwas in der Art. Sie wollte über einen intellektuellen Ansatz zu einem tieferen Dasein gelangen.«

Hinter der Notwendigkeit einer Erklärung versteckt sich immer etwas, das sich zu entdecken lohnt. »Sind Sie denn besonders religiös?«

»Absolut nicht. Anna ist nicht einmal getauft. Wir vertreten eher die wissenschaftliche Richtung. Wir haben ihr das nötige Werkzeug mitgegeben, um sich eine persönliche Sicht auf die Dinge zu erschließen, um einen eigenen Standpunkt zu vertreten.«

»Meine Tochter war krank«, fällt ihm seine Frau mit geröteten Augen und einem leicht aggressiven Unterton ins Wort. »Sehr krank: Sie hatte schwere Magersucht.«

»Das stimmt nicht«, widerspricht ihr Mann. »Sie verfolgte ihren intellektuellen, visionären Weg. Wie Simone Weil. Kennen Sie Simone Weil? Oder Sylvia Plath?«, wendet er sich an Funi, der beide Namen noch nie gehört hat.

»Kommst du schon wieder mit diesem Blödsinn?«, unterbricht ihn seine Frau. »Sie war krank, im letzten Stadium. Sie stirbt, wenn sie nicht behandelt wird, das habe ich dir gesagt, aber du wolltest mir nicht glauben. Und jetzt ist sie tot. Ich möchte sehen, wie du dir die Dinge jetzt wieder hindrehst. Vielleicht ist es für dich ja ein heldenhafter Tod? Was glaubst du, war die Todesursache? Eingeflößte Wissenschaft, philosophisch-existenzielle Forschungen, erhabene Wahrnehmungen …?«

Verrückt, sonderlich, unter Schock, geisteskrank. Funi sucht nach einem passenden Begriff, um das Verhalten der beiden einordnen zu können. Aber das ist im Augenblick nicht sein Hauptproblem, zumindest keins, das jetzt gelöst werden muss. Das Wichtigste ist nun herauszufinden, welche Verbindung Anna mit den Kreuzen haben könnte.

»Gehen wir. Streiten hilft uns jetzt auch nicht weiter. Ihre Tochter wartet auf ihre Identifizierung.«

Während er zum Auto geht, an dem ein Kollege am Steuer bereits auf ihn wartet, tippt Funi eine Nummer in sein Handy. »Nina, ich bin auf dem Weg zu dir.« Er bemerkt die Zweideutigkeit seiner Aussage und korrigiert sich: »Ich meine, ich komme jetzt gemeinsam mit den Eltern des Mädchens zu dir in die Pathologie. Könntest du mir einen Gefallen tun? Könntest du bei der Identifizierung dabei sein?«

Sie gibt ihr Einverständnis.

56

Es hat den ganzen Winter damit verbracht, sein Revier abzustecken. Es hüpft von einem Topf Alpenveilchen zum nächsten. Mit seinen kleinen Krallen schabt es in der Erde und zieht mit dem Schnabel die Regenwürmer heraus. Wenn ich das Fenster geöffnet lasse, wird es mutig. Es kommt herein und hüpft umher, bis ich meinen Atem nicht mehr länger anhalten kann. Dann erschrickt es und fliegt nach draußen. Ich wusste nicht, dass Rotkehlchen in der Stadt überwintern. Ich wusste nicht, dass sie aggressiv und kämpferisch sein können. Sie legen sich mit jedem an. Sie sind Einzelgänger, nicht wie die Schwalben, die immer in Schwärmen auftreten. Alles, was für sie zählt, sind sie selbst, ihr Revier und ihre rote Brust, die sie all jenen kampfeslustig entgegenstrecken, die es wagen, sich ihnen zu nähern. Am Anfang habe ich Mitgefühl empfunden für diesen Vogel mit den großen sanften Kugelaugen. Ich habe Nüsse geknackt und ihm den Kern angeboten. Einen halben Apfel. Ein paar Samen. Dann habe ich verstanden, dass diese Erweiterung der Pupillen nur dazu dient, seine Augen an das Licht der Dämmerung anzupassen. Um Dinge zu sehen, die es nicht einmal in meiner Vorstellung gab. Ich weiß, das Rotkehlchen würde mich am liebsten zum Teufel jagen. Ich verärgere es, indem ich hier schon Monate verbringe. Es hält mich für eine Krähe, die sich das Gefieder putzt, während es auf einen Sonnenstrahl wartet. Um zu neuem Glanz zu erwachen. Eine Krähe, die fremdes Revier besetzt. Einsam und aggressiv. Wie das Rotkehlchen selbst. Nur noch schlimmer.

»Was? Er hat dir gar nichts davon gesagt? Seltsam.«

Nein, er hat nichts gesagt. Und du freust dich darüber, stimmt's, Corsari? So hast du wenigstens deine Genugtuung, und mir konntest du eins auswischen. Dabei weiß ich nicht einmal, warum mir das etwas ausmachen sollte, dass er mir nichts gesagt hat. Ich habe ihm immer Mut gemacht, diesen Schritt zu gehen. Das kann ich nicht leugnen. Und dennoch fühle ich mich gekränkt. Das ist gewiss.

Dass du jetzt in meinem Büro sitzt, tröstet mich allerdings.

»Besser er als jemand anderes«, erwidere ich.

»Du meinst, besser er als ich?«

»Ja, Pietro. Ich weiß, dass wir uns im Augenblick nicht besonders nahestehen. Ich bin mir sicher, dass du dir eine etwas andere Freundschaft gewünscht hättest. Etwas weniger Distanz. Das kommt vor. Aber weißt du, wir wünschen uns eben nicht immer dieselben Dinge. Und Beziehungen entstehen nun mal auf der Basis gegenseitigen Einverständnisses.«

»Du traust mir nicht. Du hast mir nie getraut.«

»Das stimmt so nicht ganz. Aber ich habe keine Lust, darüber zu sprechen. Sag mir lieber, warum du hier bist.«

»Ich brauche deine Hilfe. Einen Rat. Ich weiß nicht, was ich tun soll. Sie will mich nicht mehr, und ich fürchte, sie will Italien verlassen. Ich bin wirklich verzweifelt.«

»Überlass sie ihrem Schicksal. Behalte sie nicht wie eine Gefangene bei dir. Mit einer Erpressung wirst du nicht das erreichen, was du willst.«

»Das ist mir egal. Ich will nicht, dass sie geht, und damit Schluss. Sie ist durcheinander, sie kann sich nicht entscheiden. Im Grunde hat sie Angst, dass ich sie früher oder später verlassen könnte. Sie hat mir gesagt, dass sie, eine ehemalige Tänzerin, sich nicht würdig fühlt, mit jemandem wie mir zusammen zu sein. Dass sie nicht einmal lesen könne. Als ob mir das was ausmachen würde. Das kann ich ihr doch alles beibringen.«

»Eine Nutte, Pietro. Eine Nutte, das ist es, was sie war und vielleicht noch immer ist. Und du warst sehr großzügig zu ihr.«

»Das stimmt nicht.«

»Du klammerst dich in deinen Gedanken an etwas, was nicht ist. Das ist deine Wahrheit, allein deine.«

»Da redet ja gerade die Richtige! Ausgerechnet du, die hier seit Monaten eingeschlossen ist und sich ihre ganz besondere Wahrheit zusammenbastelt. Auf was wartest du denn noch? Warum sagst du nicht endlich, dass du sie umgebracht hast? Dass du Selbstjustiz geübt hast? Na los, warum sagst du nicht endlich die Wahrheit? Anstatt auf deiner Kanzel zu verharren, während die anderen dir von unten zujubeln. Wer glaubst du eigentlich, wer du bist, Vergani? Du lügst, um deinen eigenen Arsch zu retten. Du bist genauso mies wie alle anderen. Das bist du. Und ich habe das begriffen.«

Ich blicke ihm in die Augen. Ich hoffe, dass er weiterredet. Mich in die Enge treibt. Mir etwas verrät, was ich nicht weiß. Über besagten Tag, über meine Geschichte. Aber er verstummt.

Er wollte sich nur Luft machen. Ich bin nicht sein eigentliches Problem. Es ist nicht meine Wahrheit, die ihm zu schaffen macht. Er erhebt sich vom Sessel, dreht sich um und geht. Ich bleibe sitzen und rühre mich nicht vom Fleck.

57

Die Gerichtsmedizinerin Nina Parisi willigt auch in die Einladung zu einem Abendessen ein. Und so ist es dieses Mal an Funi, die mit Maria Dolores vereinbarte Verabredung kurzfristig abzusagen.

»Ich schaffe es leider nicht vorbeizukommen. Aber ich schicke Ihnen den Autopsiebefund des Mädchens, das man unter dem Kreuz von Civate gefunden hat, per Mail. Wenn Sie Lust haben, werfen Sie doch mal einen Blick darauf. Mich würde interessieren, was Sie dazu meinen.«

»Einverstanden, Funi. Wenn es Ihnen nichts ausmacht, würde ich Sie morgen gerne in jedem Fall hören. Ich muss mit Ihnen sprechen, allerdings wäre es besser persönlich. Und wie Sie wissen, ist mein Bewegungsfreiraum etwas eingeschränkt.« Es gelingt ihr sogar, eine leichte Selbstironie an den Tag zu legen, um ihren eigentlichen Unmut über die unvorhergesehene Programmänderung zu vertuschen.

Er spürt es dennoch heraus. Ohne auf ihre emotionale Antwort einzugehen, schlägt er ihr vor: »Bis wann sind Sie denn noch auf?«

»Wenn ich das selbst nur so genau wüsste«, antwortet sie.

»So spät wird es bei mir nicht werden. Wenn Sie wollen, melde ich mich später bei Ihnen, und wenn es dann noch passt, komme ich schnell vorbei.« Im gleichen Moment hat er allerdings sein Angebot schon wieder bereut. Er wartet ihre etwas zögerliche Antwort ab.

»Machen Sie es, wie Sie denken, Funi. Wir können uns ohne Weiteres auch morgen sehen.«

»Einverstanden«, entgegnet er. Er kennt diesen entschiedenen und überheblichen Tonfall von ihr. So als würden immer die anderen eine Gelegenheit verpassen, nicht sie selbst.

»Dann einen schönen Abend, Funi«, schließt sie, ganz im Einklang mit ihrer betonten Selbstsicherheit.

»Danke«, antwortet er und unterschlägt ein »Gleichfalls«.

58

»Jungs, ich gehe schon nicht fort. Heute Abend bleibe ich mal zu Hause. Danke für euren Besuch.«

Nun schaue ich ihnen hinterher, wie sie mit ihrem schwarzen Wagen, der vor dem Haus parkt, davonfahren. Sie machen eine Runde um den Block, kommen ein weiteres Mal vorbei, das war's. Ich habe den Tag beendet, indem ich mich von allen verabschiedet habe. Meine Mutter ist in meine Wohnung zurückgekehrt, wo sie heute Abend mit drei verwitweten Frauen Karten spielt, mein Vater ins Aostatal. Gewiss sitzt er nun vor dem Kamin und sieht fern. Alleine, wie er es uns immer weismachen wollte. Oder in weiblicher Gesellschaft, wie wir schon immer vermuteten. Wir haben nie wirklich verstanden, was er einmal die Woche, immer am selben Tag, in den Bergen trieb. Nach seiner Pensionierung hat er keinen Mittwoch ausgelassen. Vor einigen Jahren waren plötzlich Gruppenfotos aufgetaucht. Solche, die für gewöhnlich bei Ausflügen gemacht werden. Neben ihm steht eine blonde Frau. Auf jedem der Bilder. Immer die gleiche, immer an seiner Seite.

»Das geht mich nichts an, Mama«, hatte ich ihr gesagt.

»Natürlich geht es dich etwas an. Er ist schließlich dein Vater.«

Wenn es nach meiner Mutter gegangen wäre, hätte ich ihm

nachspionieren sollen. Mit meinem psychologischen Wissen und meinem Gespür, das man mir, seit ich klein war, nachsagte. Aber ich habe es nicht getan. Zum ersten und letzten Mal habe ich mich rausgehalten.

»Frag ihn doch einfach, wer diese Leute sind«, hatte ich ihr geantwortet. »Oder schließ dich auch dieser Wandergruppe an. Gib dir doch einmal einen Ruck, und nimm die Dinge selbst in die Hand, anstatt immer auf eine Veränderung von außen zu warten.«

Sie hat es tatsächlich gemacht. Ihn gefragt. Und er hat geantwortet: »Das sind Freunde, mit denen ich wandern gehe.« Das war alles. Er hat sie niemals aufgefordert mitzukommen.

»Und jetzt? Was hast du jetzt vor, Mama?«

»Nichts«, hat sie mir geantwortet. »Ich werde nichts tun. Ich habe beschlossen, ihm einfach zu glauben.«

Wenn das eine Mutter schafft, dann kann das auch eine Tochter. Einfach beschließen, jemandem zu glauben. Nicht, weil man sich etwas sicher ist, sondern weil man einfach beschließt zu glauben, es sei die Wahrheit. Es gibt keine Alternative. Damals habe ich ihr nicht widersprochen. Ihr bereitet es keinerlei Schwierigkeiten, mit einem Zweifel zu leben. Es ist nicht abwegig, ein Leben weiterzuführen, das in Form und Inhalt nicht übereinstimmt.

»Ich verurteile die anderen nicht gleich, nur weil das zu meinem Beruf gehört, Doris, so wie du es machst. Natürlich verstehe ich deinen Standpunkt. Du musst ein reines Gewissen haben, um verantwortlich als Polizistin arbeiten zu können. Ich lebe jeden Tag mit der Vorstellung, dass die Dinge vielleicht ganz anders sind, als ich denke. Glaube mir, wenn ich dir sage, dass das nicht so tragisch ist.«

Bis zu jenem Moment war ich immer der Überzeugung gewesen, dass ihr die nötige Stärke fehlte. Dass die Wahrheit etwas für Mutige war. Doch plötzlich hatte ich begonnen zu ahnen, dass man auch zum Lügen eine gewisse Courage brauchte. Um das Danach meistern zu können. Was soll man tun, wie das eigene Leben bewältigen, wie seine eigene Psyche retten? Und abgesehen davon, wer war eigentlich der Lügner? Derjenige, der nicht die Wahrheit sagte, oder der so tat, als ob er alles glauben würde?

59

»Es gibt noch andere Kreuze. In Caravaggio, Caltagirone, Ragusa, in der Nähe von Siena. Ich habe insgesamt vierzehn unterschiedliche Plätze gezählt, an denen sie aufgestellt wurden. Und jedes Mal wurde dabei privates oder öffentliches Eigentum beschädigt, in den meisten Fällen rund um Kirchen und christliche Andachtsstätten«, erläutert Achille Funi, während er Nina Parisi in die Augen blickt und das Fleisch seines katalanischen Hummers verspeist.

»Eine Leiche habt ihr allerdings nur unter diesem einen Kreuz gefunden, soweit ich weiß.« Nina ist entspannt, nicht ganz bei der Sache, was das Thema des Gesprächs betrifft. Sie trinkt einen Sauvignon de Loire 2003 und weiß ihn zu schätzen.

»Ja, aber auch bei den Kreuzen von San Siro gibt es einen merkwürdigen Umstand«, betont er. »In dem Haus, vor dem sie aufgestellt wurden, ist ein Mädchen an Magersucht gestorben.«

»Seltsam. In der Tat könnte man aus dem Autopsiebericht schließen, dass auch Anna an demselben Krankheitsbild gestorben sein könnte.«

»Genau das vermute ich auch.« Jetzt liegt es an Funi, sich der Sache richtig anzunehmen. Und zwar allein. Er denkt weiter laut nach. »Der Unterschied, so wie ich das sehe, besteht darin, dass die Leiche von Anna heimlich vergraben wurde, während Giulia, das andere Mädchen, in ihrem Bett gestorben ist und ordnungsgemäß beerdigt wurde.«

»So sieht es zumindest nach außen hin aus«, ergänzt Nina. Dann überrumpelt sie ihn mit einer völlig andersgearteten Frage. »Ist da eigentlich was zwischen dir und Hauptkommissarin Vergani? Ich meine irgendeine Verbindung, eine Beziehung, eine Affäre, also ich meine: Habt ihr da was am Laufen?«

»Nein, nichts. Warum?«, fragt er etwas beunruhigt.

»Nur so, interessehalber. Ich bin es nämlich leid, mit Männern auszugehen, die bereits vergeben sind. Deshalb versuche ich jetzt, immer gleich von Anfang an herauszufinden, ob die Bahn frei ist. Ist doch nicht verkehrt, oder?«

Funi ist das zwar etwas zu direkt, aber vielleicht ist es besser so. »Nein, ich finde, das ist berechtigt. Ich bin schon lange Single. Nicht etwa, weil ich keinen Wert auf weibliche Gesellschaft legen würde. Aber irgendwie habe ich nie jemanden gefunden, der mich wirklich interessiert hätte. Außerdem arbeite ich viel, womöglich habe ich mich nicht wirklich darum gekümmert. Die Wahrheit ist, dass ich selber nicht weiß, warum ich schon so lange allein bin. Es ist eben so.«

»Gut, lass uns darauf anstoßen. Wir sind beide Single und haben keine Kinder«, wobei sie ihn bei dem Zusatz *keine Kinder* fragend ansieht. Funi nickt. »Na, dann kann ja nichts mehr schiefgehen«, meint sie.

Das konnte man zwar dennoch nicht ausschließen, aber in manchen Momenten des Lebens wollte man einfach mit aller Kraft daran glauben, dass es tatsächlich so war.

60

»Da bist du ja wieder. Komm rein.«

»Ich hatte eben in der Gegend zu tun. Wie geht es Ihnen?«

»Mir geht es gut, Danke. Und dir?«

»Mir ist immerhin noch die Philosophie geblieben.«

»Das ist nicht wenig.«

»Sie gibt dem Menschen seinen Wert zurück, und man spart auch noch das Geld für die Therapiesitzungen.«

Ich schaue ihn an und begreife nicht gleich, auf was er hinaus will. »Warum bist du zu mir gekommen?«

»Tiefe und Wert. Und der Glaube, dass es genügt, richtig hinzusehen. Denn das Innerste ist bereits an der Oberfläche sichtbar.«

»Angelo, warum bist du hier?«

»Es war nicht einfach neu anzufangen.«

»Das kann ich mir vorstellen.«

»Ich konnte den Schmerz dieses Mannes spüren. Dass er seinem Leben ein Ende gesetzt hat, hat seine Stimme nur noch verstärkt.«

»Ich erinnere mich sehr gut an jenen Tag.«

Angelo hatte sich retten können, sein Philosophielehrer hingegen nicht. Er hatte nach Angelos Pistole, die er für einen Moment auf dem Boden der Toilette abgelegt hatte, gegriffen und sich eine Kugel in die Schläfe gejagt.

»Bist du deswegen zu mir gekommen? Weil du dich schuldig fühlst?«

Vielleicht war das ein wenig zu direkt, aber jetzt gab es kein Zurück mehr. Ich drehe mich etwas beiseite, um nach einer Zigarette zu greifen. Ich will sie mir gerade anzünden, als ich etwas an meinem Rücken spüre. Nun sitzen wir beide auf dem Sofa, Rücken an Rücken. Jeder von uns die Füße seitlich gegen die Kissen gedrückt, die Knie zum Kinn gezogen. Symmetrisch, gleich. Ich frage nichts, sitze unbeweglich da. Ich spüre den Körperkontakt und entziehe mich ihm nicht. Ich neige meinen Kopf nach hinten, bis ich seinen berühren kann, dann wieder nach vorn.

»Was willst du von mir?«, frage ich ihn ein weiteres Mal. Ich hätte gern, dass er mir antwortet, aber das tut er nicht. Dann läutet plötzlich das Telefon. Ich strecke mich vor, um danach zu greifen. Als ich mich wieder zurücklehne, ist er nicht mehr da. Ich höre, wie die Tür ins Schloss fällt, und ohne mich umzudrehen spreche ich in den Hörer: »Natürlich Funi, Sie können vorbeikommen, wann immer Sie wollen.«

61

Er stand bereits vor ihrem Haus. Und eine Minute später ist er schon in der Wohnung.

»Guten Abend, geht's Ihnen gut?«

»Danke, Funi. Möchten Sie was trinken?«

»Einen Kaffee, wenn es keine Umstände macht.« Er hält kurz inne und setzt dann von Neuem an: »Entschuldigen Sie meine Neugier, aber unten habe ich einen Typen aus der Haustür kommen sehen, der mir bekannt vorkam. Das war nicht zufällig dieser…«

»Ich weiß nicht, wovon Sie sprechen, Funi. Ich habe gerade gelesen. Setzen Sie sich doch, ich bin in einer Minute wieder bei Ihnen.« Er folgt, wenig überzeugt, ja fast verärgert über das, was er gerade gesehen hat. Er begreift, dass sie darüber nicht sprechen will, und schlägt mit betont lauter Stimme ein anderes Thema an. »Haben Sie sich die Datei angesehen, die ich Ihnen geschickt habe?«

»Ja«, antwortet Maria Dolores, während sie darauf wartet, dass der Kaffee fertig ist.

»Irgendwie riecht es hier komisch. Finden Sie nicht?«

»Das sind die Blumen, Funi. Sie riechen nach Friedhof. Ich muss sie wegwerfen. Jeden Tag kommen neue. Langsam halte ich das nicht mehr aus. Wann wird das alles endlich aufhören, Ihrer Meinung nach?«

Funi zuckt mit den Achseln. »Ich hoffe, so bald wie möglich. Für Sie und auch für mich.« Er erhebt sich und setzt sich an einen anderen Platz. Doch an dem Geruch ändert das wenig. »Was sagen Sie zu der Leiche?«

»Ein magersüchtiges Mädchen – daran besteht kein Zweifel – wird in mehrere Laken eingewickelt und zu Füßen eines Kreuzes begraben.«

»Unter dem Sockel des höchsten Kreuzes, um genau zu sein. Eingewickelt in zwei weiße Leinentücher, gekleidet in eine Baumwollweste, eine Seidenbluse, dunkle Hose, schwarzer Mantel. Ein Schal. Ein Notizbuch, eingeklemmt unter dem Gummibund ihrer Unterhose. Einen Rosenkranz am Handgelenk.«

»Haben Sie die Handschrift abgleichen lassen?«

»Nein, ich bin davon ausgegangen, dass das Notizbuch ihr gehört.«

»Und wie sind Sie zu dieser Schlussfolgerung gelangt? Steht vielleicht der Name des Mädchens drauf?«

»Nein.«

»Dann lassen Sie ein Gutachten erstellen.« Sie behandelt ihn noch immer wie einen Untergebenen und mit einer gewissen Härte. Er lässt es sich gefallen. »Haben Sie mit der Familie gesprochen?«

»Ja.« Er nimmt einen Schluck Kaffee.

»Und?«

»Der Vater beschreibt seine Tochter als eine Wissenschaftlerin, eine Intellektuelle, die sich ganz der theoretischen Sache verschrieben hatte. Die Mutter hingegen wie eine Kranke, die sich gegen eine Behandlung wehrte. Von Zeit zu Zeit unternahm das Mädchen Wallfahrten, hielt sich länger in Klöstern auf und ähnliche Sachen.«

»Was hat sie denn studiert?«

»Das weiß ich nicht.«

»Ist Ihnen aufgefallen, ob es in der Wohnung viele Bücher gab?«

Er antwortet nicht gleich, und sie fährt ihn an. »Sie waren doch sicherlich in der Wohnung! Dann waren Sie doch gewiss auch in ihrem Zimmer, oder nicht?«

»Nein. Also ich meine, ja, ich war in der Wohnung, aber ich habe nicht ihr Zimmer gesehen.«

»Und Sie bilden sich ernsthaft ein, Hauptkommissar zu sein, Funi?« Sie ist von ihrer Reaktion selbst überrascht.

Stille. Dann ergreift sie wieder das Wort. »Corsari war heute Nachmittag hier. Er war durcheinander und angespannt. Ein sehr unangenehmer Besuch. Er hat mir das von Ihnen erzählt. Dass Sie befördert wurden. Ich freue mich für Sie, aber Sie hätten es mir ruhig sagen können.«

Funi kann seine Wut gegenüber dem Denunzianten nur schwer zurückhalten. »Auf dem Papier. Ich bin auf dem Papier Hauptkommissar und versuche, mein Bestes zu geben. Ich wäre nicht hier, wenn ich mehr Selbstvertrauen hätte …« Und bevor sie etwas einwerfen kann, schiebt er nach: »Oder ich wäre hier, um Ihnen von meiner Beförderung zu erzählen.«

Maria Dolores zündet sich eine Zigarette an und schlägt ihre Beine übereinander. Sie trägt eine weite, lockere Hose und flache Schuhe. Funi fragt, ob er ebenfalls rauchen dürfe. Beide ziehen sie an ihrer Zigarette, versuchen, sich dem Rhythmus des anderen anzugleichen. Schließlich kehrt Maria Dolores in einem angemessenen Umgangston wieder zu dem Fall zurück.

»Sie müssen versuchen, etwas mehr über das Mädchen herauszubekommen. Um ihre Wahnvorstellungen nachvollziehen zu können, müssen Sie verstehen, wer oder was diese nährte. Körperliche Nahrung war ihr jedenfalls nicht so wichtig, so weit sind wir schon, aber etwas anderes. Wir müssen rekonstruieren, warum sie ausgerechnet in diesem Kloster in Civate war.« Sie benutzt den Plural, vielleicht um den Angriff von vorhin herunterzuspielen.

Funi nickt. »Da ist auch noch das andere tote Mädchen von San Siro. Das der Mutter zufolge an Unterernährung gestorben ist. Auch sie hatte einen Herzstillstand. Die Autopsie weist ganz ähnliche Merkmale auf wie bei dem anderen Mädchen. Was für eine Krankheit ist das bloß, bei der die Frauen sterben, als wären sie nicht bei Sinnen, nicht im Vollbesitz ihrer geistigen Kräfte?«

»Das Ende ist schlimmer anzusehen, als es selber zu leben«, erwidert Maria Dolores. »Jemand an deiner Seite könnte davon betroffen sein, und du merkst es selbst kaum. Das ist wie eine Art Strafe.« Sie kennt sich damit aus.

»Die Kreuze, die Krankheit. Was noch? Sonst gibt es keine Überschneidungen. Der Fall wird bald den Kollegen von Lecco übergeben, das Opfer gehört in ihren Zuständigkeitsbereich. Trotzdem würde ich gern weiter daran arbeiten.«

»Sprechen Sie mit dem zuständigen Ermittlungsrichter darüber. Wenn Sie ihn davon überzeugen können, dass auch in der Sache des anderen Mädchens von San Siro eine Untersuchung notwendig ist, könnten Sie den Fall behalten.«

Funi denkt darüber nach, dann schweift sein Blick zu dem ernsten Gesicht von Maria Dolores.

»Diese Besessenheit von Corsari will mir nicht mehr aus dem Kopf«, beginnt sie. »Ich weiß nicht, aber vielleicht sollten Sie doch besser Meldung machen. Was meinen Sie?«

»Ehrlich gesagt habe ich keine Lust, mich einzumischen. Zurzeit ist er wirklich unerträglich. Ich will mich um seinen Kram nicht auch noch kümmern müssen.«

»Er ist hier aufgekreuzt, ohne vorher Bescheid zu geben, und hat mich schräg angemacht. Funi, unternehmen Sie wenigstens etwas, damit er nicht mehr hier auftaucht.«

»Es tut mir leid, aber das kann ich nicht.«

»Was mich wirklich rasend macht, ist, dass ich ständig alles ertragen muss. Von jedem, der in meine Wohnung kommt, egal zu welcher Uhrzeit, fühle ich mich bedrängt. Ich sollte von der Welt abgeschirmt werden, aber stattdessen werde ich von der Außenwelt belagert, ohne Rücksicht auf das Wann und Wie. Ich halte das nicht mehr aus, Funi.«

»Ich verstehe Sie ja. Aber damit das alles ein Ende hat, müssen Sie Ihren Beitrag dazu leisten.«

62

»Du hast mir gefehlt.« Eine unsichere, ihr bekannte Männerstimme.

»Wer ist am Apparat?«, fragt Maria Dolores nach, obwohl sie es bereits weiß. Eine Stimme, nach der sie sich lange Zeit gesehnt hatte und die nun in einem Moment wieder auftauchte, wo sie längst nicht mehr damit gerechnet hatte.

»Ich bin's, Luca. Ich weiß, es sind Monate vergangen, seit wir uns das letzte Mal gehört haben, aber ich muss trotzdem ständig an dich denken. Wie geht es dir?«

Luca Righi, Beamter der *Guardia di Finanza*, mit dem Maria Dolores eine platonische Freundschaft über SMS, Mails, Telefon und Gedankenaustausch verband. Ein Gewitter, das sich nie entladen hatte. Ein vorzeitiges Ende, aus Angst, das zu verlieren, was man bereits besaß. In die Leere zu stürzen. Maria Dolores hat wenig Nachsicht gegenüber ängstlichen Menschen. Denn auch sie gehört zu dieser Kategorie, selbst wenn sie sich darüber nicht wirklich im Klaren ist.

»Ich stehe seit Oktober letzten Jahres hier unter Hausarrest.«

»Das weiß ich, schließlich sprechen alle darüber. Aber wie geht es dir?«

»Gemischt. Manchmal gut, manchmal weniger gut. Durcheinander, wütend, deprimiert. Je nach Tagesverfassung«, stellt sie ihre Gefühle zur Schau. Und dabei würde sie nichts sehnlicher tun, als ihn zu beschimpfen. Doch dafür ist sie zu höflich. »Warum rufst du an?« Sie geht auf Abstand.

»Wie ich schon sagte, ich habe dich vermisst. Ich sehe keinen Sinn in diesem aufgezwungenen Schweigen. Ich trage dich ohnehin im Herzen, egal wo ich bin.«

»Wie kannst du so was sagen? Dass du keinen Sinn darin siehst? Oder hast du vor, weiterhin die Augen vor der Realität zu verschließen? Seitdem wir beschlossen haben, uns nicht mehr zu hören, hat sich in unserem Privatleben nichts verändert. Ich bin noch immer gebunden, schlimmer noch, ich bin sogar weniger frei als vorher, was dir nicht unbekannt sein dürfte.«

»Und genau hier irrst du dich. Bei mir hat sich einiges getan, wie ich dir auch schon in meiner E-Mail geschrieben habe.«

»Welche E-Mail?«

Schweigen.

»Sag jetzt bloß nicht, dass du die E-Mail nicht gelesen hast.«

»Welche E-Mail, habe ich gefragt?«

»Tut mir leid, wenn ich noch einmal auf jenen Tag zu sprechen kommen muss, aber ich habe sie dir genau am Abend davor geschickt. Ich habe dir genau geschrieben, was ich tun werde, und dich gefragt, ob wir es nicht gemeinsam versuchen wollen.« Er wählt behutsam seine Worte, als spräche er sie zum ersten Mal aus.

»Wie bitte? Was meinst du denn mit ›gemeinsam versuchen‹? Habe ich dir denn auf deine Mail geantwortet?«

»Nein, du hast nicht geantwortet. Aber ich habe es auch ohne dich durchgezogen.«

»Luca, könntest du dich bitte ein wenig klarer ausdrücken?«

»Ich bin daheim ausgezogen und habe mir ein Zimmer in einer Pension genommen. Mein Leben war und ist noch immer die Hölle. Aber nicht etwa, weil ich mich falsch entschieden hätte, sondern weil du mir fehlst.«

Ihr kommt es vor, als würde der Albtraum mit jeder Minute unerträglicher werden. Sie hat bereits eine Zigarette im Mund. Etwas Alkoholisches wäre jetzt auch nicht schlecht. Aber dafür ist sie zu gebannt von dem, was sie hört. Ausgenommen der Teil über seinen trennungsbedingten Zustand.

»Warte mal kurz. Du hast mir also am Abend, bevor alles passiert ist, eine Mail geschrieben. Und ich habe dir darauf nicht geantwortet. Und was hast du dann getan?«

»Ich habe dich angerufen.«

»Und ich?«

»Wo du warst, weiß ich nicht. Er zumindest meinte, du seist im Bad.«

»Wen meinst du mit ›er‹?«

Sie spürt, wie ihr heiß wird. Sie erhebt sich, um die Balkontür zu öffnen, um besser Luft zu bekommen. Im Haus gegenüber hatte jemand die gleiche Idee wie sie. Ein Mann steht rauchend an das Balkongeländer gelehnt und schaut zu ihr herüber. Sie winkt ihm, und er erwidert den Gruß. Er steht fast immer auf dem Balkon und raucht, oder zumindest sieht sie ihn jedes Mal, wenn sie nach draußen geht. Eine Frau ruft nach ihm, und er kehrt in seine Arrestzelle zurück, in die er geraten ist, vermutlich ohne jemanden getötet zu haben.

»Wer hat dir am Telefon geantwortet? Wer ist ›er‹?«

»Conti. Dein Lebensgefährte. Er war es, mit dem ich an jenem Abend gesprochen habe.«

63

»Ich weiß, das sind alles nur Hypothesen. Aber ich möchte diese Richtung weiterverfolgen. Zumindest solange es geht. Wenn Sie mir Ihr Einverständnis geben, werde ich alles Nötige veranlassen. Danke.« Der Untersuchungsrichter ist verständnisvoll und Funi überzeugend. Er ist mit dem Erstellen des Schriftgutachtens und weiteren Befragungen der Eltern der toten Mädchen einverstanden. Funi beendet das Telefonat und nimmt das Gespräch mit der ihm gegenübersitzenden Nina Parisi wieder auf, die in letzter Zeit immer häufiger in seinem Büro anzutreffen ist.

Nina Parisi: »Sieh mal hier. Ein Artikel, der vor einiger Zeit in Como in der Presse erschienen ist.«

Der Eigentümer des Grundstücks hatte sich durch die wiederholten Aktionen so weit provoziert gefühlt, dass er am ersten April dieses Jahres die Carabinieri rief, die den immer massiver werdenden Übergriffen ein Ende setzen sollten. Die drei Personen, die als Ansprechpartner der religiösen Gemeinschaft ausgemacht wurden, erhielten eine Anzeige wegen Hausfriedensbruch und Beschädigung öffentlichen Eigentums und wurden dem Staatsanwalt von Como vorgeführt. Einer der drei Personen, angeblich das Oberhaupt dieser weltweit agierenden religiösen Gemein-

schaft, die in ganz Italien Anhänger findet, bekräftigte, dass dieses Stück Land päpstliches Eigentum sei.
Die daraufhin unternommene Umzäunung des Grundstücks seitens des rechtmäßigen Besitzers konnte nicht verhindern, dass die Anhänger auf besagtem Stück Land drei riesige Kreuze errichteten, umso mehr, als der Eigentümer inzwischen davon Abstand genommen hatte, strafrechtliche Schritte einzuleiten. Die religiöse Gemeinschaft bestreitet, die Tat begangen zu haben, mit Verweis auf das übermäßige Gewicht und die beachtlichen Ausmaße der Kreuze.

»Wie bist du denn an den Artikel gekommen?«, fragt Funi, während er zu Ende liest.

»Ich habe viele Freunde bei den Carabinieri, und außerdem kenne ich die Journalistin, die den Bericht geschrieben hat. So, jetzt weißt du Bescheid. Offensichtlich musst du da noch in eine ganz andere Richtung ermitteln.«

»Religiöser Fanatismus? Das fehlte mir gerade noch.«

»Stell dir mal vor, du hast jeden zweiten Tag irgendwelche Pilger in deinem Garten.« Nina zeigt ihr wunderschönes Lachen.

»Lieber nicht.«

»Vielleicht sind es ja diese Fanatiker, die überall in Italien Kreuze aufstellen und dir auch etwas über den Tod des Mädchens sagen können.« Funis Handy klingelt.

»Guten Tag … Nein, davon weiß ich nichts. Ich denke nicht, aber wenn Sie wollen, versuche ich herauszubekommen, ob etwas in den Akten darüber steht. Warum bitten Sie nicht einfach Ihren Anwalt darum? … Gut, geht in Ordnung. Danke für Ihr Vertrauen … Ja, entschuldigen Sie mich, ich bin gerade in einer Besprechung … Ach, wo denken Sie hin. Bis später.«

Er legt auf und blickt Nina an. »Das war Maria Dolores. Sie ist davon überzeugt, dass sie eine Gedächtnislücke hat. Sie hat sich in den Kopf gesetzt, die Stunden vor dem Mord Schritt für Schritt zu überprüfen, in der Hoffnung, so den Schlüssel zur Wahrheit zu finden.«

»Und wie kannst du ihr dabei helfen?«

»Ich soll die Protokolle und die Fotos ihrer Wohnung durchsehen. Die fehlenden Gegenstände ausfindig machen. Ihr Computer, sagt sie, ist seither verschwunden. Und sie bittet mich, ihn in ihrer Wohnung zu suchen. Ich gehe später mal hin.«

»Aber nicht heute Abend«, erinnert sie ihn. »Heute Abend nicht.«

64

»Ja, genau. Du sollst nach Hause gehen und nach meinem Laptop suchen.«

»Darum hast du mich bereits schon vor Monaten gebeten. Du hast doch meinen, funktioniert der etwa nicht mehr?«

»Aber er muss doch irgendwo sein. Such ihn bitte, Mama. Es ist wichtig. Ich habe Funi gebeten, dir dabei behilflich zu sein.«

»Also gut. Wenn es dich beruhigt, werde ich alles noch mal durchsehen.«

»Ginge das jetzt gleich?«

»Nein, ich bin gerade auf dem Weg in die Kirche.«

»Wozu das denn?«

»Um für dich zu beten.«

»Such lieber nach meinem Computer, anstatt zu beten. Deine Gebete helfen mir nicht weiter, ich muss wissen, was wirklich passiert ist. Kapier das doch endlich!«

»Ich gehe jetzt zum Beten, und danach kümmere ich mich um deinen Computer. Ob dir das gefällt oder nicht.«

65

Maria Dolores Vergani: »Sie müssen eine Liste besorgen mit sämtlichen ein- und abgehenden Anrufen für jenen Freitag.«

Max Nagel: »Und zu welchem Zweck?«

Maria Dolores Vergani: »Um einem Anruf nachzugehen, von dem ich nichts weiß.«

Max Nagel: »Jetzt mal ganz langsam. Von wem sollte denn dieser Anruf sein? Und wozu sollte ich ihm nachgehen? Was für eine Geschichte ist denn das schon wieder?«

Maria Dolores Vergani: »Der Anruf eines Mannes, einer Person, die mir damals sehr nahestand.«

Max Nagel: »Und weiter?«

Maria Dolores Vergani: »Er hat mich heute angerufen, das erste Mal nach all der langen Zeit, um mir etwas zu sagen. Und dabei hat er sich unter anderem auf jenen Abend bezogen. Er behauptet, mich an jenem Abend zu Hause angerufen zu haben, und er beteuert auch, ich hätte nicht abgehoben.«

Max Nagel: »Sie haben schon geschlafen. An jenem Abend sind Sie relativ früh zu Bett gegangen. Oder stimmt das etwa nicht? Wir sind die Sache doch immer wieder durchgegangen, haben sie von allen Seiten überprüft. Wir haben Personen dazu vernommen, die Sie kennen. Dabei haben wir keinerlei Widersprüchlichkeiten feststellen können. Oder sind Sie etwa anderer Meinung?«

Maria Dolores Vergani: »Ich weiß bis heute nicht genau, was an jenem Abend passiert ist. Würden Sie mich in diesem Augenblick fragen, würde ich antworten, dass ich noch nicht geschlafen habe und jemand bei mir zu Hause war.«

Max Nagel: »Und wer sollte das gewesen sein?«

Maria Dolores Vergani: »Michele Conti, mein Lebensgefährte.«

Max Nagel: »Unmöglich. Das kann ich Ihnen beweisen. Er hat ausgesagt, Sie am frühen Nachmittag im Präsidium gesehen zu haben, dafür gibt es Zeugen, und danach zu einem Einsatz gerufen worden zu sein, wofür es ebenfalls Zeugen gibt.«

Maria Dolores Vergani: »Dieser Mann hingegen, den ich vorher erwähnt habe, beteuert, mich am späten Abend angerufen zu haben. Doch statt mir, habe Michele abgehoben, weil ich zu jenem Zeitpunkt im Bad gewesen sein soll. Michele hat mir aber nichts ausgerichtet. Und was noch viel erstaunlicher ist, er streitet ab, überhaupt bei mir gewesen zu sein. Ich habe keine Augenzeugen, aber wir haben ja die Einzelgesprächsnachweise. Und deshalb sollen Sie diese Liste anfordern.«

Max Nagel: »Was möchten Sie damit zeigen, Vergani?«

Maria Dolores Vergani: »Ich möchte sichergehen, dass dieses Telefongespräch stattgefunden hat. Ich möchte wissen, wie lange es gedauert hat. Und anschließend begreifen, was an jenem Abend bei mir zu Hause vorgefallen ist.«

Max Nagel: »Das sind private Angelegenheiten, die nur Sie alleine und die betroffenen Männer etwas angehen. Mit den Ermittlungen hat das absolut nichts zu tun. Ich habe nicht die Absicht, nach irgendwelchen sinnlosen Dingen zu fragen. Nach was suchen Sie eigentlich, Vergani?«

Maria Dolores Vergani: »Für Sie mag es lächerlich klingen, aber ich suche nach der Wahrheit.«

Max Nagel: »Sie bringen mich wirklich noch zur Weißglut! Lange mache ich das nicht mehr mit. Wenn mich Marta nicht um diesen Gefallen gebeten hätte, wären Sie mich schon längst los.«

Maria Dolores Vergani: »Ich begreife nicht, warum Sie mir nicht helfen wollen! Ich habe Sie um nichts weiter gebeten, als zu überprüfen, ob dieses Telefongespräch tatsächlich stattgefunden hat.«

Max Nagel: »Weil ich darin keine Notwendigkeit sehe. Stellen Sie Ihren Lebensgefährten zur Rede, das ist allein ein Problem zwischen Ihnen beiden und hat nichts mit dem Fall zu tun. Und vergessen Sie eins nicht: Wer nach etwas Unwichtigem sucht, endet oft damit, etwas Ungewolltes zu finden. Und vor allem etwas Unnötiges.«

66

»Wie konntest du mit so einem nur zusammen sein?« Maria Dolores telefoniert, während der Fernseher läuft.

»Das Gleiche könnte ich dich auch fragen. Wie kannst du nur mit einem wie Michele zusammen sein?«, entgegnet Marta selbstbewusst. »Das ist doch genau das gleiche Prinzip. Männer, die man nicht verlassen kann, selbst wenn man weiß, dass es besser für einen wäre. Die du liebst, selbst wenn sie dich verletzen. Trotz allem oder gerade deswegen. Du strafst dich selbst für deine Liebe zu diesem Mann, aber dennoch bildest du dir ein, dass das alles so seine Richtigkeit hat.«

»Willst du mir damit sagen, dass ihr noch immer zusammen seid?«

»Genau.«

»Und dein Mann?«

»Mit ihm bin ich auch zusammen. Wenn es das ist, was du wissen wolltest.«

Schweigen, in dem sich die Musik von Pink Floyd abhebt.

»Ich weiß schon, was du jetzt denkst. Du willst wissen, wie ich das schaffe. Aber wie schaffst du das mit Michele?«

»Was meinst du jetzt genau …?«, fragt Maria Dolores.

»Wie schaffst du es, mit der Ungewissheit, was Michele betrifft, zu leben, und dich dennoch nicht von ihm zu trennen?« Diplomatisch ausgedrückt.

»Du meinst mit der Ungewissheit, ob er mich …«

Marta unterbricht sie. »Wir haben uns schon verstanden. Wir müssen nicht unnötig ins Detail gehen. Und wenn schon, dann besser nicht am Telefon.« Sie ist Richterin und deshalb von Natur aus vorsichtig. Sie möchte lieber ihre Freundin vor unnötigen Risiken bewahren.

»Genau deswegen versuche ich ja, den Dingen auf den Grund zu gehen.«

»Jeder versucht auf seine Weise, den Dingen auf den Grund zu gehen, in der Hoffnung, die Situation könne sich dadurch entspannen und klären. Auch für mich trifft das zu. Ich kann auf Max nicht verzichten, aber genauso wenig schaffe ich es, meinen Mann zu verlassen. Es ist nicht einfach, Klarheit zu erlangen.«

Vor allem war es nicht einfach zu verzichten. Auf die Höhepunkte in der Liebe. Auf bestehende Vertrautheit, die gerade in strapaziösen Beziehungen besonders stark ist. Auf die destruktiven Kräfte, die schmerzvolle Bindungen in sich tragen. Pink Floyd fassen es passenderweise in einem ihrer Songs zusammen: *Together we stand, divided we fall.*

67

Achille Funi hatte seit einem Jahr keinen körperlichen Kontakt mehr mit einer Frau gehabt. Einige Versuche, mit einer Frau zu schlafen, hatte er durchaus unternommen, aber das Ergebnis war nie wirklich zufriedenstellend ausgefallen. Das eigentliche Problem waren seine Ansprüche. Damit dem Polizeibeamten und frischgebackenen Hauptkommissar eine Frau gefiel, musste sie schon eine relativ lange Liste an Voraussetzungen erfüllen: eine gewisse Ästhetik, jenseits aller Stereotypen, die er jedoch mit einem Großteil der Männer teilte. Einen bestimmten Grad an Grips, der ihm unverständliche Dinge näherbringen konnte. Eine unumstrittene Neigung zur weiblichen Dominanz, zum passenden Moment, jedoch nicht im Übermaß. Sensibilität und Bildung, gerne auch mehr, als er selbst besaß. Er musste jemanden schätzen, um ihn lieben zu können. Musste sich emotional angesprochen fühlen, um sich jemanden annähern zu können. Musste den Eindruck haben, dass ihm der Atem stockte, um überhaupt daran zu denken, mit einer Frau zu schlafen.

Nina Parisi gehört zu den Topfavoritinnen. Doch dieses Mal muss sich Funi keine großen Gedanken über seine Strategie machen. Sie hat die Sache bereits in die Hand genommen. Und nun liegen sie nackt und umschlungen unter dem leichten Federbett und küssen sich.

»In Kleidern wirkst du nicht so schön«, flüstert Nina ihm zu.

»Soll das ein Kompliment sein?«, fragt Funi.

»Eine Feststellung«, wispert sie, während sie ihn erneut küsst und sich umarmen lässt. »Wie war eigentlich meine Vorgängerin? Willst du mir von ihr erzählen?«

»Mich interessiert deine Vergangenheit nicht. Ich bin da sehr diskret.« Vielleicht auch schüchtern, oder eher vorsichtig.

»Mich interessiert deine schon«, meint sie, darauf bedacht, die körperliche Harmonie zwischen ihnen nicht aus dem Gleichgewicht zu bringen. »Für mich ist das wichtig, um zu wissen, wie weit ich mich auf dich einlassen kann.«

»Nicht so eilig, schön eins nach dem anderen. So macht man das in unserem Alter.« Für ihn ist das nicht einfach so dahergesagt.

»Vom Warten wird man nur alt. Gerade weil wir erwachsen sind, brauchen wir uns nicht zurückzuhalten.«

Funi denkt darüber nach, wirkt allerdings nicht wirklich überzeugt. »Zurückhalten? Vielleicht hast du ja recht. Aber das Vertrauen wächst erst mit der Zeit. Selbst wenn wir jetzt nackt nebeneinanderliegen und perfekt ineinanderpassen, heißt das nicht automatisch, dass zwischen uns eine Seelenverwandtschaft besteht.«

»Du bringst mich wirklich zum Lachen, Achille. So was sind doch Frauengespräche«, raunt sie, während er sanft in sie eindringt. »Dann werde ich eben deine Seele auch noch erobern.« Es ist zu dunkel, um ihr Lächeln sehen zu können.

Schwierig, aber nicht unmöglich. Das ist Funis letzter Gedanke, bevor er sein Gehirn ausschaltet und sich endlich nur noch seinen Gefühlen hingibt.

68

»Erzähl mir, was es Neues in der Stadt gibt.«

Er sitzt auf dem Balkon, am Boden. Die Tür ist weit geöffnet, und im Hintergrund hört man den anhaltenden Lärm der Umgehungsstraße, startende Flugzeuge und einige Helikopter.

Er sitzt bequem im Schneidersitz, trägt dieselbe Kapuzenjacke wie immer. Ich behalte ihn im Auge, als wäre er ein klinischer Fall.

»Nichts, was du nicht schon kennen würdest. Dieses Jahr hat es stark geschneit, und die Blumen, die zu sprießen beginnen, sind kräftig und bunt. Einige Läden mussten schließen. An vielen Stellen gibt es nun Kreisverkehr und einen Haufen Baustellen für Wohnblocks. Die Hochhäuser schießen aus dem Boden wie Pilze.«

Ich freue mich, dass er mich duzt. Ich bekomme Lust, die Stadt im Tanzschritt zu durchstreifen, auch wenn ich gar nicht tanzen kann.

»Erinnerst du dich noch daran, welche ehrgeizigen Ziele ich damals hatte?«

In jenen Jahren war ich nicht besonders präsent gewesen. Meine Gedanken waren auf die Zukunft ausgerichtet, auf eine berufliche Karriere, bei der es eher darum ging, sich einen Namen zu machen, als gut zu sein. Er fragt mich nach seinen damaligen Zielen. Ich verwechsle sie mit meinen und versuche, ihm zu antworten.

»War dein großer Traum nicht, Erfolg zu haben? Du sprachst von deiner Angst, dass dir die Möglichkeiten dazu fehlen würden. Dass alle um dich herum vorzeitig aufgegeben hätten oder frustriert waren oder überhaupt nie eine Chance bekommen hatten. War es nicht so? Ich meine mich zu erinnern, dass du dir keine Zukunft vorstellen konntest.«

»Du bestehst nur aus Stolz. Du wirst an deinem Ehrgeiz noch zugrunde gehen. Du bist so selbstsüchtig, dass du nichts anderes mehr siehst.«

Wieso sagt er mir das? Ich weiß nicht, wie ich ihm darauf antworten soll. Schließlich ist er für mich immer noch der Junge von damals, der versucht hat, sich umzubringen. Ich habe nicht die leiseste Ahnung, wie sein Lebensweg seither verlaufen ist. Ich weiß nicht, ob er über die nötige Stabilität verfügt, sich einem Ebenbürtigen zu stellen.

»Was willst du eigentlich, Angelo? Ich kann mit deinen Schlussfolgerungen nicht wirklich etwas anfangen. Du bist doch hier, weil du was von mir willst. Also, was ist es?«

»Du hast mir damals geholfen, und nun will ich dir den gleichen Gefallen tun.«

»Ich brauche deinen Gefallen nicht, trotzdem danke. Ich brauche nur Mut. Um zu begreifen, was wirklich die Wahrheit ist, und um sie schließlich auszusprechen. Um das Durcheinander in meinem Kopf endlich zu sortieren, weil ich von Natur aus bereits ein wirrer Mensch bin.«

»Könntest du die Dinge ohne deinen übermäßigen moralischen Anspruch sehen, dafür aber mit etwas mehr gesundem Menschenverstand, würdest du mit Sicherheit eine Lösung finden.«

Großspurige Phrasen, dahergeredet, um mich mundtot

zu machen. Wenig zufrieden rückt er näher zu mir und legt seine Lippen leicht auf die meinen. Dann ist er plötzlich weg. Und auch dieses Mal merke ich nichts davon, dass er die Wohnung verlassen hat.

69

»Schon wieder hat er jemandem völlig sinnlos die ganzen Zähne gezogen.« Funi betritt im Eilschritt das Büro von Pietro Corsari. »Eine weitere Strafanzeige, dieses Mal schon etwas älter. Acht gesunde Zähne. Wie weit sind wir in dem Fall?« Während Funi noch spricht, bemerkt er in einer Ecke des Büros Corsaris Reitstiefel und seinen Helm sowie auf einem Kleiderbügel Reithose und passendes Jackett. Er muss direkt vom Reiten hierhergekommen sein, und das war ein gutes Zeichen.

»Es geht mir gut, Achille. Wie du sehen kannst, hat das Schicksal es zur Abwechslung mal gut mit mir gemeint.« Wie um das zu unterstreichen, steckt er sein Hemd in der Hose zurecht. »Wenn du mich fragst, sollten wir bei den Zahnprothesen ansetzen. Wir müssen herausfinden, woher sie stammen. Es ist ein Teufelskreis, aber langsam kommen wir der Sache näher. Gebisse zum Spottpreis von hundertfünfzig Euro sind für jeden eine Verlockung. Wie soll man da widerstehen können!«

Makabre Ironie, aber besser so. Funi bleibt dennoch misstrauisch. »Und was ist mit deinem litauischen Mädchen?«

»Daheim«, antwortet Corsari, ohne den Kopf zu heben.

»Sie ist nach Litauen zurück?«

»Ach wo, sie ist bei mir. Sie wird um diese Uhrzeit noch

schlafen. Es war eine lange Nacht, wie du sie dir nicht mal im Traum vorstellen kannst.«

»Corsari, du bist ein Vollidiot.« Funi sagt es leise, aber Corsari hört es dennoch.

»Gut möglich, aber im Moment bestimme ich, wie die Dinge zu laufen haben.«

Ein Kollege sucht nach Funi, und am Telefon wird er auch verlangt. Das Schicksal hatte tatsächlich ein Einsehen. Das Ergebnis des Schriftgutachtens zaubert ein Lächeln in sein Gesicht: Die beiden Fälle scheinen immer enger miteinander verknüpft zu sein. Er beschließt, Maria Dolores anzurufen. Das Ergebnis hat er schließlich ihr zu verdanken.

Doch an der anderen Seite der Leitung meldet sich keine Hauptkommissarin, die auf Antwort in einem Fall wartet, sondern eine apathische Frau.

»Ich meinte eben, dass das Notizbuch, das wir bei Anna gefunden haben, in Wahrheit Giulia gehörte. Dem anderen Mädchen, das daheim gestorben ist. In San Siro. Das bedeutet, dass die beiden Mädchen sich gekannt haben müssen.«

»Großartig, Funi. Wir hören uns später.«

»Nein, oder doch. Ja, in Ordnung. Ich werde jetzt mit den Eltern von Anna sprechen, dann melde ich mich noch mal.«

70

In ihrem beruflichen Umfeld wirken die zwei nicht anders als der Abklatsch vieler Ehepaare einer pseudo-intellektuellen oder tatsächlich gebildeten Mittelschicht. Nicht zufällig sind beide Universitätsprofessoren. Disziplin: Altertumskunde. Eine Schar an Studenten, die damit liebäugeln, ihren Lebenslauf aufzubessern, schleichen um sie herum. Funi ist Zeuge ihrer täglichen Arbeit an der staatlichen Mailänder Universität. Er erscheint pünktlich zu seiner Sprechstunde, sie etwas verspätet. Eine kurzfristige Verpflichtung hat sie etwas länger aufgehalten. Sie müssen erst noch den passenden Ort für ihr Gespräch suchen. Eine leere Aula bietet sich bestens dazu an.

»Anna trug ein Tagebuch bei sich«, beginnt Funi. »Ein kleines schwarzes Notizbuch. Ich hatte Sie um eine handschriftliche Probe Ihrer Tochter gebeten, um einen Abgleich machen zu können. Das Ergebnis ist negativ. Das Büchlein gehört nicht ihr. Es ist von einem anderen Mädchen, das ebenfalls magersüchtig war. Sie heißt Giulia Brivio. Sagt Ihnen der Name irgendetwas?«

Die beiden blicken sich an und schütteln dann den Kopf. Die Frau hat schwarz umränderte, geschwollene Augen. Trotz ihres privaten Schicksalsschlags hat sie den Unterricht nicht ausfallen lassen. Sie fragt: »Wann können wir unsere Tochter beisetzen lassen?«

»Schon bald, sehr bald. Jetzt allerdings bräuchte ich Ihre Mithilfe. Ich würde gern einen Blick in Annas Zimmer werfen.«

»Wann immer Sie wünschen«, antwortet der Vater.

»Ich müsste außerdem den genauen Zeitpunkt wissen, wann sie ihr Zuhause verlassen hat und was sie sagte, bevor sie ging. An was können Sie sich noch erinnern?« Während er spricht, nimmt Funi den Hall seiner Stimme in der leeren Aula wahr. Vom Tod einer Zwanzigjährigen in einem riesigen Vorlesungssaal zu sprechen, lässt ihn nicht kalt. Er möchte schon vorschlagen, die Unterhaltung im Präsidium fortzuführen, als die Mutter ihm zuvorkommt. »Sie hat uns nicht verlassen, ich meine, sie ist nicht von Zuhause weggegangen. Sie war bereits fort.«

»Könnten Sie das etwas genauer ausführen«, bittet sie Funi.

Nun ergreift ihr Mann das Wort. »Anna war in einer medizinischen Einrichtung in Behandlung.«

»In einer Klinik?«

»In der *Rinascita*, einer Privatklinik, die sich besonders auf Fälle mit Essstörungen spezialisiert hat. Meine Frau war überzeugt davon, dass Anna an etwas Derartigem litt. Also haben wir sie darum gebeten, sich eine entsprechende Einrichtung auszusuchen und eine Weile dort zu verbringen, um sich Klarheit zu verschaffen. Wie wir jetzt wissen, war es nicht der richtige Ort für sie.«

»Hat Sie denn niemand darüber in Kenntnis gesetzt, dass Ihre Tochter die Klinik verlassen hatte?«

»Nein. Und das hatten wir auch so nicht vereinbart«, antwortet der Mann.

»Sie hätten uns trotzdem wenigstens anrufen können, um uns zu informieren. Findest du nicht?«, wendet die Frau mit gepresster Stimme ein.

»Wozu denn? Anna war durchaus imstande, ihre eigenen Entscheidungen zu treffen. Sie war ein bewundernswertes Mädchen. Denken Sie nur, sie hat mit sechzehn Abitur gemacht, und mit zwanzig hatte sie schon einen ersten Universitätsabschluss.« Man spürt den Stolz des Vaters auf ihre Leistungen heraus. Die Nachweise ihrer intellektuellen Fähigkeiten scheinen ihn mehr zu beschäftigen als der Verlust ihrer physischen Präsenz.

»Die Ärzte haben uns erst eine Woche später Bescheid gegeben, dass sie nicht mehr in der Klinik ist. Sie waren davon ausgegangen, dass sie nach Hause zurückgekehrt sei«, berichtet die Frau.

»Woraufhin Sie die Vermisstenanzeige aufgegeben haben«, ergänzt er.

»Ja«, bestätigt sie.

»Vielen Dank, dass Sie mir so spontan Ihre Zeit zur Verfügung gestellt haben. Noch etwas: Sie haben gesagt, dass sich Anna selbst die Klinik ausgesucht hat. Haben Sie eine Idee, warum ihre Wahl ausgerechnet auf diese Einrichtung fiel?«

Ihr Ehemann antwortet dieses Mal. »Sie hat viel Zeit im Internet verbracht. Wahrscheinlich ist sie dabei auf diese Klinik gestoßen. Über ein Forum vielleicht. Dann haben wir sie uns gemeinsam angesehen und befunden, dass es ein guter Ort ist. In dem Namen *Rinascita – Wiedergeburt* – lag außerdem ein literarischer Bezug. Sie wirkte geeignet, seriös und sauber. Vielleicht ein wenig teuer für unsere Verhältnisse. Wäre sie noch länger dort geblieben, hätten wir einen Zuschuss von der Krankenkasse beantragen müssen, was theoretisch möglich gewesen wäre.«

Bevor sie sich verabschieden, blickt die Frau Funi an und fragt: »Warum hatte Anna dieses Notizbuch bei sich, wenn es ihr gar nicht gehörte?«

»Das versuche ich noch herauszubekommen. Ich hoffe, dass ich schon bald eine Antwort darauf haben werde. Und auf die restlichen ungeklärten Fragen.«

»Danke, Herr Hauptkommissar. Sie sind ein anständiger Mensch«, sagt die Mutter und drückt ihm die Hand. Ihr Mann tut es ihr gleich, ohne etwas hinzuzufügen.

71

»Eine Mailänder Klinik mit dem Namen *Rinascita*. Die müssen doch eine Homepage haben«, überlegt Achille Funi aus seinem Sessel heraus, während er versucht, den abwesenden Blick von Maria Dolores einzufangen.

»Vielleicht kreuze ich da heute Nachmittag einfach mal unangemeldet auf. Was meinen Sie, Frau Hauptkommissarin?«

»Hören Sie doch damit auf, mich ständig Frau Hauptkommissarin zu nennen«, fährt sie ihn an, pikiert und wie aus dem Nichts.

»Was meinen Sie, Vergani?« Unbeirrt stellt er seine Frage ein zweites Mal. Ein einfaches Vergani, so wie er es sagte, klang in der Tat besser. Und verlieh ihm eine ungewöhnliche Autorität.

Auch sie bemerkt das und würdigt seinen Versuch. »Ich meine, dass es besser wäre, vorher einen Blick auf die Homepage zu werfen, denken Sie nicht?« Mit schnippischem Unterton.

»Dann machen wir das doch gleich. Haben Sie Lust?«

»Nein, Lust habe ich keine. Aber da ich sonst nichts Besseres vorhabe, warum nicht? Ich hole schnell den Computer meiner Mutter, denn ich gehe davon aus, dass Sie bisher noch keine Zeit hatten, nach meinem zu suchen. Oder irre ich mich?«

»Ihr Computer ist unauffindbar. Zu Hause ist er nicht, und

auch in den Durchsuchungsprotokollen taucht er nicht auf. Absolut nichts. Vielleicht hatten Sie ihn ja jemandem ausgeborgt oder irgendwo liegen gelassen?«

»Funi, Sie wissen doch, wie sehr ich mit meinem Computer verwachsen bin. Scheint es Ihnen da realistisch, dass er nicht bei mir zu Hause sein sollte? Oder in meinem Auto? Oder im Präsidium? Und vor allem, dass in meinem Gedächtnis keinerlei Anzeichen möglicher Hinweise existieren? Es fehlen mir ganze Stücke meiner Erinnerung, und das treibt mich in den Wahnsinn.«

»Es fehlt Ihnen vor allem ein Computer, wenn ich richtig verstanden habe. Wenn Sie möchten, können Sie mir erzählen, was Sie darin zu finden hoffen. Dann könnte ich Ihnen vielleicht weiterhelfen.« Funi schaffte es, fast in jeder Situation die Ruhe zu bewahren.

»Ich muss unbedingt meine E-Mails von jenem Abend durchsehen«, erklärt sie, während sie in das Nebenzimmer geht.

»Jetzt erst?«, ruft er ihr nach, damit sie ihn nicht überhört. »Ich meine, Sie werden die Mails doch wohl an jenem Abend gelesen haben.«

»Ich weiß nicht, was ich damals gelesen habe. Ich würde sie aber jetzt gern noch einmal lesen und auch wissen wollen, was mit meinem Laptop passiert ist.« In der Zwischenzeit fährt sie den Computer ihrer Mutter hoch und schaltet das Internet ein.

»Entschuldigen Sie, aber warum rufen Sie Ihre Mails nicht einfach per Remote Access ab?«

»Inzwischen sind Monate vergangen, Funi. Und meine Post wird jedes Mal, wenn ich sie neu aufrufe, gelöscht. Im Übrigen scheint es mir legitim, Zugang zu meinen privaten Mitteilungen haben zu wollen, oder etwa nicht?«

»An sich ist nichts dagegen einzuwenden. Tatsache bleibt aber, dass der Computer nicht auffindbar ist. Nirgendwo. Und er gehört nicht zu den Gegenständen, die bei Ihrer Verhaftung beschlagnahmt wurden. Wenn Sie mir noch ein paar andere Orte nennen, wo er eventuell sein könnte, versuche ich dort nachzusehen. Nicht einmal die Kollegen, die in Ihrer Wohnung waren, erinnern sich daran, ihn gesehen zu haben. Da fällt mir ein, Sie hatten mich doch nach Ihrem Schlafzimmer gefragt.«

»Und?«

»Ich habe nachgesehen, ob es im Durchsuchungsprotokoll Fotos gibt.«

»Rücken Sie schon raus, Funi.«

»Ja, auf dem Foto sieht man ein zerwühltes Bett.« Er lächelt verlegen.

»Nur auf der einen Seite?« Sie blickt ihm fest in die Augen.

»Nein, auf beiden Seiten.«

72

»Falsche oder vergessene Erinnerungen. Hör mal, ich habe genau das richtige Beispiel für dich. Du kennst doch Corrado?«

»Nein, Inga. Corrado kenne ich nicht.« Maria Dolores hat das Telefon auf laut gestellt, während sie auf dem Laufband trainiert.

»Richtig, das war vor deiner Zeit. Vor ungefähr zwanzig Jahren. Also, er gehört zu meinen fünf oder sechs ultimativen Lovern. Er war wirklich gut aussehend, das kannst du mir glauben. Ein großer, dunkler Typ. Mit einem intelligenten Gesicht, einem sympathischen Lächeln, einer schön geformten Nase, großen Händen. Im Großen und Ganzen so …«

»Irgendwie sind deine ultimativen Lover alle gut aussehend, groß, dunkel und so weiter«, lacht Maria Dolores.

»Absolut richtig, Doris. Genau darauf wollte ich hinaus. Das sind Mechanismen der Selbsttäuschung. Ich kenne einen isländischen Künstler, der mit diesem Thema spielt. Es ist die Vorstellung, die du dir von der Realität machst, nicht die Realität, wie sie wirklich existiert.«

»Wenn ich mich nicht täusche, reicht in deinem Fall die Erinnerung allerdings bis in graue Vorzeiten zurück, als deine ästhetischen Kategorien noch nicht ganz so entwickelt waren wie heute.« Nicht etwa, dass sie heute so viel anders wären, aber das behält sie lieber für sich.

»Gut, dann nehmen wir eben ein anderes Beispiel: Verkehrsunfälle. Erinnerst du dich an Fabios Unfall?«

»Welchen?« Sie grinst noch immer bis über beide Ohren.

»Seinen Motorradunfall. Als er steif und fest behauptete, er habe vor dem Überholen den Blinker gesetzt, und der andere Fahrer genau das Gegenteil.«

»Ja, der letzte vor seinem endgültigen Aus als Motorradfahrer. Ich erinnere mich.«

»Mit den Aussagen von Augenzeugen bei Verkehrsunfällen lässt sich praktisch nichts anfangen, weil Wahrnehmungen viel zu dehnbar sind. Was zählt, ist allein die wissenschaftliche Auswertung.«

»Ich habe doch am Abend vor dem verfluchten Tag keinen Verkehrsunfall gebaut?«

»Nein, keinen Verkehrsunfall. Du hast dir einen gemütlichen Abend zu Hause gemacht. Aber um das noch abzuschließen: Denk mal an so einen Begriff wie Schnelligkeit. *Er fuhr schnell.* Wie schnell ist das denn? Was für mich schnell bedeutet, kann für dich langsam sein. Du fragst zehn Zeugen und bekommst zehn unterschiedliche Antworten. Lüge, falsche Erinnerungen, Verzerrung der Fakten, das alles ist hauptsächlich eine Frage der Psychologie.«

»Das weiß ich. Danke.«

»Dann vertrau doch einfach auf das, was die anderen dir sagen. Hör auf, den Dickschädel zu spielen. Und bereite dich geistig schon mal darauf vor: In den nächsten Tagen komme ich dich mit der Bestie besuchen.«

»Bloß nicht.«

»Na klar. Komm schon. Erst wechsele ich ein paar Worte mit deinen Schwarzen, und dann komme ich zu dir rauf.«

»Bitte tu's nicht, Inga. Bleib lieber zu Hause.«

»Wir werden sehen. Du bist in letzter Zeit etwas sehr streng, das muss ich schon sagen.«

»Ich bin nur angenervt und der ganzen Sache leid. Genügt dir das als Antwort?«

»Vielleicht. Aber deine Freundinnen haben mit all dem, was passiert ist, nichts zu tun. Vergiss das nicht.«

»In Ordnung. Mach dir noch einen schönen Tag.«

»Du dir auch. So weit das möglich ist.«

73

Ich bin ein 21-jähriges Mädchen. Der Albtraum vom Essen verfolgt mich. Seit ich vierzehn bin, kämpfe ich mit der Welt, oder besser gesagt, mit mir selbst, um schlank, sehr schlank zu sein. Um so zu werden, wie ich nie sein kann. Ich habe mich bis auf 30 kg bei 1,55 m Körpergröße heruntergehungert, und nach vier Jahren Psychotherapie hielt man mich für geheilt. Ich nahm wieder zu. Sechs Monate war ich »zu Gast« in der Klinik Santa Teresa in Bologna, und noch heute lasse ich mir pausenlos neue Strategien einfallen, um zu hungern, um Kalorien zu zählen, um eine Methode zu finden, wie ich essen und sofort wieder abnehmen kann. Um mich herum herrscht Vakuum, nichts als Leere und Schweigen seitens derer, die mich gernhaben und die inzwischen nicht mehr wissen, was sie mir sagen sollen, nicht mehr wissen, ob ich dünn oder dick bin, ob es mir gut oder schlecht geht.
Meine Gedanken kreisen ständig ums Essen. Ich verbringe meine Zeit damit, jeden Winkel meines Körpers in Zentimetern zu vermessen. Drei Tage esse ich Obst, zwei Wochen nichts. Inzwischen glaube ich nicht mehr, dass es einen Ausweg aus »dieser Sache« gibt. Gibt es denn keine dauerhafte Lösung sie loszuwerden, um zu fliehen und endlich ein richtiges Leben zu führen? Entschuldige, wenn das alles, was ich schreibe, vielleicht keinen Sinn ergibt. Aber ich

muss mir irgendwie Luft machen. Niemand will mir mehr glauben, viel zu lange schon erzähle und frage ich dieselben Dinge, und die Antwort lautet immer gleich: »Du hast nicht zugenommen, du siehst immer noch gleich aus! Wie oft soll ich es dir denn noch sagen? Du bist wirklich schlank.« Aber ich schaffe es nicht, da rauszukommen. Und so wiederholt sich jeder Tag bis ins Unendliche.
Miriam

Liebe Miriam,
deine wahre Geißel ist nicht das Essen. Du sprichst von Flucht, von dem Bedürfnis, aus deiner körperlichen Hülle zu entfliehen. Das ist unmöglich, ja ich würde sogar sagen, dumm. Vielleicht ist der passende Moment gekommen, innezuhalten und herauszufinden, was sich hinter diesem Symptom eigentlich verbirgt, um Schritt für Schritt zum Kern der Sache vorzudringen, zum eigentlichen Grund deiner sinnlosen Existenz.

Ich bin 19 und Anhängerin der Pro-Ana-Bewegung, der einzigen Hoffnung, zu existieren und den eigenen Körper vor der Verunreinigung durch Essen zu bewahren.
Ich glaube daran, dass ich, solange ich dick bin, das abstoßendste und unnützeste Wesen auf Erden bin und weder die Aufmerksamkeit noch die Zeit anderer verdiene.
Ich glaube an die KONTROLLE, einzige ordnende Kraft im Chaos.
Ich glaube an die ANSTRENGUNG, um mein tägliches Verhalten zu steuern.
Ich glaube an die PERFEKTION als einzig wahres Ziel.
Ich glaube an die WAAGE, den einzigen Indikator von Erfolgen und Misserfolgen.

Ich glaube an PRO-ANA, einzig wahre Philosophie und Religion.
Ich glaube an die HÖLLE, denn diese Welt hat sie mir gezeigt.
Claudia

Liebe Claudia,
ich verstehe deine Verzweiflung und deinen Wunsch, dich an etwas zu klammern, um diese zu überwinden. Doch dein wirkliches Problem ist deine Begierde. Such dir einen guten Therapeuten, dem du dich anvertrauen und mit dem du darüber sprechen kannst. Du wirst feststellen, dass er dir dabei helfen kann, deine realen Bedürfnisse in den Mittelpunkt zu stellen.

Das Online-Forum der Klinik *Rinascita* ist voll von Beiträgen junger Mädchen, die ihre persönlichen Leidensgeschichten beschreiben. Sie sind alle an einen Arzt gerichtet, der sie versteht, ihnen zuhört und gut gemeinte Ratschläge erteilt.

»Funi, haben Sie das gelesen? Sie sollten da unbedingt mal vorbeischauen und ein paar Fragen stellen. Zum Beispiel wie viele von den Mädchen, die im Forum schreiben, sich auch in die Klinik einliefern lassen. Ich habe keine Ahnung, wie Sie an die Zahl herankommen könnten, aber irgendwie scheint mir diese Information wichtig. Sie sollten mit den Mädchen sprechen. Ich denke, der Richter wird nichts dagegen haben. Versuchen Sie es einfach mal. Ich versuche über die Homepage in Erfahrung zu bringen, ob die Klinik überhaupt eine Zulassung hat. Spontan würden mir da schon einige Dinge zu ihrer Methode einfallen, aber warten wir es erst mal ab.«

Er hört in ihrer Stimme eine Entschlusskraft heraus, die er als positiv wertet. Jetzt bleibt nur noch zu hoffen, dass sie nicht manisch wird. Das wäre nicht das erste Mal. Achille Funi bedankt sich bei ihr, verspricht, sich bald wegen der fehlenden Informationen zu melden, und legt den Hörer auf.

»Sie hilft Ihnen doch nicht etwa bei Ihren Ermittlungen?« Pietro Corsari steht bereits seit einigen Minuten in der Tür zu seinem Büro.

»Das geht dich nichts an. Und wenn du mich fragst, würde es dir ganz guttun, ab und zu deinen Mund zu halten.«

»Ich wollte dir nur in Erinnerung rufen, dass sie unter Mordverdacht steht, sich unter Hausarrest befindet und von ihren Aufgaben als Hauptkommissarin entbunden wurde.«

»Danke, dass du mich daran erinnert hast. Jetzt muss ich aber leider los.« Er erhebt sich vom Schreibtisch und geht an ihm vorbei.

»Und wohin, wenn ich fragen darf?«

»Zur Klinik *Rinascita*«, antwortet er, ohne ihn dabei anzusehen, während er sich seine Jacke überstreift.

»Grüß mir Doktor Meda, wenn du schon dort bist. Was willst du eigentlich da? Der Fall ist doch abgeschlossen?«

Funi hält inne, dreht sich um und schaut ihn kampflustig an. »Welcher Fall soll abgeschlossen sein?«

74

»Entschuldige, Doris, kannst du kurz aufmachen?« Die Nachbarin mit dem Chicorée brüllt hinter der Tür und hämmert dagegen. Maria Dolores öffnet und fällt fast über ein fünfjähriges Kind.

»Komm, geh schon rein und setz dich da drüben hin.« Der Junge folgt mit mürrischer Miene.

»Das geht nicht, ich kann ihn nicht hierbehalten ...«

»Doris, es ist wirklich ein Notfall. Mein Bruder liegt auf der Herzchirurgie. Sei so lieb und pass auf ihn auf. Nur eine halbe Stunde. Dann kommt seine Mutter, um ihn abzuholen.« Bevor sie im Aufzug verschwindet, wendet sie sich noch einmal an den Jungen. »Und du, Matteo, sei bitte brav und hör auf die Frau!«

Angelo steigt aus dem Aufzug, lächelt und nutzt die angelehnte Wohnungstür, um ins Innere zu huschen. Maria Dolores grüßt ihn mit einem Kopfnicken. Angelo nähert sich dem kleinen Jungen, schaut ihn an und streicht ihm über den Kopf. Dann richtet er sich an Maria Dolores. »Ich muss gehen, ich habe hier in der Nähe etwas zu erledigen.«

Der Junge zeigt keinerlei Reaktion. Als hätte er nichts von alldem mitbekommen, zu beschäftigt damit sich umzusehen. Reglos und aufrecht sitzt er da, bereit zum Aufbruch, die kleinen Händchen zwischen die Beine geklemmt. Maria Dolores sitzt ihm gegenüber und blickt ihn an. Er starrt mit seinen großen fragenden Augen zurück und macht keinerlei Anstalten, weder von seinem Schweigen noch seiner Sitzhaltung abzurücken. Er macht sich bereit für den ersten Schlag.

»Bist du böse?«, fragt er sie wie aus dem Nichts.

»Nein, ich glaube nicht. Warum fragst du das?«, will sie wissen und gerät bereits bei der ersten Frage aus dem Gleichgewicht.

»Oma sagt, dass man dich zur Strafe zu Hause eingesperrt hat und du lange nicht mehr raus darfst, also musst du wirklich was Schlimmes gemacht haben«, erklärt er im Brustton der Überzeugung.

»Na und? Ich kann genauso gut auch drinnen spielen«, entgegnet sie in dem Versuch, das Gespräch in eine kindgerechte Richtung zu lenken.

»Spielen wir dann was zusammen?«

»Einverstanden. Hast du einen Vorschlag?« Sie hat sich dem Schicksal gefügt, für die Unterhaltung eines fremden Kindes zu sorgen.

»Wir könnten mit den *Gormiti* spielen.«

Maria Dolores hat keine Ahnung, was das sein soll. »Kenne ich nicht. Aber du kannst mir ja erklären, was ich da tun muss«, schlägt sie, höflich wie sie ist, vor.

»Dann spielen wir halt *Bakugan*«, schnauft er verächtlich.

»Kenn ich auch nicht, aber ich lern es schon, wenn du mir sagst, wie es geht.«

»Dann halt *Ben 10*. Kennst du wenigstens *Ben 10*?«

»Bestimmt nicht.« Langsam ist sie angestrengt.

»Dann kämpfen wir eben.« Und mit lautem Gebrüll, den Kopf gesenkt wie ein Stier, stürzt er sich auf sie. Sie ringt nach Luft, während sie sich zu wehren sucht und ruft: »Du bist viel zu stark für mich!«

Wie vom Blitz gerührt, hält der Junge inne, weicht einen Schritt von ihr zurück, zeigt mit dem Finger auf sie und brüllt: »Du bist eine Lügnerin, Lügnerin, Lügnerin, Lügnerin!« Die Wohnungsklingel rettet ihn vor Maria Dolores' verhängnisvollem Zornesausbruch.

»Komm, Matteo.« Die sanfte Stimme der Mutter. »Danke, Doris …« Dann runzelt sie die Stirn, als sie das Schreien ihres Sohnes hört. »Die ist eine Lügnerin, eine Lügnerin!« Fragend schaut sie Maria Dolores an. Die setzt ein schiefes Lächeln auf und schließt hinter ihr die Tür. Dann dreht sie den Schlüssel drei Mal im Schloss herum. Das wird reichen.

75

»Der Selbstmord in der Viale Forlanini ist doch längst abgeschlossen. Das Mädchen war aus der Klinik *Rinascita* abgehauen«, erklärt Pietro Corsari.

»Das Mädchen, das sich von der Brücke gestürzt hat?« Achille Funi wird plötzlich hellhörig.

»Ja, genau die. Bei der sah man sofort, dass sie Anorexie oder so Zeugs hatte«, antwortet Pietro Corsari. »Das Mädchen war am Abend vorher aus der Klinik abgehauen und, ohne einen Abstecher nach Hause zu machen, schnurstracks zur Brücke gegangen. Dann hat sie sich runtergestürzt.«

»Erinnerst du dich an ihren Namen?«, fragt Funi und kehrt an seinen Schreibtisch zurück, wobei er in den Taschen nach seinem Notizbuch kramt.

»Sie hieß Chiara Dini, war zweiundzwanzig und besuchte die Hochschule für visuelle Medien. Bevor sie krank wurde, hatte sie sich erfolglos als Modell versucht und in einigen Diskotheken als Animierdame gearbeitet. Später war sie dann an mehreren Orten zur Behandlung und hat, vor nicht allzu langer Zeit, mehrmals versucht, sich das Leben zu nehmen.« Wenn er wollte, hatte er ein durchaus gutes Gedächtnis und funktionierende Synapsen.

»Danke, Corsari. Aber jetzt muss ich wirklich gehen. Wir reden noch mal über das Ganze. Das scheint doch eine größere Sache zu sein. Oder zumindest ein merkwürdiger Zufall. Egal, es lohnt sich jedenfalls, sich noch mal neu damit zu beschäftigen.«

Funi reicht ihm die Hand, wie um den Anschein von Respekt und Wertschätzung wiederherzustellen, genau das, was Corsari derzeit gegenüber sich selbst zu verlieren droht. Es sieht so aus, als wüsste er die Geste durchaus zu schätzen, denn ihm entwischt ein kaum hörbares »Danke«.

76

Er wünscht, er hätte jetzt jemanden an seiner Seite. Während er das Präsidium verlässt, schaut er sich um. Er weiß noch nicht genau, wem er vertrauen kann, und versucht sich gerade an den unterschiedlichsten Allianzen. Heute ist ihm jedoch nach Behaglichkeit. Er erinnert sich, dass Nina Parisi ihren freien Nachmittag hat, und beschließt sie anzurufen. Sie meldet sich sofort, und während sie noch vereinbaren, wo sie am Abend gemeinsam essen könnten, wird in ihm der Wunsch immer stärker, sie jetzt bei sich zu haben. »Hättest du nicht Lust, mich gleich zu treffen?«

»Doch, gern. Wo denn?«

»Bei der Klinik *Rinascita*, das ist in der Gegend von der Porta Garibaldi, fast an der Kreuzung zur Via della Moscova. Frag dich einfach durch, ich denke, da kennt jeder die Adresse. Wie lang wirst du ungefähr brauchen?«, fragt er etwas angespannt, denn zu viel Zeit will er nicht verstreichen lassen.

»Ich bin ganz in der Nähe. In zehn Minuten müsste ich da sein.«

»Gut. Ich warte dort am Eingang auf dich.«

Er erklärt ihr nicht, warum sie ausgerechnet dorthin kommen soll. So würde er besser von ihrer spontanen Einschätzung profitieren können. Zu zweit sah und hörte man mehr. Und die Summe daraus entsprach nie den Regeln der Algebra, im Gegenteil, sie ließ oft exponenzielle Werte zu. So war es zumindest immer mit Maria Dolores Vergani gewesen. Sie hatte ihm gezeigt, wie man im Tandem arbeitete. Jeder hat seine eigene Methode. Aber zusammen funktionierte es besser.

Als Funi Nina bemerkt, erkennt er sie nicht gleich wieder. Sie hat ihre Locken glatt geföhnt, und von Weitem ähnelt ihr neuer Haarschnitt dem von Maria Dolores. Diese Erkenntnis rührt ihn und hebt seine Stimmung. Sie weist mit einer Geste auf ihre neue Frisur, er nickt zustimmend. Beide begrüßen sich mit einem flüchtigen Kuss und bleiben am Eingang stehen. Ohne Voranmeldung kein Zutritt. Auch bei Polizisten wird da keine Ausnahme gemacht. Zudem ist Doktor Meda nicht im Haus. Das heißt: Das Ganze muss auf ein anderes Mal vertagt werden. Und Funi hat das ungute Gefühl, dass er schnell handeln muss.

77

Sie sitzt allein vor ihrem Computer, in ihrem ehemaligen Kinderzimmer. Es ist das letzte am Ende des Ganges. Seit Langem war sie nicht mehr so konzentriert bei einer Sache gewesen. Sie lädt sich gerade Skype herunter. Sie hatte das Programm schon auf ihrem Laptop, aber nun benutzt sie fast ausschließlich das Telefon. Der Grund dafür lag vielleicht in der Tatsache, dass früher oder später die Sehnsucht zurückkehrt, zumindest den Klang einer menschlichen Stimme zu hören, wenn man schon dazu verdammt war, niemanden sehen zu dürfen. Und via Chat zu kommunizieren war auch nicht gerade ein geeigneter Ersatz. Im Gegenteil, es verschlimmerte nur noch alles. Der Computer ihrer Mutter läuft träger als ihrer, die Internetverbindung geht über die Telefonleitung und ist dementsprechend langsam, und die Programme funktionieren nicht alle einwandfrei. Das Gerät hängt sich immer wieder auf, weshalb sie den Vorgang nicht mit der ihr sonst so gewohnten Lässigkeit abschließen kann. Womöglich ist das die eigentliche Erklärung, warum sie es bis heute noch nicht angegangen ist. Heute aber bleibt sie dran.

Irgendwann hat sie dann Skype doch installiert, und sie sieht ihre bestehenden Kontakte durch: Inga, Funi, Marta, einige Künstlerfreunde. Sie stellt ihren Status auf online: *Doris. Vergani*. Mal sehen, wer sich als Erstes meldet. Ihr Blick ist auf den Bildschirm geheftet, ab und an schweift er zum Fenster über ihrem Schreibtisch. Heute kann man die Gipfel des Resegone ganz deutlich erkennen. Die Luft ist klar, beißend kalt. Bergluft, die bis nach Mailand strömt. Immer dann scheint sich der Himmel über der Stadt zu heben und durchzuatmen. Maria Dolores ist in Gedanken vertieft, fährt sich ab und zu mit der rechten Hand über den Nacken und hämmert dann weiter auf die Tastatur ein.

Mit dem Zeigefinger wischt sie den Staub vom Bildschirm und bläst ihn weg. Dann fährt sie plötzlich hoch. »Ah!« Sie dreht sich um und ruft noch einmal: »Ah!« Sie atmet einmal tief ein und wieder aus. »Was zum Teufel machst du hier? Spinnst du, mich so zu erschrecken?«

Er sitzt grinsend auf der Bettkante, löst seine ineinander verschränkten Arme, zieht die Kapuze vom Kopf und antwortet: »Die Tür war auf, da bin ich einfach rein. Entschuldige, ich wollte dich nicht erschrecken.«

»Scheiße, das hast du aber! Klingel das nächste Mal gefälligst, hast du verstanden?«

»Wovor hast du denn Angst?«

»Was soll die blöde Frage? Ich habe hinter mir ein Geräusch gehört, drehe mich um, und da sitzt du, auf meinem Bett. Wie kannst du da nur so blöd fragen, wovor ich Angst habe? Du hast mich wirklich erschreckt. Lass das in Zukunft, klar?«

»Du bist doch in deiner eigenen Wohnung. Wovor solltest du denn da Angst haben?«

»Na, vielleicht ist das so ein Urinstinkt, ich weiß auch nicht. Ich habe mich erschreckt, weil ich dich nicht erwartet habe. Das ist alles.« Während sie den Satz noch nicht zu Ende geführt hat, steigt in ihr ein dunkles Gefühl empor. Doch er kommt ihr zuvor. »Das ist nur die Angst, die in dir steckt. Lass sie doch einfach mal raus.«

Die Aufforderung fühlt sich so bedrohlich an wie ein Gewehrlauf an der eigenen Stirn. Während sie noch darüber nachdenkt, läutet es an der Wohnungstür.

»Da hörst du's? Zumindest einer, der die Klingel zu nutzen weiß! Wenn es die Carabinieri sind und dich hier finden, dann bin ich schneller im Gefängnis, als du dir vorstellen kannst. Bist du jetzt zufrieden?«

»Beruhige dich, ich gehe ja schon«, antwortet Angelo und verlässt das Zimmer, als würde es noch eine andere Möglichkeit geben, die Wohnung zu verlassen, als den langen Korridor. Sie will ihm schon hinterhereilen, als eine zweite Stimme vom anderen Ende ertönt. »Maria Dolores, die Tür war offen. Ich bin's.«

Es sind nicht die Carabinieri, die Stimme gehört zu Michele Conti. Es gibt nur einen Flur. Sie werden sich begegnen. Maria Dolores wartet, lauscht. Dann betritt Michele das Zimmer. »Was ist los mit dir?«

»Nichts.« Sie drückt sich an ihm vorbei, um nachzusehen, wo sich der Junge versteckt haben könnte. Sie erreicht gerade die Wohnungstür, als sich diese leise schließt. Er hat sich gerade noch rausgeschlichen. Aber ihre Gedanken sind schon woanders. Sie geht den Flur entlang zurück zu ihrem Zimmer, wobei sie einen kurzen Blick in alle anderen Räume wirft. Dann sucht sie nach passenden Ausreden. »Ich hatte dich nicht erwartet. Der Junge von eben …« Doch als sie das Zimmer betritt, sitzt er tippend am Computer.

»Was machst du da?«

»Anscheinend ist es also noch immer nicht vorbei.« Er dreht sich zu ihr und blickt ihr fest in die Augen.

»Was, Michele. Was soll noch immer nicht vorbei sein?«

»Na, das zwischen dir und deinem Lover. Du bist also zu deinen alten Gewohnheiten zurückgekehrt? Jetzt, wo du nichts zu tun hast, hängst du wahrscheinlich den ganzen Tag flirtend mit dem Typen am Computer rum. Ihr habt es offensichtlich noch immer nicht kapiert. Keiner von euch beiden.«

Sie versteht kein Wort. Lover? Angelo? Flirtend? Sie sucht erneut nach irgendwelchen Erklärungen, doch plötzlich klingelt Micheles Handy. Er geht ran, und während er ins Telefon spricht, verlässt er, ohne sie anzusehen, das Zimmer. Ohne das geringste Interesse ihr zuzuhören. In diesem Moment fällt es Maria Dolores wie Schuppen von den Augen: Auf dem Bildschirm hat sich das Skype-Fenster geöffnet, und der Cursor blinkt.

LUCA RIGHI: Doris, bist du da?

Sie begreift, dass sie die Situation missverstanden hat, läuft Michele hinterher, jedoch erfolglos. Er schiebt sie mit seinem ausgestreckten Arm von sich weg, während er weitertelefoniert. Dann verlässt er die Wohnung und geht die Treppen hinunter. Ohne sich zum Abschied auch nur einmal nach ihr umzudrehen.

78

Das Gefühl der Weite überkommt einen in Mailand eher selten. Aber dennoch gibt es Orte, wo es zuweilen passieren kann. In der Via Procaccini zum Beispiel, einer breiten Einkaufsstraße mit dem Gewimmel geschäftiger Chinesen. Oder wenn man den städtischen Friedhof betritt, der eher an ein Freilichtmuseum für Skulpturen erinnert. Oder im Meazza-Stadion. Wenn man an Fußball kein Interesse hat, kann man vom obersten Rang aus alternativ in die weite Welt hinausblicken. Und dann noch im Hippodrom, mit seinem britisch angehauchten, leicht versnobten Ambiente. Dekadent wäre vielleicht der passendere Begriff, vor allem während der sonntäglichen Rennen.

»Die Klinik *Rinascita*, sagt Ihnen das etwas?«

»Natürlich. Da war Giulia zuletzt in Behandlung. Fast sechs Monate lang«, antwortet der Mann, während die Hausangestellte den Tee serviert und seine Frau darauf achtet, dass alles seine Ordnung hat.

»Guten Tag.« Ein junger Mann betritt den Raum. Der Kommissar mustert ihn und erkennt an seinen Gesichtszügen das Kind auf der Fotografie wieder, das an der Wand im Wohnzimmer hängt. Schöne Menschen verändern sich kaum mit der Zeit.

»Ich bin Hauptkommissar Achille Funi, setzen Sie sich

doch bitte.« Er weist mit einer Handbewegung auf einen leeren Stuhl neben seinen Eltern. »Sie werden gewiss von den Kreuzen im Garten erfahren haben.«

»Ja, eine amüsante Sache«, äußert der junge Mann und wischt sich eine blonde Strähne aus der Stirn.

»Bizarr, würde ich es eher nennen. Diese Kreuze haben uns auf eine Spur gebracht, hinter der sich etwas Größeres zu verbergen scheint. Ich bin hier, um mit Ihnen darüber zu sprechen und um Sie um Ihre Mithilfe zu bitten.« Dabei schaut Funi alle drei nacheinander an.

»Um was geht es genau?« Nachdem die Mutter ihren Sohn auf den Mund geküsst hat, lässt sie sich wieder nieder, um dem Bericht des Kommissars zu folgen.

»Es gibt eine bisher vage Verbindung zwischen drei jungen Frauen, die alle an Magersucht gestorben sind – jedoch unter jeweils ganz unterschiedlichen Umständen. Alle drei waren sie Patientinnen in der Klinik *Rinascita*. Zwei von ihnen haben etwas mit den Kreuzen gemein: In dem einen Fall wurde ein Kreuz im Garten des Elternhauses aufgestellt, im anderen Fall an einem Ort, der mit dem Tod des Mädchens in direktem Zusammenhang steht.« Er kann gerade noch den Satz zu Ende bringen.

»*Rinascita*? Bei dem Verrückten? Dann waren wir also nicht die Einzigen«, fällt ihm Giacomo ins Wort.

»Warum verrückt?«, entfährt es Funi überrascht.

»Waren Sie schon mal dort?«, fragt Giacomo ihn ganz direkt.

»Das ist kein Verrückter, er ist gut in dem, was er macht. Er hat eben seine eigene Methode«, mischt sich der Vater ein. »Wir wissen nichts über diese Krankheit, und er hat schon viele Mädchen heilen können. Wir haben ihm vertraut.« Er spricht mit einer bedächtigen Ruhe, die schwer zu durchschauen ist.

»Giacomo, mein Lieber. Deine Schwester war sehr krank, schwer krank. Niemand konnte ihr noch helfen … und vor allem wollte sie keine Hilfe mehr annehmen«, meldet sich nun die Mutter zu Wort und spricht mit ihrem Sohn in einem Tonfall, als hätte sie es mit einem Hundewelpen zu tun.

»Das kannst du jemand anderem erzählen. Für mich ist er nichts weiter als ein Scharlatan. Giulia ging es dort nur noch schlechter, und ihr habt die ganze Sache total unterschätzt.«

»Was genau sollen Ihre Eltern unterschätzt haben?«, schaltet sich Funi dazwischen.

»Diese durchgeknallte Methode, mit dem Theater, der Mode. Dieser ganze Mist eben. Sie gingen gemeinsam zum Shoppen! Giulia hatte ernsthafte psychische Probleme, keine Verhaltensstörung.« Er spielt mit einem Feuerzeug, während er in der anderen Hand eine Zigarette hält. Seine Mutter streicht ihm über den Handrücken und flüstert ihm leise etwas von »Rauchen ist nicht gesund« zu.

»Mich interessiert sehr Ihr Blick auf die ganze Sache. Darf ich Sie fragen, was Sie studiert haben?« Funi lässt sich Zeit und schreibt etwas in sein Notizbuch: *Psyche versus Verhalten.*

»Wirtschaft«, antwortet der Vater. »Er hat es mit der Bestnote und in der Regelstudienzeit abgeschlossen.« Der Stolz in seiner Stimme ist nicht zu überhören.

»Ich weiß schon, was Sie jetzt denken«, wendet sich der Junge an Funi. »Aber auch jemand, der keine Geistes- oder Humanwissenschaften studiert hat, ist in der Lage, seinen Mitmenschen zu verstehen. Vor allem, wenn es sich dabei um die eigene Schwester handelt. Ich habe sie wirklich sehr geliebt, ich hätte alles für sie getan. Ich wollte, dass sie mit mir kommt, aber meine Eltern haben es mir nicht erlaubt, und dieser Arzt hat alles getan, um mich davon abzuhalten.«

»Giacomo, Lieber. Du bist ein großherziger Mensch, aber

sie hätte dir dein Leben unmöglich gemacht.« Die Mutter streicht ihm über den Kopf. Er lässt es sich gefallen. Dann richtet sie sich an Funi. »Er war in London, für einen Masterstudiengang. Verstehen Sie, er hätte unmöglich sein Studium beenden können, wenn er sich auch noch um unsere Tochter hätte kümmern müssen?«

»Und was machen Sie zurzeit, Giacomo?«, fragt der Hauptkommissar, um herauszufinden, ob sich hinter dem lieben Giacomo ein reiches verzogenes Muttersöhnchen versteckt oder etwas Interessanteres.

»Ich arbeite für eine amerikanische Firma. Ich habe beschlossen, in London zu bleiben. Ich fühle mich dort sehr wohl. Für den Augenblick zumindest. Vielleicht komme ich ja irgendwann wieder nach Italien zurück. Wenn Sie nichts dagegen haben, würde ich jetzt gern mein Pferd begrüßen.«

»Ja, natürlich. Gehen Sie nur Ihr Pferd begrüßen … Wenn ich noch etwas brauchen sollte, melde ich mich bei Ihnen.«

Giacomo nickt und erhebt sich. Er verabschiedet sich und verlässt das Wohnzimmer. Die Mutter geht ihm hinterher, nicht ohne sich vorher bei Funi entschuldigt zu haben.

79

Der Mann ist ein Hüne. Groß, stämmig und mit einem dunklen, bis unters Kinn zugeknöpften Wollmantel bekleidet. Er trägt sein Haar kurz rasiert. Sein breites Mondgesicht wird von glatten, hängenden Wangen gerahmt. Am Ringfinger der linken Hand ist ein goldener Ring in Form eines zusammengerollten Kreuzes zu erkennen. Man hatte ihn von Como hergebracht, ohne dass er den geringsten Widerstand geleistet hätte.

»Sind Sie Geistlicher?«, beginnt Funi, der ihn, hinter seinem Schreibtisch verschanzt, aufmerksam mustert.

»Nein, ich bin Vater einer großen Familie. Glaubender der Weltkirche der Mutter Maria.«

»Ich verstehe«, so der trockene Kommentar des Kommissars. Er überlegt einen Moment und fragt dann: »Und was macht diese Weltkirche? Ich meine, hat sie einen Sitz, einen Ritus, ist sie Teil der römisch-katholischen Kirche?« Er weiß selbst noch nicht so genau, wo er ansetzen soll. Als Erstes jedoch muss er herausfinden, ob es sich hier um eine ganz normale Kirche handelt, von der er einfach bisher noch nie etwas gehört hat.

»Maria ist die Mutter aller Menschen, und ich bin einer ihrer demütigen Sklaven. Unsere Kirche ist die der Heiligen Jungfrau Maria.« *Mit anderen Worten, eine Sekte mit ihren Anhängern*, fasst Funi für sich zusammen.

»Und diese Kirche hat sich zur Aufgabe gemacht, Kreuze in Gärten oder vor anderen Kirchen zu errichten, richtig?«

»Nein, wir errichten nichts. Wir gehen an Orte, die uns erscheinen, um dort zu beten. Wo die Kreuze auftauchen, dorthin gehen wir.«

»Haben Sie schon mal von einer Anna Tura gehört?«

»Nein. Sollte ich?«

»Möglicherweise. Bei Ihnen in der Gegend sind drei Kreuze aufgestellt worden, in der Nähe der Wallfahrtskirche von Civate. Wissen Sie, wo ich meine? In der Provinz Lecco …«

Der Anhänger der Mariensekte unterbricht ihn. »Das gehört nicht mehr zu meinem Gebiet. Da müssten Sie mit der zuständigen Gruppe dort sprechen. Wenn Sie wollen, gebe ich Ihnen den Namen der dortigen Ansprechperson.«

»Das wäre sehr freundlich.«

»Alles tüchtige Leute dort. Mütter großer Familien. Junge fromme Frauen. Gute Menschen.« Plötzlich ertönt aus der Hosentasche des Mannes ein Festtagsgeläut von Kirchenglocken. Er stimmt ein Ave Maria an und kramt mit seinen großen Händen nach seinem Telefon, das jedoch schon längst wieder aufgehört hat zu klingeln.

»Und Sie?« Funi sucht nach der passenden Formulierung. »Was machen Sie eigentlich zwischen den ganzen Frauen?«

»Ich bete mit ihnen, organisiere Ausflüge, Gemeinschaftsstunden, eine spirituelle Einkehr. Auch Wallfahrten. Ich bin ihr geistiger Hirte. Wissen Sie, dass es dort einen wunderschönen Pilgerweg entlang mehrerer Wallfahrtskirchen gibt, die der Madonna geweiht sind?«

Alles andere als ein Reisebegleiter also.

»Aber ich dachte, Sie sind kein Priester? Das haben Sie mir doch eben gesagt, oder habe ich Sie missverstanden?« Er ist sich immer noch unsicher, welche Rolle dieser Mann eigentlich spielt.

»Ich bin Glaubender. Einfach ein Glaubender. Das ist alles. Jemand, der glaubt. Jemand, der versucht, sein Bestes zu geben, zu Ehren der Jungfrau Maria.«

80

»Natürlich, Funi. Meine Onkel aus den Marken waren ebenfalls Mitglieder einer solchen spirituellen Gemeinschaft, mit dem Namen *Charismatische Gebetsgruppe*. Sie hatten die Gabe des Heiligen Geistes, und mit fast siebzig sprachen sie neun Fremdsprachen. Und da niemand der Anhänger jemals eine dieser Sprachen gelernt hatte, waren alle davon überzeugt, dass die ausgestoßenen Laute zu den ältesten Sprachen der Welt gehören mussten«, erklärt Maria Dolores aufgeregt. »Ob das nun völliger Humbug war, dass ihre Körper etwas Unsichtbarem, etwas Übersinnlichem eine Stimme verliehen, wer weiß das schon? Für mich jedenfalls steckt dahinter nichts weiter als eine billige Art, den Leuten Geld aus der Tasche zu ziehen und damit die Kassen der Organisation aufzustocken. Ich persönlich habe an so etwas nie geglaubt, aber wie Sie wissen, bin ich ja auch ein säkularer Geist.«

»Hier geht es aber nicht darum, ob ich daran glaube oder nicht«, antwortet Achille Funi, während er sein Notizbuch hervorkramt. »Sondern darum zu verstehen, welche Verbindung zwischen dem Mädchen und diesem Mann besteht. Der Typ, mit dem ich gesprochen habe, ist so was wie ein Prediger, ein Guru.«

Maria Dolores erhebt sich und verschwindet in einem anderen Zimmer. Er sieht ihr hinterher und seufzt tief. Als sie wieder auftaucht, fährt er fort, als ob nichts gewesen wäre. »Ich habe mit der *Zelle* der Gebetsgruppe gesprochen, die in der Nähe von Civate ansässig ist.« Das Desinteresse von Maria Dolores ist nur unschwer zu übersehen, aber Funi spricht unbeirrt weiter. »Die dortige Verantwortliche erinnert sich an das Mädchen. Ich hatte aber den Eindruck, dass sie mir nicht alles sagen wollte. Auf jeden Fall meinte sie, es sei nichts Ungewöhnliches, da viele junge Frauen einige Tage für eine spirituelle Einkehr bei ihnen verbringen würden. Vielleicht war Anna ja genau deswegen dort.«

Schweigen.

»Vergani, hören Sie mir überhaupt zu?«

Sie schreckt aus ihren Gedanken hoch und schüttelt den Kopf. Aber das stimmt nicht, denn sie hat ganz genau mitbekommen, was Funi ihr erzählt hat. »Fragen Sie doch in den Pensionen der Gegend nach, vielleicht hatte sie dort ein Zimmer reserviert.« Einfach und schnell überprüfbar.

»Jetzt, Funi, müssen *Sie* mir aber mal zuhören.« Sie ist jetzt wieder ganz bei der Sache.

»Das mache ich doch andauernd. Dann schießen Sie mal los«, meint Funi resigniert.

»An besagtem Abend war ich nicht allein zu Hause. Michele war bei mir. Da bin ich mir fast sicher. Dann kam ein Anruf von Luca Righi, Sie wissen schon, der Kollege von der Guardia di Finanza, mit dem wir in diesem Prostitutionsfall zusammengearbeitet haben.«

»Ja, ich erinnere mich noch ganz genau«, antwortet er, in dem Wissen, dass da noch einiges mehr war als nur diese gemeinsamen Ermittlungen.

»Also, es sieht so aus, als ob mich Righi an jenem Abend zu Hause sprechen wollte. Sie wissen doch, welchen Abend ich meine?«

Funi nickt.

»Michele ist ans Telefon gegangen, hat mir aber niemals etwas von diesem Anruf erzählt.«

Funi wartet ab.

Sie schweigt. Blickt zu Boden. Dann legt sie ihre Hände um den Hals. »Die Hämatome – ich glaube, die stammen von ihm, von Michele.« Sie blickt ihm fest in die Augen.

»Das soll wohl ein Scherz sein?«

»Schön wär's, aber ich habe das Gefühl, dass ich mich nicht irre. Sie müssen unbedingt die Liste der Anrufe von jenem Abend auftreiben. Michele bestreitet, an jenem Abend bei mir gewesen zu sein. Und ich kann ihn nicht mit meinen Vermutungen konfrontieren, wenn mir die Beweise dafür fehlen. Niemand will mir zuhören. Funi, helfen Sie mir wenigstens.« Sie fasst nach seinen Händen, ohne ihren Blick von ihm zu lassen.

Funi: »Ich bin bereit, Sie zu unterstützen, Frau Kommissarin. Ich weiß nicht, wohin Sie dieser Weg führen wird, aber ich werde alles tun, was in meiner Macht steht. Lassen Sie mir etwas Zeit, ich habe immerhin einen Fall zu klären, wie Sie wissen. Aber ich verspreche, dass ich Ihnen helfen werde.«

»Danke, Funi. Ich wusste, dass ich mich auf Sie verlassen kann. Also, die Liste aller Anrufe von allen Telefonen. Inklusive dem Nokia, das sie mir beschlagnahmt haben. Und ich helfe Ihnen dafür bei Ihren Ermittlungen.« Sie lächelt.

»Okay, so machen wir es.« Aber er ist alles andere als guter Dinge.

81

»Du hast meinen Kaktus eingehen lassen. Das wäre ja wirklich keine große Sache gewesen, ihm ab und zu etwas Wasser zu geben.«

»Bist du ganz sicher, dass er hinüber ist?«, frage ich, und im selben Moment wird mir klar, dass sie recht hat. Ich nehme den Kaktus genauer unter die Lupe. Was einmal ein dicker stachliger Ballen gewesen war, ist nun auf weniger als eine geballte Faust zusammengeschrumpft. Ich weiß, dass er hin ist, auf diese für üppige Pflanzen typische Weise: unten ausgedörrt, oben aufgequollen. Er steht schon seit Jahren starr vor meinem Zimmerfenster, vielleicht schon immer. Der Magritt'schen *Domäne von Arnheim* nachempfunden. Nur statt des Nestes mit den Eiern ein Kaktus. Im Hintergrund der Schlot des Heizkraftwerkes und die Bergamaskischen Berge, anstelle eines adlerförmigen Gletschers, wie es im Gemälde von René Magritte zu sehen ist.

Die Vogeleier öffnen sich, der Kaktus verfault.

»Ein Glas Wasser alle drei Wochen hätte schon genügt.«

Sie versucht, mir ein schlechtes Gewissen einzureden. Sie ist aufgebracht und betritt mein Zimmer, ohne anzuklopfen. Von Zeit zu Zeit vergesse ich, dass dies immer noch ihre Wohnung ist. Und immer war. Selbst als ich hier als Kind noch wohnte.

»Das war ein Geschenk meiner Tante. Was soll ich ihr nun sagen?«

Du könntest einfach sagen, dass deine Tochter, die Mörderin, ihn hat eingehen lassen. Oder du sagst gar nichts. Mir wird bewusst, wie sehr meine Existenz an Dinge gebunden ist, die absolut ohne Bedeutung sind. Ein Kaktus. Ich schaue meine Mutter gleichmütig an. Am liebsten würde ich sie aus meinem Zimmer werfen. Sie versucht konzentriert, die Situation noch zu retten. »Sobald ich hier rauskomme, besorge ich dir genau den gleichen noch mal.« Mehr habe ich ihr nicht zu sagen.

»Und wann soll das bitte sein?«

Es hört sich an wie *Du kommst hier doch sowieso nie raus.* Sie ist über die pflanzlichen Überreste gebeugt. Dann schließt sie das Fenster und verkündet in Manier einer Rechtsmedizinerin die Todesursache.

»Der Luftzug war sein Todesurteil. Du lässt das Fenster ständig geöffnet, deswegen zieht es dauernd. Kakteen reagieren empfindlich auf Durchzug.«

Und ich reagiere empfindlich, wenn das Fenster ständig geschlossen bleibt. Ich muss es jeden Tag für mehrere Stunden geöffnet lassen. Ich muss atmen können. Ich habe nicht daran gedacht, dass er den Luftzug und die winterliche Kälte nicht vertragen könnte. Und außerdem bin ich immer davon ausgegangen, dass Kakteen gegen alles resistent sind.

Mit echtem Mitgefühl greift sie nach dem Gefäß. Die verkrustete Erde löst sich vom Blumentopf. Die Stacheln wirken übermäßig lang. Er wird sich gedacht haben, dass die Bedrohung von außen kommt.

»Ich verstehe einfach nicht, dass du gar nichts davon mitbekommen hast.«

Sie zwingt mich, noch einmal darüber nachzudenken.

Sechs Monate lang habe ich diese Pflanze tagtäglich angesehen und nichts bemerkt.

Liste: Sehen heißt auch
sich kümmern
aufpassen
bewachen
achtgeben
aufmerksam sein
sich sorgen.

Das ging mir öfters so. Verzwickte und haarige Angelegenheiten, all das, was mir Angst machte, nahm ich immer erst dann genau unter die Lupe, wenn es mir längst aus den Händen geglitten waren. Genau dann, wenn es schon zu spät war.

»Entschuldige«, sage ich. »Es tut mir wirklich leid.« Das ist die Wahrheit.

82

MARIA DOLORES VERGANI: Erinnerst du dich noch, um wie viel Uhr du mich angerufen hast?
LUCA RIGHI: Nein. Ich weiß noch, dass es Abend war, aber nicht die genaue Uhrzeit. Wie geht es dir?
MARIA DOLORES VERGANI: Gut, danke. Ich muss ganz genau wissen, wann du mich angerufen hast. Ich kann mich nicht daran erinnern, an jenem Abend geduscht zu haben. Normalerweise dusche ich morgens. Er hat dir doch gesagt, dass ich unter der Dusche bin, oder nicht?
LUCA RIGHI: Ich weiß nicht mehr genau, Doris. Vielleicht hat er auch gesagt, dass du auf der Toilette bist.
MARIA DOLORES VERGANI: Wenn ich auf der Toilette gewesen wäre, hätte ich das Telefon gehört. Ich kann mich aber nicht erinnern, es läuten gehört zu haben. Absolut nicht.
LUCA RIGHI: Aber warum ist das denn so wichtig für dich? Ich habe dir gesagt, was ich dich damals fragen wollte, und jetzt interessiert mich, was du darüber denkst.
MARIA DOLORES VERGANI:

Der Cursor blinkt.

LUCA RIGHI: Bist du noch da?

MARIA DOLORES VERGANI: Auf welchem Telefon hast du mich angerufen? Festnetz oder Handy?

LUCA RIGHI: Ich glaube, zu Hause. Ich habe dich abends doch immer zu Hause angerufen.

MARIA DOLORES VERGANI: Auf meinem privaten Handy habe ich schon nachgesehen, da ist kein Anruf. Vielleicht auf dem anderen?

LUCA RIGHI: Ich habe bei dir zu Hause angerufen, Doris. Und er ist drangegangen. An das Diensthandy von einem Polizisten würde man doch nicht einfach so rangehen, oder? Selbst wenn er selbst ein Polizist ist. Oder ist das bei euch anders?

MARIA DOLORES VERGANI:

Der Cursor blinkt weiter. Für den Moment hat Maria Dolores keine Antwort parat. Sie bleibt online auf Skype und steht auf. Sie verschränkt die Hände, streckt sie, um sich zu dehnen, und schaut dabei aus dem Fenster. Sie traut ihren Augen nicht, setzt ihre Brille auf. Dann tritt sie ans Fenster, beugt sich raus und sieht zum Himmel hinauf. Es schneit. Große, dicke Flocken. Sie streckt ihren Arm nach draußen, um auf ihrer Handfläche einige Schneeflocken aufzufangen. Es kommt manchmal vor, dass es zu dieser Jahreszeit noch schneit. Im April ist in Mailand schon fast Frühling. Die Knospen an den Bäumen beginnen zu sprießen. Die warme Kleidung ist bereits auf den Dachboden verbannt. Schluss mit dem Winter. Und dann ein erneuter Kälteeinbruch. Der Himmel streikt. Der Versuch, einen startenden Motor abzuwürgen. Das Brummen abzuschalten. Die Menschen zum Innehalten zu zwingen.

MARIA DOLORES VERGANI: Hast du gesehen? Es schneit.
LUCA RIGHI: Ja.
MARIA DOLORES VERGANI: Ob der Schnee wohl liegen bleibt?
LUCA RIGHI: Ich vermute mal.
MARIA DOLORES VERGANI: Er wird alles unter seiner Last erdrücken.
LUCA RIGHI: Das kann dir doch jetzt völlig egal sein. Wann beginnt deine Verhandlung?
MARIA DOLORES VERGANI: Keine Ahnung.
LUCA RIGHI: Sag mir wenigstens, was du sagen wirst.
MARIA DOLORES VERGANI: Zum passenden Moment und nicht über Skype.
LUCA RIGHI: Darf ich dich besuchen kommen?
MARIA DOLORES VERGANI: Ich darf keinen Besuch empfangen.
LUCA RIGHI: Damit meinst du wohl meinen Besuch … Du willst nicht, dass ich dich besuche. Du kannst es ruhig sagen, das macht mir nichts aus.
MARIA DOLORES VERGANI: Entschuldige, es klingelt an der Wohnungstür. Heute habe ich ausnahmsweise mal nicht vergessen, die Tür abzuschließen. Bis später.
LUCA RIGHI: Ich bleibe dran.

83

»Jetzt sagen Sie mir mal ganz genau, an was Sie sich nicht mehr erinnern können und an was Sie sich erinnern möchten.«

Max Nagel beginnt noch einmal von ganz vorn.

Ich konzentriere mich. »Mir will nicht mehr einfallen, was genau am Abend vorher passiert ist. Was genau im Wald geschehen ist. Und was war, nachdem ich die Frau angegriffen habe.«

»Alles der Reihe nach«, sagt er. »Den Abend davor lassen wir für den Moment mal beiseite, und wir gehen direkt zu dem Tag, an dem Sie im Wald von Challand unterwegs waren. Woran Sie sich nicht mehr erinnern können, ist, warum Sie die Frau angegriffen haben, richtig?«

»Richtig«, pflichte ich ihm bei.

»Also: Sie erinnern sich nicht konkret an einen Übergriff seitens der Frau hinter Ihnen. Soweit sind wir uns doch einig?«

»Absolut.« Ich nicke.

»Und genau weil Sie nicht davon überzeugt sind, aus Notwehr gehandelt zu haben, suchen Sie mit aller Gewalt nach weiteren Gründen, warum Sie die Frau angegriffen haben könnten. Das wäre doch eine Möglichkeit. Können Sie das so bestätigen?«

»Ja, das kann ich.« Selbst wenn ich noch etwas ergänzen und ihn vor allem darauf aufmerksam machen möchte, dass er die ganze Sache umdreht: Ich habe den Verdacht, am Abend davor von meinem Lebensgefährten angegriffen worden zu sein. Die Blutergüsse könnten also genauso gut von diesem tätlichen Übergriff stammen. Wenn es tatsächlich so war, hätte ich am Morgen danach nicht aus Notwehr gehandelt. Das ist, was ich denke. Aber das verkneife ich mir. Ich bin nicht gut im Vereinfachen der Dinge, er hingegen schon. Ich beschließe, dass es in diesem Fall besser für mich ist, ihm nichts entgegenzusetzen.

»Schauen wir uns mithilfe der Untersuchungsergebnisse die Fakten etwas näher an: Als die Carabinieri von Aosta am Tatort eintrafen, standen Sie unter Schock. Die Krankenakte des untersuchenden Arztes, der auch Fotos beigelegt sind, belegen zweifelsfrei, dass Sie am Hals Wundmale aufweisen, die durch einen von hinten ausgeführten tätlichen Angriff am selben Tag des Mordes verursacht wurden, und zwar durch eine Frau von kräftiger Statur, wie es auch das Opfer war. Zudem wurde der leblose Körper am Boden in einer Stellung gefunden, anhand derer man unter anderem feststellen konnte, dass sie ihr Gewicht wesentlich in Richtung Hang verlagert haben muss, und zwar nicht in einer natürlichen Haltung, die man automatisch beim Anstieg eines Berges einnimmt, sondern unnatürlich weit nach vorne gebeugt. Folglich hat sie vermutlich jemand Dritten, also Sie, attackiert.

Und als Letztes gibt es da noch die zeitliche Übereinstimmung des Schusses und des Messerstiches, die vermutlich auf dieselbe Reaktion zurückzuführen sind. Oder anders gesagt: auf die Notwehr. Was genau will Ihnen bei alldem nicht einleuchten?«

Ich habe ihm aufmerksam zugehört. »Ich kann mich an

keine Hände um meinen Hals erinnern«, antworte ich leise und schaue mir indes die Aufnahmen an, die von mir an jenem Morgen gemacht wurden. »Es muss mir doch wehgetan haben, als sie mich gepackt hat«, murmele ich. »Ich erinnere mich aber nicht daran.«

Er nimmt seinen Vortrag wieder auf, und ich kann in seinen Augen ein triumphierendes Glitzern erahnen. Bevor er erneut zu sprechen ansetzt, bläht er sich auf, holt einmal tief Luft und schießt dann los: »So was nennt man Selektierte Perzeption.«

Pause.

»Die Aufmerksamkeit wird dabei auf ein einzelnes, ungewöhnliches, traumatisches Detail gelenkt. In unserem Fall, vermute ich, ist das die Waffe des Mannes, an die Sie, Vergani, sich ganz genau erinnern und zu der Sie mehrmals angegeben haben, sie sei ›auf mich gerichtet gewesen‹. Der Rest der Szenerie rückt dabei in den Hintergrund, und die Erinnerung speichert falsche Informationen ab. Eine Art Ablenkung, die zu einem vorübergehenden Ausfall des Gedächtnisses führt.«

Dem muss ich etwas genauer nachgehen. Ich kritzele etwas auf einen Zettel. Ich weiß nicht, was ich antworten soll, und begnüge mich mit einem einfachen: »Und der Abend davor?«

Er meint, das sei ein Problem, das nur mich und meinen Lebensgefährten etwas angehe und in keinerlei Zusammenhang mit dem Fall stehe. Er sagt außerdem, ich würde inzwischen einer Art Selbsttäuschung erliegen, bei der ich den Fokus auf etwas lenken würde, das mich beschäftigt halte und das meine Gewissensbisse und meine Kontrollangst nähre. Aber ich weiß, dass meine Amnesie möglicherweise auch die Ereignisse des Abends vor der Tat einschließt. Und das weiß auch er. Aber das interessiert ihn nicht.

Bevor er meine Wohnung verlässt, reicht er mir ein Hochglanzmagazin, das auf einer bestimmten Seite aufgeschlagen ist. Darauf ist das Foto eines Jungen im Profil zu erkennen, der eine dunkle Kapuzenjacke trägt und mit gekreuzten Beinen auf meinem Balkon sitzt.

»Passen Sie bei solchen Dingen in Zukunft besser auf, Vergani. Der Hausarrest kann ganz schnell wieder rückgängig gemacht werden. Sie können telefonieren, mit wem Sie wollen oder den Computer benutzen, aber Besucher, die keine Uniform tragen, sind absolut tabu. Sie riskieren, mich in Schwierigkeiten zu bringen und selbst im Gefängnis zu landen.«

Er spricht wie ein Anwalt. Sagt, was er sagen muss. Ich schätze durchaus seine Bemühungen, aus den dunkelsten Untiefen meines Gedächtnisses die noch so kleinsten Gewissheiten ans Tageslicht zu befördern. Um meine Zweifel zu zerstreuen. Um mir etwas Wesentliches an die Hand zu geben, an dem ich mich festklammern kann. Er möchte, dass ich unbeschadet aus dieser Geschichte herauskomme. Während er sich zum Gehen wendet, betrachte ich das Foto von Angelo und nicke. Warum, weiß ich nicht.

»Ja, das hatte ich vergessen. Ich werde mich daran halten«, sage ich, als er schon aus der Tür raus ist. Aus einem bestimmten Grund, den ich besser nicht wissen möchte, bin ich in diesem Augenblick froh, dass ich meinen jungen Freund auf diesem Foto sehe. Da ist er, auf meinem Balkon.

84

Man lernt, jemand zu sein, indem man aufgibt, jemand anderer zu sein. Anna versuchte genau das. Sie wollte sich von der Last, die sie an die Erde kettete, befreien. Von ihrem Körper.

Im Gasthaus *Da Edo* ist Funi bereits seit geraumer Zeit in ein Gespräch mit der Wirtin vertieft, die ihn von oben bis unten mustert.

Ohne sich davon beirren zu lassen, hakt er weiter nach. »Wie viele Nächte war sie hier bei Ihnen?«

»Eine Woche, glaube ich. Sie können sich ja die Reservierungen ansehen.« Sie weist mit dem lila lackierten, krallenartigen Zeigefinger der rechten Hand auf die Unterschrift im Belegungsbuch.

»Wann hat sie das Gasthaus denn wieder verlassen?« Die Frau schaut genau nach, verschwindet mit einer Entschuldigung für einen kurzen Moment und kehrt sofort wieder zurück.

»Um ehrlich zu sein, kann ich Ihnen das momentan nicht sagen. Mein Bruder muss sich das irgendwo notiert haben, er ist aber gerade nicht da.«

»Richten Sie ihm bitte aus, er möge sich bei mir melden. Ich brauche unbedingt das genaue Datum. War das Mädchen allein?« fragt Funi.

»Ja. Auf ihrem Zimmer war sie immer allein. Manchmal

kam sie in Begleitung. Alles Mädchen, wie sie. Oder mit welchen von der *Pina-Maggi*-Gruppe.«

»Wer ist denn Pina Maggi?«

»Eine Frau, die sich um die in Not geratenen Menschen dieser Gegend kümmert. Sie gibt ihnen Kleidung, Essen, ein Dach über dem Kopf, solche Dinge eben …«

»Wo kann ich diese Frau finden?«

»Zehn Minuten von hier, auf der linken Seite, steht ein altes Bauernhaus. Folgen Sie einfach der Straße rauf zur Basilica. Sie können es nicht verfehlen.« Sie lächelt. »Und wenn Sie schon mal da sind, dann werfen Sie doch einen Blick auf die Klamm im Val dell'Oro, hier gleich gegenüber. Ein echtes Naturwunder!«

»Danke für den Tipp, das werde ich tun.«

Funi hat den Eindruck, als wirke er in letzter Zeit besonders interessant, ja geradezu attraktiv auf andere Menschen. Wenn man verliebt ist, kommt es vor, dass man auf seine Umwelt eine gewisse Anziehung ausübt. Die Wissenschaft macht die Pheromone dafür verantwortlich. Wahrscheinlich sind es eben diese chemischen Prozesse im Inneren des Hauptkommissars, die das Verhalten der reizenden Dame unbewusst steuern. Denn sie will ihn gar nicht mehr gehen lassen. »Wenn Sie möchten, begleite ich Sie«, ruft sie ihm hinterher.

»Danke, das ist wirklich nett von Ihnen. Eine Sache wäre da allerdings noch.« Er überprüft eine Notiz in seinem Block. »Was genau meinten Sie eigentlich mit der Bemerkung ›in Begleitung von Mädchen wie sie‹?«

»Na, Mädchen wie sie eben … Skelette. Sie bestand ja nur noch aus Haut und Knochen.«

85

Pina Maggi ist eine große Frau. Ihre langen glatten Haare, die sie am Hinterkopf zu einem Pferdeschwanz zusammengebunden hat, sind von grauen Strähnen durchzogen. Ihr Körper wirkt ausgemergelt, als ob jegliche unnötige Flüssigkeit, jedes unnötige Gramm Fett, jede Andeutung von Fleisch aus ihrem Körper verbannt worden wären. Ihre Gesichtszüge sind markant: ein hervorstehendes Kinn, eine lange, auffallende Nase. Darüber dunkle Augen mit dichten buschigen Augenbrauen. Ihre fahrigen, schwieligen Hände sind ständig in Bewegung. Sie kehrt den Boden, verteilt Aufgaben an einige Mädchen, die, ohne mit der Wimper zu zucken, ihren Anweisungen Folge leisten. Dann fordert sie Funi auf, ihr in einen anderen Raum zu folgen. Sie drückt die Türklinke herunter, und das Tor zur Hölle tut sich dahinter auf.

Krüppel. Kranke. Alte. Von der schlimmen Sorte. Kehliger Husten. Schleimige Auswürfe am Boden. Taschentücher, die Nasen abwischen. Unverständliche Worte wirrer Geister. Der penetrante Geruch menschlicher Wesen.

Funi dreht sich zu der Frau, die einen leeren Rollstuhl vor sich herschiebt, Ordnung macht, Kleider und Bettwäsche zu einem Berg auftürmt. Alles gleichzeitig, schnell, eine Bewegung nach der anderen. Er versucht, ihr zu folgen, Beinen und Armen ausweichend.

Die Frau bricht das Schweigen. »Ich vermute, Sie fragen sich gerade, wo Sie hier gelandet sind. Habe ich recht?«

»Vor allem frage ich mich, was das alles für Menschen sind«, beginnt Funi, der nur mit Mühe all die Eindrücke verdauen kann, die gleichzeitig auf ihn einstürmen.

»Arme, Alte, Kranke.« Sie könnte das näher ausführen, tut es aber nicht. Indessen erhebt sich eine männliche Gestalt aus einem der hinteren Betten und schleppt sich zu ihnen. Er muss auf die Toilette. Ihm fehlen die Hände. Die Frau ruft laut einen Namen. Ein Mädchen meldet sich, kommt herein und begleitet den Mann ins Bad.

»Kannten Sie Anna Tura?«, fragt der Polizeibeamte.

»Natürlich kannte ich sie«, antwortet Pina Maggi, ohne aufzusehen.

»Wie ist sie hierhergekommen?« Er hofft auf eine Erklärung, um das alles hier zu verstehen.

»Durch Disziplin im Umgang mit dem eigenen Körper wird der Geist erhöht. Hier erlernen wir sozusagen, Kontrolle über unsere Triebe zu erlangen. Uns über Vorurteile und Allgemeinplätze hinwegzusetzen. Wir beten, indem wir jeden Tag notwendige Taten vollbringen.« Wie zum Beispiel mit Exkrementen beschmutzte Bettlaken zu wechseln, was sie gerade tut.

»Aber Sie werden doch mitbekommen haben, dass Anna krank war, oder etwa nicht?«

»Krank?« Sie blickt ihn fragend an und weist auf die gestrandeten Schicksale um sie herum.

»Magersüchtig, sie litt unter Magersucht. Sie war schon seit einer gewissen Zeit in Behandlung, aber ohne Erfolg.«

»Ich würde es eher heroisch nennen. Sie verstand es, das Prinzip der Gegensätze in seine Perfektion umzusetzen«, erläutert sie mit ernster Miene, während sie das Urinal eines alten Mannes ausleert.

Funi seufzt tief, er weiß, dass er diesen Geruch nicht viel länger ertragen kann. Aber für den Bruchteil einer Sekunde stellt er sich vor, wie er dieses Gespräch Maria Dolores wiedergeben wird. Was würde sie an seiner Stelle noch fragen?

»Würden Sie mir bitte dieses Prinzip der Gegensätze etwas genauer erklären? Ich befürchte, ich habe davon noch nie etwas gehört.«

»Leiden lassen sich durch gegensätzliche Mittel kurieren. Hass durch Liebe. Überheblichkeit durch Demut. Zügelloses Verlangen durch Verzicht. Ungehorsam durch Gehorsam. Gier durch Entbehrung. Die Jungfrau Maria hat uns angehalten, zwei Mal in der Woche zu fasten.«

Die Jungfrau Maria kann bestimmt gut ohne Nahrung auskommen, denkt Funi bei sich. *Wir Sterblichen hingegen weniger.* »Sie wollen mir damit also sagen, dass Anna auch hier mit dem Verzicht auf Essen weitergemacht hat, ohne dass sie jemand davon abgehalten hätte?«

»Wir beten hier, wir sind keine Klinik. Und wir schließen in unsere Gebete alle mit ein, die es nötig haben. Wir beten zur Jungfrau Maria, Mutter aller Menschen. Und Anna betete mit uns.«

Maria Dolores Vergani: »Und während sie betete, unterwarf sie sich tollkühnen Regeln des Fastens, um ihr Gefühl der Unzulänglichkeit und Unsicherheit zu überwinden. Sie stopfte sich mit Worten und Gedanken voll, während jegliche Materie aus ihr wich. Oberflächlichkeit wird ersetzt durch Tiefe. Verstehen Sie jetzt, Funi, wie dieses Prinzip funktioniert?«

Achille Funi: »An dieser Stelle wusste ich dann nicht mehr, was ich sagen sollte. Das alles kam mir vor wie der pure Wahnsinn, völlig krank. Glaube in dieser Form ist für meinen Geschmack viel zu fanatisch.«

Maria Dolores Vergani: »Grausam, Funi. Das ist einfach nur grausam. An Hunger zu sterben ist grausam. Hinter so einem Verhalten steckt eine unbändige Wut. Gegenüber jemandem, der einem sehr nahsteht. Fast immer.«

»Annas Körper hat ab einem bestimmten Punkt dann schließlich gestreikt. Was wissen Sie darüber?« Funi ist überzeugt davon, seine Frage in angemessener Weise zu stellen.

»Alles was ich weiß, habe ich aus den Zeitungen. Auch, dass sie tot ist. Aber das war unvermeidlich, bei dem Weg, den sie eingeschlagen hat. Sie hat sich von der Last des Fleisches befreit und war zum Schluss nur noch Geist.«

»Das nennt man *Selbstmord*, es sei denn, jemand hat sie gewaltsam dazu gezwungen, nicht mehr zu essen.«

»Sie sehen die Dinge völlig verkehrt. Anna war ein wundervolles junges Mädchen, sie hat die himmlischen Gesetze nicht gebrochen. Sie hat sich nicht umgebracht. Und niemand hat sich ihrem Willen widersetzt.«

»Wahnsinn, Funi, der reine Wahnsinn. Sie hat die Grenzen herausgefordert, sie hat versucht, neue Daseinsformen zu erkunden. Selbstbestätigung, Rebellion, Herausforderung. Überheblichkeit ist eine Sünde. Das hätten Sie ihr entgegnen sollen.« Sie ist außer sich vor Wut.

»Dazu war keine Gelegenheit.« Funi schüttelt den Kopf, und ihm wird klar, dass er bestimmte Antworten nie griffbereit hatte, wenn es darauf ankam.

»Und was haben Sie stattdessen gemacht?«, fragt Maria Dolores, den Blick ihres ehemaligen Kollegen suchend, der auf die Tapete des Wohnzimmers starrt, in dem Versuch ihr auszuweichen.

»Wer hat sie unter den Kreuzen begraben?«, fragt der Polizeibeamte. Pina Maggi hat gerade eine alte Frau fertig angekleidet, die vom Aufstehen nichts wissen will.

»Das weiß ich nicht.«

»Aber das waren Sie doch, geben Sie es einfach zu!«

»Ich kann Ihnen da wirklich nicht weiterhelfen.« Nun staubt sie ab, wo es etwas zum Abstauben gibt. Und auch da, wo selbst der Schatten eines Staubkorns fehlt, weil dort bereits an jedem einzelnen Tag des Jahres abgestaubt wurde.

»Aber irgendjemand muss doch dieses Grab ausgehoben haben, muss den Körper, oder was davon noch übrig war, genommen, in das Loch geworfen und mit Erde bedeckt haben. Wieso sagen Sie mir nicht einfach, was Sie wissen?«

»Weil ich nichts weiß.«

»Ich würde das nicht Selbstmord nennen.«

»Nein?« Funi wird hellhörig.

»Nein. Die Variablen sind anders: unterlassene Hilfeleistung? Mittäterschaft? Abgesehen vom Tatbestand der Störung der Totenruhe.«

»Die Störung der Totenruhe scheint mir vielleicht der einzige konkrete Belastungspunkt, aber der Rest …« Er fürchtet ihre Reaktion nicht, und auch das ist etwas Neues.

»Aber es handelt sich doch eindeutig nicht um einen freiwilligen Tod. Es ist vielmehr ein Zeichen. Ein stummes, aber eindeutiges Zeichen. Darüber sind wir uns doch einig, oder nicht?«

»Ja«, bestätigt Funi, und denkt gleichzeitig, dass das eher ein weibliches als männliches Konzept ist.

»Gut. Wusste die Frau, mit der Sie gesprochen haben, dass das Mädchen krank war?«

»Sie betrachtet eine extreme Schlankheit nicht als Krankheit. Sie sah darin nichts Schlimmes, im Gegenteil. Sie verwies in die-

sem Zusammenhang auf entsprechende Stellen in der Bibel«, kommt es wie aus der Pistole geschossen.

»Dachte ich's mir doch. Aber aus dieser Perspektive ist das Fasten etwas, das man nicht öffentlich zur Schau stellt. So wie Gutes tun, Almosen geben oder Ähnliches. Das sind Taten, die im Stillen vollzogen werden, ohne dass man jemandem davon erzählt. Ansonsten sind sie wertlos. Das ist nichts weiter als Exhibitionismus, Hochmut eben.« Eine Sünde. Todsünde sogar. Etwas, womit sich Maria Dolores, in einem anderen Zusammenhang, ziemlich gut auskennt.

86

»Dort sind wirklich alle durchgeknallt. Vergiss es, reden kannst du da mit niemandem. Manche sind aus psychiatrischen Kliniken entlassen worden und schon seit Jahren dort. Menschen ohne festen Wohnsitz. Einige auch aus Mailand, um die sich vorher Bruder Ettore gekümmert hat. Von anderen weiß man nicht mal, woher sie stammen.« Er starrt auf eine Liste mit Vornamen – bei einigen steht daneben ein Geburtsdatum, ein Familienname, bei anderen nur Spitznamen.

»Sicher, wir könnten von allen die Identität feststellen lassen«, fährt Funi fort. »Aber wozu? Um ihre Namen zu kennen. Aber wenn sie mental nicht gesund sind? Was fangen wir dann mit ihnen an?«

Nina Parisi mustert ihn. »Sag mal, suchst du jetzt eigentlich einen Mörder, einen Vergewaltiger, einen Dealer oder einen Serienkiller? Du führst dich auf, als ob einer von denen die ganze Gegend unsicher machen würde. Du suchst an der falschen Stelle. Meiner Meinung nach solltest du mal besser diesen Arzt festnageln.«

»Willst du wissen, wo er abgeblieben ist?« Ironisch genug, um ihr Interesse zu wecken. Sie nickt. »In Luxemburg.«

»Schön da. Auf Urlaub?«

»Er arbeitet dort ebenfalls als Arzt. Ich muss aber erst herauskriegen, in welchem Zusammenhang seine Tätigkeit in Luxemburg mit seiner Klinik hier in Italien steht.«

»Lass es mich dann wissen.« Bevor sie sich erhebt, fällt ihr noch etwas ein. »Wie ist eigentlich die Sache mit der Anrufliste für deine Hauptkommissarin ausgegangen? Weißt du schon was?«

»Nein, noch nicht. Danke noch mal, du hast mir da wirklich weitergeholfen.«

»Ach, keine große Sache. Die Person, mit der du gesprochen hast, ist ein wirklich guter Freund von mir.«

»War da mal was zwischen euch?«

»Ewig her.« Sie grinst und verabschiedet sich, nicht ohne ihn mit einer Spur gesunder Eifersucht zurückzulassen.

87

»Das eigentliche Problem besteht darin, dass ich Wünsche mit Bedürfnissen verwechsle.« Inga spricht mit gedämpfter Stimme. Ihr Sohn schläft zufrieden in seinem Bettchen, was ein absoluter Sonderfall ist. Sie fährt in ihrem Gespräch fort, während Maria Dolores vor ihrem Computer sitzt. »Doris, jetzt frag mich mal, was ich wirklich brauche.«

»Was brauchst du wirklich?« Mechanisch, während ihre Augen vom Bildschirm zur Fensterscheibe wandern, hinter der noch immer weiße Schneeflocken vom Himmel fallen.

»Also: Schlaf, ein intelligentes und flexibles Kindermädchen – was sich gewissermaßen von vornherein ausschließt –, eine verfügbare Freundin, die Betonung liegt auf v-e-r-f-ü-g-b-a-r, die mit mir mal ausgeht, so wie in guten alten Zeiten…«

Maria Dolores unterbricht sie. »Die du dann irgendwann sitzenlassen würdest, weil du für nichts mehr Zeit hast. Ich würde das so formulieren: eine Freundin, die dich ab und an besucht. So ist es glaubhafter.«

»So, und jetzt frag mich mal, was ich mir wirklich wünsche.«

Maria Dolores hat keinen blassen Schimmer, auf was Inga hinauswill, aber sie hat genug Zeit. »Also los, was wünschst du dir wirklich?«

»Urlaub machen, weit weg von hier; mindestens zwei Tage lang nur für mich allein sein; mich nach Belieben in einer Schönheitsfarm einschließen. Siehst du?«

»Was denn, Inga. Was soll ich sehen?«

»Schon allein meinen Bedürfnissen nachzukommen ist so schwierig, dass für meine Wünsche nie Zeit bleibt.«

Schweigen. Dann setzt Maria Dolores ein leichtes Grinsen auf und bemerkt: »Und ich?«

»Was meinst du, deine Bedürfnisse oder Wünsche?«

»Ich bin mir nicht sicher, ob deine Unterscheidung mich so wirklich überzeugt. Sei's drum, ich jedenfalls kann im Augenblick das eine vom anderen nicht wirklich trennen. Alles, was mich im Moment interessiert, ist die Wahrheit. Sonst nichts. Das ist mein Bedürfnis und mein Wunsch.« Dann kommt ihr ein Satz in den Sinn, den sie einmal von Don Paolo gehört hatte, dem Priester aus dem Ayas-Tal, der sich das Leben genommen hatte, vielleicht aufgrund der Anschuldigungen, Kinder entführt zu haben. So hatte damals alles begonnen. Er hatte einmal gesagt: »Ich wünsche dir nicht das, was du dir erhoffst, sondern das, was gut ist.« Ein einfacher Gedanke, den sie nun laut ausspricht. »Was denkst du, was gut für mich ist?«

»Wenn man das nur immer so genau wüsste!«, ruft Inga am anderen Ende des Hörers aus, während im Hintergrund schon das Schreien ihres Sohnes zu vernehmen ist. »In deinem Fall: diese Sache endlich zu beenden und wieder frei zu sein. Das ist gut für dich und auch für alle anderen, die dir nahestehen. Dann kannst du dich auch wieder fangen und zu der rationalen, vernünftigen Person zurückfinden, die du einmal warst.«

88

»Was ist eigentlich mit Hauptkommissar Corsari?« Er hat ihn schon seit einigen Tagen nicht mehr zu Gesicht bekommen, und mit einer einfachen Frage an einen seiner Kollegen bricht er sich keinen Zacken aus der Krone. Der Kollege jedoch weiß auch nicht mehr und antwortet mit einem desinteressierten Schulterzucken. Er habe sich einen Tag frei genommen. Vielleicht hat er private Dinge zu klären. Familiäre Probleme, wie man für gewöhnlich zu sagen pflegt, wenn man keine Lust hat, näher auf die Einzelheiten einzugehen. Kurze Zeit später findet Achille Funi auf seinem Schreibtisch die Erklärung für die Abwesenheit Corsaris. Ein Dossier mit Fotos und eine Anzeige mit einem gelben Post-it oben draufgeklebt: *Für Funi.* Und eine Kopie: *Zur Kenntnisnahme.*

Beginnen wir mit dem Unwichtigen, denkt Funi bei sich, und fängt an, die Unterlagen zu überfliegen.

Erstens. Er nimmt zur Kenntnis, dass das litauische, noch nicht volljährige Mädchen, mit Namen Alina und unaussprechlichem Nachnamen, die Wohnung seines Kollegen Corsari ausgeraubt und Geld sowie wertvolle Familienstücke entwendet hat. Funi stellt sich seinen Kollegen wie einen schnaubenden Stier vor, der mit seinen Hufen auf dem staubigen Boden der Arena scharrt. Und er möchte nicht an der Stelle des Mädchens sein, das jetzt nicht nur eine Anzeige wegen Diebstahls am Hals hatte, sondern auch noch Corsari im Nacken, der sie aus mehr als einem Grund suchte.

Zweitens. Das Dossier mit den Fotos ist mehr als bizarr. Darauf sind kleine mumifizierte Köpfe zu erkennen, die, selbst wenn sie vermutlich von Affen stammten, dennoch absolut menschlich wirken. Sie sind auf Stäben aufgespießt, die wohl Lanzen darstellen sollen. Er zählt etwa zwanzig Aufnahmen von Totems oder Fetischen, grauenhafte Gebilde von unverständlicher Bedeutung, wären da nicht diese roten Kreise um die perfekt strahlenden Zahnreihen. Alles Zähne, die auf den ersten Blick gesund wirken, denen aber einige faulige untergeschoben worden waren, als seien sie eben gerade erst exhumiert worden. Dem Ganzen liegt folgendes Schreiben bei:

Anbei finden Sie Aufnahmen der Werke des Künstlers Xavier Brogni, mit bürgerlichem Namen Sergio Brogni, wohnhaft in Bergamo und mit einem Atelier in der Via dei Platani 5. Die Titel der Werke sind auf der Rückseite vermerkt. Der rechtmäßige Erwerb der Zähne ist durch beigefügten Anhang belegt, in dem oben genannter Künstler erklärt, »verschiedenstes Material« käuflich erworben zu haben, unter anderem »265 Zähne, aufgeteilt in Schneidezähne, Backenzähne und Vorderzähne«, über einen in Mailand wohnhaften Zahnarzt. Die Quittungsbelege über den Ankauf des Materials, das zur Herstellung der hier abge_ bildeten Kunstwerke verwendet wurde, können über seinen Steuerberater eingesehen werden. Die Werke wurden in zahlreichen zeitgenössischen Kunstmuseen ausgestellt. Die Rechnungen über den Erwerb der Zähne dienten dem Künstler als Nachweis, um sich die bei der Herstellung angefallenen Ausgaben von seinem Galeristen, für den er arbeitet, erstatten zu lassen.

Seine Hartnäckigkeit, den Dingen auf den Grund zu gehen, hatte sich also bezahlt gemacht. Aber der Fall gehört nicht ihm. Die Sache mit dem Zahnarzt, der seinen Patienten gesunde Zähne zog, ging ihn eigentlich nichts an. Er würde damit warten, bis der zuständige Kommissar wieder im Hause war.

Drittens. In der zweiten Strafanzeige, der mit dem Post-it, geht es um Verdacht auf Missbrauch der Berufsausübung. Unterzeichnet ist die Anzeige mit dem Namen Giacomo Brivio.

Der Anzeigeerstatter erklärt, es für notwendig erachtet zu haben, nach Durchsicht des Tagebuches seiner verstorbenen Schwester Giulia Brivio, das bei der Toten Anna Tura aufgefunden wurde, auf die Tatsache eines möglichen, wie er es nennt, unangemessenen Verhaltens eines Psychologen und/oder Psychotherapeuten aufmerksam zu machen, der Patienten mit Essstörungen behandelt. Dieses Verhalten im Rahmen seiner Berufsausübung…

Der Bruder von Giulia war im Präsidium gewesen und hatte gegen den Arzt Dr. Meda, Leiter der Klinik *Rinascita*, Strafanzeige erstattet.

»Wer hat diese Anzeige aufgenommen? Wisst ihr denn nicht, dass zu diesem Fall gerade Ermittlungen laufen, die ich leite?«, brüllt Funi, während er von seinem Büro in den *Abstellraum* geht, wie sie das Zimmer, wo alle Strafanzeigen entgegengenommen wurden, allgemein nennen. Der diensthabende Beamte schaut ihn entsetzt an. Er bestätigt Funi, die Anzeige geschrieben zu haben, entschuldigt sich für seinen schlechten Stil und sein Unvermögen, die Wichtigkeit der Sache sofort erkannt zu haben, aber die Schlange sei lang und die Zeit zum Nachdenken kurz. Er hat kaum den Satz beendet, als ihn ein Anruf erreicht, den Funi live miterleben darf: Das litauische Mädchen wurde aufgegriffen. *Er hat ihr einen Denkzettel verpasst*, teilt der Beamte Funi laut mit.

»Denkzettel?«, wiederholt Funi. *Viel gedacht haben wird er sich dabei nicht. Es wird sich eher um den Wutausbruch eines Kommissars mit mangelnder Selbstkontrolle gehandelt haben. Darin waren die beiden sich nicht ganz unähnlich,* schießt es ihm durch den Kopf. Er korrigiert sich in Gedanken: *Mit gewissen Unterschieden. Aber dennoch nicht ganz unähnlich.*

89

»Der eigenen Boshaftigkeit kann man auch nur halbtags nachgehen. Quasi als Übergang von einem Stadium in das nächste. Sozusagen ein Entwicklungssprung.«

Während er spricht, spielt Angelo mit seinen Fingern. Er verwebt sie ineinander und löst sie gleich wieder. In ihren flinken Bewegungen wirken seine Hände wie Schmetterlinge.

Ich hätte gern, dass er mich streichelt, wische den Gedanken aber schnell wieder beiseite. Ich habe das Fenster sofort geschlossen, als ich wusste, dass er kommen würde. Ich habe keine Lust, ihm jetzt gleich von dem Foto in der Zeitung zu erzählen. Vielleicht später.

»Das hat mir ein Psychotherapeut gesagt. Nach der Sache in der Schule haben sie mich gezwungen, mir professionelle Hilfe zu suchen.«

Ich höre ihm zu, bin mir aber nicht ganz sicher, ob ich ihm alles glauben kann, was er mir erzählt. Ich versuche, mir vorzustellen, wie er sich wohl außerhalb meiner Wohnung verhält. Aber es will mir kein Bild in den Kopf kommen. *Er hilft anderen*, das ist, was er beruflich macht. Aber was für ein Beruf soll das sein? Eine Banalität, die man als Jugendlicher so dahersagt, wenn man ehrenamtlich arbeitet. Etwas, was mir jedes Mal unangenehm aufstößt, wenn ich darüber nachdenke. Es hat den Anschein, als könne er meine Gedanken lesen. Dann beginnt er von Neuem zu sprechen. Man sieht, dass ihm jegliche Prägung fehlt, die man durch das bekommt, was man tut. Das ist so in jungen Jahren. Man lebt einfach vor sich hin, fertig. Es gibt tausend Dinge, tausend Gedanken. Hoffnungen und Möglichkeiten. Ich kehre mit meinen Gedanken wieder in die Gegenwart zurück.

»Ich habe gerade gesagt, dass der Schmerz manchmal für Sekunden jegliche emotionale Verbindung kappt. Erst ist da der Schmerz, dann eine ganze Kette an äußeren Umständen, die dich zum Handeln drängen und schließlich dieser kurze Moment der Dunkelheit. Eine Art Raptus. Und alles ist vorbei.«

»In dem Moment kommt es dir nur so vor, als sei alles vorbei. Aber dann musst du für den Rest deines Lebens dafür geradestehen«, sage ich, und es hört sich alt und verstaubt an.

»Siehst du, du schleppst den ganzen Ballast an Fehlern und Misserfolgen hinter dir her. Du schaffst es nicht, den Kreislauf der Dinge zu sehen. Anfang, Verlauf, Ende.«

Formeln, nichts als leere Formeln.

»Es gibt eine Zeit zum Töten und eine Zeit zum Gesunden. Und jetzt sag mir, dass du nicht getötet hast. Das schaffst du nicht. Und dass du nicht gesund werden willst. Das schaffst du auch nicht.«

»Darum geht es doch gar nicht. Es gibt eine von Menschen geschaffene Rechtsprechung hier auf Erden. Ich bin jemand, die dafür eintritt, dass Regeln und Gesetze eingehalten werden. Und gleichzeitig möchte ich auch die Wahrheit hinter den Dingen ergründen. Aber nicht etwa die zweifelhafte, theoretische Wahrheit. Im Gegenteil, die greifbare und praktische Wahrheit.«

Er mustert mich, zieht die Kapuze seines Sweatshirts vom Kopf. Er geht auf mich zu und streichelt mich. Dann tritt er ans Fenster. Er liebt den Balkon. Heute sind die Blumentöpfe von Schnee bedeckt, aus denen nur die winterlichen Alpenveilchen hervorlugen. Auf dem Gefäßrand der Aloe kann man lange Krallen erkennen. Den Brustkorb herausgestreckt und den Schnabel in Position gebracht, steht das Rotkehlchen da und guckt frech. Gleich wird es zum Flug ansetzen, wie immer. Meine Stimme wird lauter. Ich schreie Angelo an, die Balkontür nicht zu öffnen und packe ihn am Arm. Nicht wegen des Vogels, sondern wegen des Voyeurs. Dem, der die Fotos an die Presse verkauft haben muss.

Er hält inne. Ich spüre etwas, während ich ihn noch immer festhalte. Eine eigenartige Vibration. Ich umarme ihn von hinten, lege meinen Kopf zwischen seine Schulterblätter und rühre mich nicht. Er ist größer als ich. Kräftig. Er bewegt sich nicht. Dann dreht er sich langsam nach mir um, nimmt meine Arme von seinem Körper und verabschiedet sich mit einem Kuss auf die Wange. Das Rotkehlchen ist noch immer da, hat sich nicht von der Stelle gerührt. Bereit zum Abflug. Während Angelo meine Wohnung verlässt, eile ich zurück zu dem Tier, um nach ihm zu sehen. Wie es so starr dastand, hätte man meinen können, es halte Winterschlaf. Aber das Rotkehlchen ist weg.

90

Es gibt Wunden, die niemals verheilen. Sosehr wir auch versuchen, sie zu vergessen, auszulöschen, zu verdrängen; jedes Mal, wenn sie aus unserem Unterbewusstsein emportauchen, ist der ganze Schmerz wieder da. Es genügen einzelne Facetten, und schon leben genau die gleichen Gefühle von damals wieder auf. Aus Mangel an Alternativen fördern sie alte Träume zu Tage, mit jener Verschwommenheit, die nicht unterscheidet zwischen Verlangen und Mangel. Als verberge sich dahinter ein Geschenk, das wir nicht zu greifen vermögen, und brennende Fragen, die uns den ganzen Tag über begleiten. Es gibt Dinge, die wir erledigen wollen, ein Telefonat, Briefe. Aber am Ende passiert dann doch nichts. Und alles verschwindet wie durch eine Zeitellipse, die uns zu einem beliebigen Moment wieder an den gleichen Punkt zurückwirft.

»Warum hast du mir eigentlich die Wahrheit gesagt?«, frage ich meine Mutter. Sie ist gerade greifbar. Ich habe ihr schon hundertmal dieselbe Frage gestellt, vielleicht sogar noch öfter. Ab dem Moment, als sie mir gestand, dass sie mich nicht geboren hatte. Sondern eine andere Frau. Damals war ich achtzehn. Ein tolles Geschenk, nicht? Sie war immer auf meine Fragen gefasst. In den Kursen für Adoptiveltern hatte man sie sorgfältig darauf vorbereitet. »Warum wolltest du mir unbedingt die Wahrheit sagen?«

»Es war einfach fair dir gegenüber.« Sie setzt unbeirrt ihre Stickerei fort, ein weißer Vorhang mit zwei weißen Engeln, die beide eine dünne weiße Kerze in Händen halten. Ich weiß nicht, wie sie die Motive überhaupt noch auseinanderhalten kann. Wahrscheinlich macht sie alles inzwischen blind. Ganz automatisch.

»Warum hast du mir dann nicht die ganze Wahrheit gesagt?«

»Weil ich sie nicht kenne. Ich weiß nur das, was ich nach dem Gesetz auch wissen darf. Und das habe ich dir alles erzählt.«

»Und du wolltest auch nie alles wissen? Also wirklich alles?«

»Nein, Dolores. Das interessiert mich nicht. Ich will nur die Sachen wissen, die wichtig für mich sind. Die uns möglicherweise dabei helfen können, ein anständiges Leben zu führen – dir, mir und deinem Vater.«

»Du wärst also in der Lage, einen Menschen zu belügen, nur um ein anständiges Leben führen zu können?«

Sie hat sich mit der Nadel in den Finger gestochen, und ein Tropfen Blut befleckt den schneeweißen Vorhang. Sie saugt an ihrer Fingerkuppe und blickt mich an. »Ich habe in meinem ganzen Leben noch niemanden belogen. Oder doch, vielleicht dich. Die ersten achtzehn Jahre deines Lebens. Wenn etwas verschweigen lügen bedeutet, dann habe ich dir verheimlicht, dass du nicht mein leibliches Kind bist. Aber ich denke, dass ich es zu deinem Wohl getan habe, und vielleicht auch zu meinem eigenen Wohl und jenem deines Vaters.« Sie hat auch dieses Mal wieder die übliche Antwort parat. Doch dann ergänzt sie: »Wenn ich das Rad der Zeit zurückdrehen könnte, würde ich mich allerdings anders verhalten.«

»Wie, anders?«, frage ich sie und erwarte eine neue Antwort.

»Ich weiß nicht genau. Vielleicht würde ich es dir früher sagen. Damit du dich von Anfang an mit dem Gedanken anfreunden könntest. Dann hättest du vielleicht ein anderes Leben geführt. Hättest niemals Psychologie studiert, wärst vielleicht auch niemals Polizistin geworden und würdest jetzt nicht hier mit einer so großen Last auf deinem Gewissen sitzen.«

Das ist ihre Form des Schuldeingeständnisses. Ich hätte es mir denken können, dass sie nicht imstande war, sich ein Leben vorzustellen, in dem sie nicht im Zentrum stand. Sie allein musste die Verantwortung für die gegenwärtige Situation auf sich nehmen. Sie stand bei allem immer im Zentrum. Im Guten wie im Schlechten. Ich sage nichts dazu und gehe in mein Zimmer.

Sie steht auf. Sie wird ins Bad gehen, um mit kaltem Wasser den Blutfleck aus dem weißen Leinen zu reiben. Nur so lässt sich Blut aus Stoff entfernen, hat sie mir viele Male erklärt. Aber ich weiß, dass das nicht stimmt. Die Spur bleibt für immer zurück. Es genügt allein der Wille und das Wissen, um sie zu finden.

91

»*Ein toter Gerechter richtet die lebendigen Gottlosen!*«, kreischt ein unverkennbar psychisch kranker Junge. Und noch einmal: »*Ein toter Gerechter richtet die lebendigen Gottlosen!*« Er kauert auf dem Boden, zwischen den schmutzigen Resten des geschmolzenen Schnees, direkt vor dem Eingang zum Mailänder Polizeipräsidium. Achille Funi geht an ihm vorüber, blickt um sich und sieht Gesichter, die ihm von irgendwoher bekannt vorkommen. Ein Polizeibeamter versucht gerade, einen Mann und eine Frau in Richtung Eingang zu zerren, die sich beharrlich weigern, das Schaufenster eines Floristen zu verlassen, auf dem sie, so der Eigentümer des Ladens, mit ihren dreckigen Händen schmierige Abdrücke hinterlassen haben.

»Was sind denn das für Leute?«, fragt Funi.

»Sie kommen von den Kreuzen von Civate«, antwortet der Polizeibeamte.

»Was soll das heißen?« Funi wirkt besorgt und zugleich verblüfft.

»Das weiß ich nicht. Ich gebe nur weiter, was sie mir gesagt haben. Aber drinnen wartet eine Frau, die nach Ihnen gefragt hat.«

Der Hauptkommissar eilt in Richtung seines Büros. Auf einem der Holzstühle im Vorraum sitzt Pina Maggi, eine

Reihe an Plastiktüten zu ihren Füßen. Sie ist eingemummelt, als gelte es, den russischen Winter zu überstehen, und trägt eine Wollmütze, die ihr über die Stirn gerutscht ist. Als sie Funi kommen sieht, erhebt sie sich und reicht ihm ihre behandschuhte Rechte. Funi hat bereits vergessen, wozu diese Hände fähig waren, greift nach ihr und zuckt sofort wieder zurück. Etwas Glitschiges klebt an seiner Hand. Ohne Funis Frage abzuwarten, erklärt Pina Maggi: »Anselmo hat sich auf der Fahrt hierher übergeben. Er ist das Autofahren nicht gewohnt. Sie sollten sich besser Ihre Hände waschen gehen.«

»Sicher«, antwortet Funi und verschwindet in der Toilette. Bei seiner Rückkehr sitzt die Frau bereits in seinem Büro. Der Kommissar blickt sie mit einem schiefen Lächeln an und linst verstohlen nach den Handschuhen, um sicherzugehen, dass sie auch nichts dreckig machen. Sie bemerkt seinen Blick und weist auf ihre Tasche, in der sie nun stecken. Noch immer misstrauisch fragt er: »Was tun Sie eigentlich hier?«

»Ich war im Obdachlosenheim von Bruder Ettore. In letzter Zeit kommen immer mehr Leute aus Mailand zu uns. Aber wir können uns unmöglich um alle kümmern. Und dann dachte ich mir, ich schau mal bei Ihnen vorbei.«

»Ja, schön«, antwortet Funi.

Schweigen.

»Ich habe Ihnen dies hier mitgebracht.« Sie streckt ihm einige herausgerissene Seiten entgegen, die Funi sofort zuordnen kann. »Ich habe sie zwischen den Sachen von Anselmo gefunden, dem Jungen, der sich übergeben hat.«

Funi überfliegt die beschriebenen Seiten. Das, was er auf den ersten Blick herauszulesen meint, ist nichts als eine vage Vermutung, die jedoch den Beigeschmack von etwas Verbotenem trägt. Wenn auch nicht im Absoluten, so zumindest innerhalb der Mauern einer Klinik.

»Wo ist Anselmo jetzt? Ich muss unbedingt mit ihm reden«, fragt er mit unverhohlenem Eifer.

»Draußen«, antwortet sie.

»Draußen vor dem Präsidium?« Ungläubig, fast glücklich erhebt er sich, um zu ihm zu gehen.

»Ja. *Ein toter Gerechter*, man kann es sogar von hier drinnen hören.«

»*Ein toter Gerechter*?«

»Jeden Tag ist es ein anderer Satz. Heute ist es eben *Ein toter Gerechter*. Ich weiß auch nicht, warum«, erzählt sie, so als wäre es das Normalste auf der Welt. »Hören Sie, ich muss jetzt fahren. Heute kommen die Sizilianer, und ich habe noch eine Menge vorzubereiten.«

Für den Augenblick beschließt Funi, nicht nachzuhaken, wer denn die Sizilianer seien. Er tritt aus dem Präsidium und geht auf den Jungen zu. Er bemüht sich, aus ihm herauszukriegen, was es mit den Seiten auf sich hat. Doch Anselmo versucht nur, sie ihm aus der Hand zu reißen. Betreten muss Funi zusehen, wie der Junge sich windet und unter Tränen zwanghaft immer wieder das Motto des Tages verkündet. *Ein toter Gerechter richtet die lebendigen Gottlosen.*

92

»Auf Erden gibt es keinen einzigen gerechten Menschen, der sein ganzes Leben lang nur Gutes und nichts Falsches tut.«

Weißt du, was ich dir gern sagen würde, während du mit allen Mitteln versuchst, mir die Last von meinem Gewissen zu nehmen? Dass dein linker Mundwinkel wie zum Küssen geschaffen ist. Dieser kleine Spalt, er ist perfekt, zart, ganz am äußersten Rand. Man bemerkt ihn kaum. Gerne würde ich dir genau das sagen. Tue es aber nicht, selbst wenn es stimmt. So etwas darf man nicht denken? Ich tue es trotzdem. Ich allein bestimme, was ich denken will. Ob richtig oder falsch, das ist mir einerlei. Ist man erst auf der anderen Seite angelangt, ist nichts mehr unmöglich. Wenn ich mich auf das Denken beschränke, dann habe ich ja nichts getan. In Gedanken kann man nicht sündigen. Oder vielleicht doch?

»Die absolute Unschuld existiert nicht. Sie ist bloß ein angestrebtes Ideal.«

Und das nicht einmal für alle, schießt es mir durch den Kopf. Aber ich spreche es nicht aus.

»Außerdem heißt Arglosigkeit nicht unbedingt, frei von Fehlern zu sein«, fährt er weiter fort. »Der Begriff erhält mehr an Wert, wenn er von einer Person angestrebt wird, die weiß, was Verfehlungen bedeuten. Die sie nicht wiederholt, sich aber treu bleibt und anders verhält. Die wirklich daran glaubt.

Die weiß, die Dinge umzusetzen, die sie gelernt hat. Das hast du mir selbst gesagt, an jenem Tag, hinter der Tür. Mit diesen Worten hast du mich dazu gebracht, die Tür aufzuschließen. Erinnerst du dich?«

Ich nicke. Ich versuche, so wenig wie möglich zu sagen, und begnüge mich damit, ihn zu beobachten. Er hat einen eigenartigen Glanz in seinen Augen, und seine Worte klingen merkwürdig metallen. Ich nehme alles in einer deutlichen Schärfe wahr. Die Sinne eines Gefangenen können erstaunlich präzise sein.

Man sagt, dass Menschen, die zum Tode verurteilt sind, die Zusammensetzung eines Staubkorns in mikroskopischer Auflösung sehen können. Ein Insekt bis auf das winzigste Detail. Ich sage noch immer nichts. Ich leiste einen geheimen Schwur, wie ich es als Kind öfters getan habe. Er blickt mich an, mustert mich prüfend und grinst. Ich habe immer Angst, dass er meine Gedanken erraten könnte.

»Schweigen hat noch nie geschadet«, meint er. »Heute habe ich einen heftigen Tag. Ich muss mit einem Mann sprechen, der alles beim Glücksspiel verloren hat. Am Ende sogar seine Familie. Er kann seinen Frieden nicht finden. Das wird schwierig werden.«

»Wo machst du denn dieses *Co-Counselling*? Das ist es doch letztendlich, was du tust, habe ich recht?«, frage ich ihn, und das nicht zum ersten Mal.

»Ja, ich mache *Co-Counselling*«, wiederholt er. »Im Prinzip in jeder Selbsthilfegruppe, die mich braucht.«

Ich höre einen dumpfen Schlag in meinem Schlafzimmer. Ich stehe auf und bitte ihn, mich für einen Moment zu entschuldigen. Ich gehe rüber. Die Wohnungsschlüssel habe ich in meiner Hosentasche. Dieses Mal habe ich abgeschlossen und die Schlüssel bei mir behalten. Er wird nicht wieder fortgehen, ohne sich bei mir zu verabschieden. Im Schlafzimmer kann ich nichts Außergewöhnliches entdecken. Also werfe ich auch einen Blick in die anderen Zimmer. Nichts. Vielleicht kam das Geräusch ja aus der Wohnung über mir. Die Wände sind dünn und hellhörig. Dann bemerke ich plötzlich das Rotkehlchen. Ich habe es aus Versehen im Zimmer eingeschlossen, und nun fliegt es hilflos gegen die Wand. Ich öffne das Fenster, und flugs ist es auch schon weg. Ich kehre in das Wohnzimmer zurück, um Angelo von dem Vogel zu erzählen und renne fast in meine Mutter.

»Was machst du denn hier?«, frage ich sie. Sie hat ihren Mantel anbehalten und mustert mich merkwürdig.

»Ich wollte dir etwas zu essen vorbeibringen. Ich war auf dem Markt und habe Obst und Gemüse gekauft.«

Ich drehe mich um und sehe, dass Angelo verschwunden ist. »Hast du ihm die Tür aufgeschlossen?«, frage ich und zeige auf das Sofa.

»Wem?«

»Na, dem Jungen, der hier saß.« Ich blicke sie an. Sie straft mich mit Desinteresse und beginnt die Einkäufe zu verstauen. Gebückt und ernsthaft. Na gut, lassen wir das. Aber offensichtlich hat sie mir doch zugehört:

»Da hat niemand gesessen.«

Für einen Moment glaube ich, sie könnte recht haben. Dann fange ich mich wieder und wiederhole: »Natürlich war da jemand. Ein Junge mit einem dunklen Kapuzenpullover. Da saß er.«

Sie blickt mich perplex an und spricht dann aus, was sie wirklich denkt. »Dolores, geht es dir wirklich gut? Ich fange wirklich an, mir Sorgen zu machen.«

Ich suche vergeblich die Zeitschrift mit dem Foto. »Hast du die *VistoDavvero* weggeschmissen? Sie lag hier, auf dem Tisch.«

»Nein. Ich weiß nicht, wovon du sprichst.«

»So eine Klatschzeitschrift, mit einem Foto unseres Balkons.«

»Ach, die meinst du. Ich habe sie der Nachbarin geschenkt. Sie ist übrigens draufgekommen, dass es gar nicht unser Balkon ist, sondern ihrer. Auf dem Foto, das ist Matteo, ihr Enkel, als Vampir verkleidet. Sie hat es an den Balkonpflanzen erkannt. Es sah nur so aus, als wäre es unsrer. Vergiss nicht, das auch deinem Anwalt zu sagen, damit er eine Gegendarstellung veranlasst. Wir können das beweisen: Die Bougainvillea wächst an der Häuserwand seitlich ihres Balkons empor, ist also keine Topfpflanze, die man einfach so umstellen kann. Auf dem Bild ist sie aber deutlich zu erkennen, also muss es ihr Balkon sein.«

Sie grinst. Sie gefällt mir, wie sie so dasteht und lacht. Und ich lasse mich von ihrem Lachen anstecken. Was soll ich sonst auch tun? Und für den Moment beschließe ich, meine Gedanken abzustellen.

93

18:30 LUCA RIGHI: Bist du da?
18:32 MARIA DOLORES VERGANI: Ja.
18:34 LUCA RIGHI: Ich kann mir dich gar nicht vorstellen, in deinem alten Kinderzimmer.
18:38 MARIA DOLORES VERGANI: So ist es aber.
18:42 LUCA RIGHI: Du fehlst mir sehr.

19:00 MARIA DOLORES VERGANI: Wie geht es deiner Familie?
19:02 LUCA RIGHI: Den Kindern geht es gut.
19:05 MARIA DOLORES VERGANI: Und deiner Frau?
19:10 LUCA RIGHI: Ihr auch, glaube ich.

19:25 MARIA DOLORES VERGANI: Wo bist du jetzt?
19:27 LUCA RIGHI: In der Kaserne.

19:45 LUCA RIGHI: Wenn alles vorbei ist, dann werde ich dich zum Essen ausführen.
19:48 MARIA DOLORES VERGANI: Wo schläfst du heute Nacht?
19:55 LUCA RIGHI: Daheim. Oben, in einem separaten Zimmer. Jeder von uns hat jetzt sein eigenes Zimmer. Solange ich noch keine Wohnung habe.

20:00 MARIA DOLORES VERGANI: Bist du nicht mehr in der Pension?

20:05 LUCA RIGHI: War zu teuer.

20:15 MARIA DOLORES VERGANI: Ach so.

94

»Ich wollte dir ja alles erklären.« Maria Dolores spricht in den Telefonhörer hinein. Im Hintergrund das unerbittliche Getöse des Staubsaugers, durch das Fenster der anhaltende Lärm der östlichen Umgehungsstraße, der sich unter den des Fernsehers mischt, und vom oberen Stockwerk gekünsteltes Gelächter.

»Was denn erklären? Wie ein Computer funktioniert? Was ein Chat ist? Der Typ weiß nur zu gut, dass er auf Abstand gehen muss. Hat er dir eigentlich erzählt, dass wir miteinander gesprochen haben?« Michele Conti wirkt gelassen. Er ruft von weit weg an, muss sich kurzhalten, und außerdem will er etwas Wichtiges mit ihr besprechen. Das konnte man seinen einleitenden Sätzen entnehmen, bevor er ihr das Wort überließ.

»Hör mal, Michele. Ich habe nicht vor, irgendwas vor dir zu verbergen. Wir haben uns zwar gehört, aber du musst mir glauben, zwischen uns ist nichts passiert und wird auch niemals etwas passieren. Aber ich muss dich jetzt was fragen, und du musst mir ehrlich antworten.« Die Wahrscheinlichkeit ist gering, dass sie dieses Mal eine andere Antwort erhält als sonst, aber sie ist stur und gibt nicht auf.

»Dann frag«, fordert er sie auf.

»Und du sagst mir wirklich die Wahrheit?«

»Erspar mir deine Frage, ich sag's dir auch so. Und wenn ich zurück bin, dann sprechen wir ausführlich darüber. Manch …« Ein seltsamer Krach unterbricht ihn.

»Hallo?«, ruft sie in den Apparat. Die Verbindung ist gestört, sie kann nichts mehr hören. Sie rennt zu ihrer Mutter, reißt am Kabel des Staubsaugers und hält mit dem Stecker auch gleich noch die gesamte Steckdose in der Hand. Ihre Mutter will etwas einwenden, doch Maria Dolores gibt ihr ein Zeichen, gefälligst den Mund zu halten. Dann kehrt sie in ihr Zimmer zurück und schließt das Fenster.

»Der Satellit spinnt irgendwie. Hörst du mich noch, Maria Dolores?«

»Jetzt höre ich dich wieder. Sprich weiter.«

»Ich habe dich auch betrogen. Aber es ist längst aus, und wenn ich zurück bin, sprechen wir darüber. In ein paar Tagen. Wart …«

Stille.

Sie behält das Telefon am Ohr. In ihrem Kopf klingen seine Worte nach: *Ich auch.* Sie hört, wie die Verbindung abbricht, und schleudert den Apparat gegen die Wand. Er fällt auseinander. Ihre Mutter steht in der Tür ihres Zimmers und blickt sie an.

»Ich mache mir wirklich Sorgen um dich.«

»Vergiss es. Ich kauf dir ein neues.«

Die Aggressivität, die sich endlich in Taten Luft macht. Taten, die ich früher nie begangen hätte. Die Wut, die ich mir eingestehe. All das sind Zeichen für mich, dass ich drauf und dran bin, ein anderer Mensch zu werden.

95

»Anna Tura wohnte mindestens eine Woche in dem Gasthof am Fuße der Wallfahrtskirche von Civate, bevor sie dann bei Pina Maggi Unterschlupf fand. Eine etwas schrullige Frau, die sich mit Mariengebeten und so Kram abgibt. Sie wissen schon, so ähnlich wie diese Sekte von Emmanuel Milingo. Sie bietet allen möglichen orientierungslosen Menschen ein Dach über dem Kopf und Hilfe.«

»Und was hat sie dort gemacht?«, fragt Maria Dolores, während sie das angeheftete Kärtchen von einem Strauß langstieliger weißer Rosen löst. Die Blumen waren beim Floristen in der Nähe des Polizeipräsidiums gekauft worden.

»Sie half Pina Maggi, las in der Bibel und besuchte von Zeit zu Zeit die Kirchen, die am Pilgerweg des Heiligen Augustinus liegen. Wissen Sie, welche ich meine?«

»Nein, keine Ahnung. Aber ich vertraue Ihnen, Funi.« Sie öffnet das Kärtchen. *In der Hoffnung, dass sie irgendwann wieder rot werden.*

»Bei der Maggi sind circa zwanzig Personen untergebracht, alle mit gravierenden Problemen.« Er bemerkt, dass die Hauptkommissarin errötet. Ganz sicher nicht als Reaktion auf seine Äußerung. Also fährt er schnell in seinem Bericht fort, um die peinliche Situation zu überspielen. »Eigenartige Menschen, vielleicht sogar psychisch labil, krank. Einer von ihnen ist noch ganz jung. Er trug einige Seiten aus dem Tagebuch bei sich, das man bei Anna gefunden hat. Hier sind sie.« Er reicht sie Maria Dolores, die das Glückwunschkärtchen achtlos beiseitelegt, ohne es zurück in dem Umschlag zu verstauen. Funi kann erkennen, was darauf steht, sagt aber nichts.

Maria Dolores überfliegt die herausgerissenen Seiten und blickt dann auf. »Sie spricht vom Arzt der Klinik. Das heißt also, es kann nicht das Tagebuch des Mädchens sein, das ihr unter dem Kreuz gefunden habt. Es gehört ihrer Freundin, die zu Hause gestorben ist, richtig?«

»Ja«, antwortet er. »Anna, so hieß sie. Die Besitzerin des Tagebuches hingegen ist Giulia. Ich vermute, dass sie sich während eines Klinikaufenthaltes in der *Rinascita* kennengelernt haben.«

Sie sind sich zum Verwechseln ähnlich, vereint in den Symptomen derselben Krankheit. Die Abwesenheit, nicht das Vorhandensein der Körper, brachte sie einander näher. Womöglich ist es gerade der kranke Körper, der die Menschen zu gleichen Geschöpfen und dadurch austauschbar macht.

»Hatte der Junge, der die Seiten bei sich trug, eigentlich begriffen, dass das Tagebuch nicht von Anna stammte, obwohl es in ihrem Besitz war?«

»Ich vermute mal, dass er sich gar nichts dabei gedacht hat. Aus ihm ist nichts Verwertbares herauszubekommen, sein Geplapper ist komplett unverständlich. Jeden Tag sucht er sich einen Satz aus, und den wiederholt er dann rund um die Uhr. Und am nächsten Tag dann einen anderen.«

»Haben Sie die Handschrift auf diesen Seiten hier mit dem Tagebuch abgleichen lassen, um sich sicher zu sein, dass sie von ein und derselben Person stammen?« Verstohlen schaut sie ihn an, überzeugt davon, dass ihr ehemals Untergebener mal wieder etwas versäumt hat. Funi sieht sich in die Enge getrieben und beschließt, aus dem Bauch heraus, mit einer Halbwahrheit zu antworten und vom Thema abzulenken. »Ich hatte bereits vor, das zu veranlassen. Aber eigentlich wollte ich mit Ihnen über etwas ganz anderes sprechen, nämlich über die Anrufliste, um die Sie mich gebeten hatten.«

»Und?« Wie im Reflex, springt sie von ihrem Sessel auf. Funi folgt ihrem Beispiel.

»Sie haben nach Dienstschluss genau drei Anrufe zu Hause erhalten, also nach fünf Uhr … auch wenn Sie nie vor acht daheim sind.«

»Haben Sie schon die Nummern der Anrufer herausbekommen?«

»Natürlich. Ich kenne die Nummern auswendig. Der erste Anrufer war ich. Der zweite muss Ihre Mutter oder Ihr Vater gewesen sein, weil die Nummer von dieser Wohnung hier stammt, und der dritte Anrufer ist jemand aus dem Präsidium. Der Beamte erinnert sich noch ganz genau daran, Sie angerufen zu haben.«

»Bist du dir wirklich ganz sicher?« Sie rückt näher an Funi heran.

»Ganz sicher«, erwidert er etwas verwirrt, dass die Kommissarin ihn plötzlich duzt, und überlegt, ob er lieber beim Sie bleiben sollte.

»Darf ich mal sehen?« Sie bleibt misstrauisch, wie gewöhnlich.

»Natürlich. Hier ist eine Kopie, auch mit den Nummern der Anrufer vor fünf Uhr.« Er greift mit der Hand in seine Manteltasche, zieht ein zusammengefaltetes Blatt Papier hervor und reicht es ihr. Sie geht hastig jede einzelne Nummer der Liste durch und bleibt plötzlich an einer handgeschriebenen Notiz hängen. *Grüß mir Nina!* Für einen Moment schweifen ihre Gedanken ab.

»Nina …«, wiederholt sie den Namen laut und setzt sich, vor sich hinstarrend, zurück in ihren Sessel.

»Ja …. Stört es Sie, wenn ich rauche?«

»Stört es *dich*. Jetzt, wo wir nicht mehr zusammenarbeiten, können wir uns genauso gut duzen«, antwortet sie und deutet auf ihre Zigarettenschachtel.

»Jetzt, wo wir denselben Dienstgrad haben, uns bereits seit Längerem kennen und uns gegenseitig vertrauen – zumindest für meinen Teil ist das so –, können wir uns genauso gut duzen.« Er zündet sich eine Zigarette an.

Sie faltet das Papier wieder zusammen. »Ich verstehe überhaupt nichts mehr.« Und auch sie zündet sich eine Zigarette an.

»Righi behauptet, er habe mich zu Hause angerufen und mit Michele gesprochen. Auf der Liste erscheint dieses Telefonat aber nicht. Michele hat mir zwar gesagt, dass er mit ihm gesprochen habe, aber nie, wann genau das war. Und vor allem besteht er auf der Tatsache, dass er jenen Abend nicht mit mir verbracht habe. Aber du hast doch gesehen, dass das Bett auf beiden Seiten zerwühlt war. Wenn ich alleine schlafe, bleibt die andere Seite immer unberührt, und das Erste, was ich am Morgen tue, ist mein Bett machen. Wenn allerdings Michele bei mir übernachtet, lasse ich das Bett bis zum Abend ungemacht. Das ist so ein Tick von mir.«

Funi hört ihr zu, raucht und gibt ihr wortlos ein Zeichen, dass ihre Asche auf den Boden fällt.

»Righi behauptet, er habe mich an jenem Abend angerufen, um mir mitzuteilen, dass er von zu Hause ausgezogen sei. Und dass er eine normale Beziehung mit mir führen wolle.« Funi hat seine Zigarette bereits zu Ende geraucht.

»Deswegen kam mir der Gedanke, Michele könnte in einem Ansturm von Eifersucht gewalttätig mir gegenüber geworden sein. Auf seine Exfreundin war er bereits schon mal losgegangen … Die Hämatome an meinem Hals hätten also von ihm stammen können. Aber mit dieser Anrufliste hier bin ich genauso weit wie am Anfang.«

Schweigen. Sie schaut ihn an. »Die Handys hast du doch sicher auch gecheckt, oder?«

Funi nickt und kramt in seiner Tasche. »Ich habe die Liste im Präsidium vergessen, aber da war nichts Besonderes.«

Die Zigarette brennt weiter vor sich hin, die Asche fällt zu ihren Füßen. Funi greift nach ihrer Hand, berührt sie leicht, löst den Stummel aus ihren Fingern und drückt ihn im Aschenbecher aus.

»Jetzt gibt es also keinen Zweifel mehr. Die Wundmale hat dir diese Frau zugefügt, und du hast dich nur gegen sie gewehrt.« Er hat sie zum ersten Mal geduzt. Endlich. In einem wichtigen Augenblick.

»Ja, so wird es wohl gewesen sein. Was denkst du?«

»So ist es gewesen.«

96

»Alina hat keine Anzeige erstattet, und im Gegenzug dafür habe ich auf meine verzichtet. Das heißt aber noch lange nicht, dass wir jetzt quitt sind.« Pietro Corsari ist zu seinem Schreibtisch und dem noch immer ungelösten Fall mit dem Zahnarzt zurückgekehrt. Von dem einstigen Philosophen ist nicht mehr viel übrig geblieben.

»Irgendwann muss aber doch mal Schluss sein. Findest du nicht auch, dass ihr einen Punkt erreicht habt, wo ihr die ganze Sache mal begraben könntet?«

»Schwierig, sich auf etwas zu konzentrieren, wenn man nach etwas ganz anderem sucht«, entgegnet er lapidar.

»Das leuchtet mir ein, aber wir sind Polizisten, und hier suchen wir nach Schuldigen«, merkt er seufzend an. Corsari kann sich bedauerlicherweise nicht zurückhalten. »Ja, aber hier«, und er legt die eine Hand auf sein Herz, *»cherchez la femme.«*

Funi flüchtet mit einer Geste, die so viel heißen soll wie »Hau mir bloß ab!«, in sein Büro. Doch Corsari lässt nicht locker und folgt ihm mit einem etwas selbstironischen Lachen hinterher. »Funi, wart mal kurz. Was ist eigentlich mit der Vergani?«

»Unverändert.«

»Will sie noch immer nicht aussagen?«

»Im Augenblick gibt's nicht Neues.«

»Aha.« Dann schon halb im Gehen: »Sag mal, würdest du eigentlich für sie die Hand ins Feuer legen?«

Funi blickt auf und streckt ihm seine offenen Handflächen entgegen. »Ja, für sie sogar beide.«

»Ich zahl dir dann die Prothesen. Wenn du mich fragst, haben die beiden sich abgesprochen und die Frau gemeinsam aus dem Weg geräumt. Fast ein perfektes Verbrechen. Weil … Was glaubst du, wie der Prozess ausgeht? Die werden doch bestimmt wegen Notwehr freigesprochen. Und für die getötete Frau wird niemand um Mitleid flehen. Nicht mal deine geliebte Vergani.«

»Hör mal, Corsari. Behalt deine Meinung doch einfach für dich. Die interessiert hier sowieso niemand. Für die getötete Frau hätte Nebenklage erhoben werden können, was die Angehörigen jedoch nicht getan haben. Pech für sie«, erwidert er unwillig, aber ruhig.

»Das ist wie bei den Mafiaprozessen. Die Familie setzt sich für den Angeklagten nicht ein und überlässt das eigene Fleisch und Blut seinem Schicksal. Und ich sag dir auch warum: Weil sie Angst haben. Angst davor, einer Hauptkommissarin und allen anderen, die sie decken, die Stirn zu bieten. Vielleicht bangen sie ja auch um ihr Leben, meinst du nicht? So Bergmenschen haben schnell mal den Finger am Abzug und können leicht mal bei der Hirschjagd das Ziel verfehlen.«

»Das ist absoluter Mist, was du da von dir gibst. Ich weiß ja, dass du gerade eine schwierige Phase durchmachst. Aber das vergeht schon, du wirst sehen. Alles wird gut.«

Und entgegen seiner sonst so friedlichen Natur, knallt er ihm die Tür vor der Nase zu.

97

Meine Mutter hat den Schlüssel ins Türschloss gesteckt. Ich höre, wie sie ihn herumdreht, während ich *Haus der Spiele* ansehe, einen Film, den ich fast auswendig kenne. Der Ton ist relativ laut gestellt, doch ich habe keine andere Wahl. Die Nachbarn über mir haben ebenfalls den Fernseher laufen, allerdings in Dolby-Surround-Qualität. Die Wohnungstür öffnet sich nicht und keine Spur von meiner Mutter. Ich stoppe die DVD, und das Bild wechselt zu einem beliebigen Sender, auf dem gerade *Bugs Bunny* läuft. Ich drehe die Lautstärke etwas herunter und höre, wie meine Mutter mit der Nachbarin spricht. Die mit dem Enkelsohn. Ich schalte den Fernseher ganz aus. Gott würde nicht wollen, dass der kleine Engel mitbekommt, dass ich Zeichentrickfilme sehe, und sich noch einmal in mein Wohnzimmer schleicht. Ich höre, worüber sie sprechen.

Die Oma: »Dann habe ich zu ihm gesagt, er soll sich eines dieser drei Spielzeuge aussuchen. Und er hat sich für diese Leuchtpistole entschieden, die auch knallen kann.«

Der Junge: »Eigentlich wollte ich aber das Riesenmonster!«

Die Oma: »Aber das war wirklich hässlich und außerdem teuer. Und was hat dir Oma dann gesagt? Du sollst dir etwas anderes aussuchen, und dann hast du dies hier gewählt.«

Der Junge: »Das wolltest du haben, nicht ich. Du hast es ausgesucht! Mama hätte das Monster gekauft!«

Die Oma: »Du Schwindler! Deine Mama hätte dir überhaupt nichts gekauft.«

Bei dem Wort »Schwindler« reiße ich überraschend die Tür auf. Meine Mutter, die Großmutter und das Enkelkind drehen sich alle drei wie auf Kommando zu mir um. Ich zeige mit dem Finger auf den Jungen und rufe: »Siehst du? Du lügst auch!« Dann grüße ich die beiden und ziehe mich wieder in die Wohnung zurück. Der Junge bleibt mit überraschtem Gesicht zurück, das sich langsam zu etwas wie einem Grinsen verzieht.

Ich setze mich erneut vor den Fernseher. Eine Sekunde später steht meine Mutter in der Tür. »Schaust du Zeichentrickfilme?«

»Hast du eigentlich schon mal bemerkt, dass alle Zeichentrickfiguren denselben Schmollmund haben?«

»Ich sehe mir so was nie an.«

»Sie ziehen alle dasselbe mürrische Gesicht. Genauso wie Matteo von nebenan. Er lacht nie. Eine Schnute, als ob er einem gleich ins Gesicht springen würde. Findest du nicht?«

»Nein, den Einruck habe ich nicht. Er ist doch ein liebes Kind.«

»Lieb, aber mit einem grimmigen Gesicht.«

»Soll ich die Rosen von Michele in eine Vase stellen? Wenn du ihnen nicht etwas Wasser gibst, werden sie eingehen, genauso wie der Kaktus. Du hattest schon immer diese komische Angewohnheit, Blumen nicht auszupacken. Selbst als du noch bei uns gewohnt hast. Erinnerst du dich noch an die weißen Rosen, die man dir zu deinem zwanzigsten Geburtstag geschickt hatte?«

Ich schüttele den Kopf. Doch der eingegangene und mumifizierte Kaktus will mir nicht aus dem Kopf, und so erhebe ich mich aus dem Sessel, wickele die Blumen aus und suche nach einer der vielen Vasen, die sich inzwischen geleert haben. Ich habe sowieso schon begriffen, wer die *Ben 10*, die *Bakugan* und die *Gormiti* sind. Alles sowieso ein und dasselbe. Alle sind sie wütend gegen jemanden oder etwas. Verwandelt oder verkleidet. Sie gewinnen und enthüllen die Wahrheit dank verbündeter Kräfte, wie etwa der von Vulkanen oder glühendem Magma, oder dank der Aktivierung irgendwelcher magischer Karten, die plötzlich vom Himmel fallen.

»Schläfst du heute Nacht hier?«, frage ich meine Mutter. Ab und an stelle ich ihr diese Frage, einfach so, nur um den Eindruck zu erwecken, ich hätte für den Abend etwas geplant. Um »sturmfreie Bude« zu haben, wie früher, als ich noch ein Teenager war. Selbst wenn das Konzept von »sturmfreier Bude« in diesen Breitengraden von vornherein unbekannt war.

»Ich gehe in deine Wohnung. Deine Tanten kommen heute, und wir spielen gemeinsam Karten. Ich komme morgen Nachmittag wieder.«

»Wenn ich nicht da bin, dann mach dir keine Sorgen. Ich wollte eventuell ins Kino.« Dann schweige ich und warte ihre Reaktion ab. Die auch prompt folgt.

»Was redest du denn da für Unsinn?«

Es klingelt. Ich antworte über die Gegensprechanlage. »Ja, ich bin da. Bei euch alles in Ordnung? Bei mir auch, danke. Bis bald.«

Die Schwarzen. Etwas zu früh heute. Jetzt könnte bald Funi auftauchen. Oder Michele. Oder Angelo. Oder Corsari. Oder irgendjemand.

98

Luca Righi: »Welche Wahrheit meinst du eigentlich? Natürlich habe ich sie verlassen. Ich habe gewartet, dass du mich zurückrufst, und dann erfahren, was passiert ist. Was sollte ich denn tun? Auf unbestimmte Zeit in einer Pension bleiben?«

Maria Dolores Vergani: »Ich habe dich nie um etwas gebeten und wollte auch nie etwas von dir. Miteinander reden, dann und wann eine Umarmung. Du willst mir weismachen, dass das allein genügt, einen Mann in die Krise zu stürzen? Das scheint mir etwas zu wenig.«

Luca Righi: »Aber so ist es. Ich wohne nicht mehr hier, Doris. Warum versuchen wir nicht einfach herauszubekommen, ob es zwischen uns beiden wirklich funktioniert?«

Maria Dolores Vergani: »Hast du eigentlich nicht kapiert, in welcher Situation ich mich gerade befinde? Und außerdem habe ich keinerlei Absicht, irgendetwas zu versuchen. Ich möchte nur wissen, warum du mich angelogen hast.«

Luca Righi: »Ich habe dich niemals belogen. Ich habe dir gesagt, dass ich von zu Hause ausgezogen bin, und so war es auch. Zwar nicht für lange Zeit, aber es stimmte. Und wir haben uns getrennt. Das musst du mir glauben.«

Maria Dolores Vergani: »Das meinte ich nicht. Warum hast du gesagt, du hättest mich an dem Abend angerufen, wenn es gar nicht stimmt?«

Luca Righi: »Natürlich habe ich dich angerufen. Frag doch einfach deinen Freund. Er ist rangegangen.«

Maria Dolores Vergani: »Das kann aber nicht jener Abend gewesen sein. Da war er gar nicht bei mir. Du kannst mich nicht an dem Abend angerufen haben, bevor das alles passiert ist. Aber wann dann? Denk doch noch einmal genau nach.«

Luca Righi: »Es ist so viel Zeit vergangen. Ich dachte, es wäre dieser Abend gewesen, aber vielleicht war es auch ein Abend vorher. Oder einer danach.«

Maria Dolores Vergani: »Wenn es nicht genau dieser Abend war, dann interessiert es mich nicht.«

Luca Righi: »Was interessiert dich dann? Du sprichst ständig davon, dass du die Wahrheit wissen willst. Aber welche Wahrheit meinst du überhaupt? Eine Wahrheit, die du dir schon im Kopf zurechtgelegt hast, oder ›die Wahrheit‹? Ich verstehe dich wirklich nicht. Vielleicht hast du ja recht. Besser wir belassen es dabei und versuchen zu retten, was noch zu retten ist.«

Maria Dolores Vergani: »Richtig, Luca. Jeder muss für sich versuchen, das zu retten, was noch zu retten ist.«

99

»Insgesamt sind fast sechzig Anzeigen zusammengekommen. In allen ist die Rede von unsittlichem Verhalten seitens des Arztes und seiner Mitarbeiter.« Hauptkommissar Funi zieht ein Bündel Unterlagen aus einer Mappe.

Maria Dolores raucht. Sie hat sich zurechtgemacht, als ginge sie auf einen Drink in eine Szene-Bar Mailands. Hautenge Jeans, die ihre alarmierende Magerkeit unterstreichen, Stiefel und eine weiße, taillierte Bluse.

»Ich vermute mal, sie kommen über das Forum an ihre zukünftigen Patienten ran«, überlegt sie. »Ich könnte schwören, dass da eine Menge gefälschter Zuschriften dabei sind, die allein dazu dienen, die Leser zur Kontaktaufnahme zu ermuntern. Dramatische Geschichten. Und Ratschläge, wie man es schafft, sich für eine Behandlung in dieser Klinik zu entscheiden. Ein Klassiker.«

»Es kommt noch schlimmer. Giacomo Brivio hat angegeben, dass seine Schwester Giulia vor ihrer Einweisung in die *Rinascita* in einer Einrichtung in Luxemburg zur Behandlung war. Sie nannte sich *Das Erwachen*. Eine Klinik, in der nicht gerade der gesundheitliche Aspekt an oberster Stelle stand und die später auch geschlossen wurde, weil sie in die Negativschlagzeilen der lokalen Presse geraten war.« Er greift nach der Zigarettenschachtel und geht in die Küche, um den Aschenbecher auszuleeren. Dann nimmt er wieder Platz.

»Was war denn passiert?«, fragt Maria Dolores.

»Die Mädchen hatten sich reihenweise aus dem Fenster gestürzt. Einige hatten sich dabei Arme und Beine gebrochen. Das Sanatorium befand sich im ersten Stock, daher kam auch niemand zu Tode. Sie hatten zwar Knochenbrüche, waren aber noch am Leben. Diese Unfälle häuften sich dermaßen, dass schließlich ein Journalist darüber zu schreiben begann.« Mit der einen Hand schob er ihr die einzelnen Blätter zu, mit der anderen hielt er die Zigarette, an der er gemächlich immer wieder zog.

»Und was hat das Ganze mit der *Rinascita* zu tun?«

»Sie wurde ebenfalls von Dr. Meda geführt. Nach diesem Vorfall hat er eine neue Klinik in Mailand eröffnet, ohne jedoch seinen Wohnsitz zu wechseln.«

»Willst du etwa damit sagen, dass er sich in Luxemburg aufhält?«

»Genau das. Ich habe mit seinem Anwalt gesprochen. Von ihm fehlt jede Spur.«

»Du hast also die Anzeigen, die Aussagen der Familienmitglieder, und das ist alles.«

»Ich habe noch die Seiten aus dem Tagebuch, das wir bei Anna gefunden haben. Das zweite Gutachten hat bestätigt, dass die Handschrift auf den herausgerissenen Seiten eindeutig mit jener von Anna Tura übereinstimmt. Die fehlenden Einträge sind also von ihr verfasst worden.«

»Die beiden Freundinnen haben also zusammen ein Tagebuch geführt. Und als dann Giulia tot war, hat es Anna zur Erinnerung bei sich behalten.«

»Ja, so könnte es gewesen sein.« Er schaut sie mit leicht zusammengekniffen Augen an. »Da ist noch Anselmo, der die

Seiten bei sich trug. Man könnte ihn wegen der widerrechtlicher Aneignung eines Leichnams anklagen. Drei Jahre Gefängnis würde er dafür im schlimmsten Fall bekommen. Aber er ist nicht zurechnungsfähig, also …«

»Mal nicht so schnell. Als Erstes stellt sich doch die Frage, warum er sie hätte vergraben sollen? Und außerdem, was ist mit den Kreuzen?«

»Ja, richtig. Die Kreuze. Und wo ist die Verbindung zu Chiara, dem Mädchen, das sich von der Brücke gestürzt hat? Keine Kreuze, kein Tagebuch. Einzige Gemeinsamkeit ist die Klinik, in der sie alle zur Behandlung waren.«

»Das ist doch schon mal was.« Schweigen. Maria Dolores streicht mit ihrer Hand über die Blumen zu ihrer Rechten. Es sind die weißen Rosen von Michele Conti. Dann setzt sie erneut an. »Woher stammt Chiara?«

»Ich muss schnell nachsehen, warte einen Moment.« Er greift nach einem zusammengehefteten Bündel Papiere und blättert die Patientenliste durch. Er tippt mit dem Finger auf die Stelle, nach der er gesucht hat. »Ihre Familie lebt in Caravaggio, Provinz Bergamo.«

»Waren da nicht auch irgendwelche Kreuze?«, fragt sie etwas zerstreut.

Er zieht die Augenbrauen nach oben und sucht ein weiteres Mal nach einem bestimmten Blatt. Ein Blick auf den »Kreuzweg« genügt, um zu erkennen, dass Maria Dolores recht hat. Er beschließt, lieber zu schweigen, und kreist stattdessen mit seinem Bleistift die Stelle auf dem Blatt mehrmals dick ein. Natürlich, auch dort hatte man drei Kreuze gefunden. Ganz in der Nähe der Wallfahrtskirche Madonna di Caravaggio.

Maria Dolores sieht ihm dabei zu, tut aber gleichgültig. »Viele sterben, und man kann nicht alle retten. Aber niemand muss jemals dafür zahlen. Das brennt auf der Seele wie unsichtbare Wunden. Verstehst du, was ich meine?«

»Natürlich. Mehr, als du denkst. Deswegen suche ich ja nach einem Hauptanklagepunkt, mit dem wir diesen Arzt dingfest machen und zur Rechenschaft ziehen können.«

»Schau mal seine Akte durch, Approbation, Studiennachweise, alles, was man für eine ärztliche Niederlassung eben so braucht. Und für alle verwaltungstechnischen Angelegenheiten gibt es Abkommen mit dem öffentlichen Gesundheitswesen und so weiter. Frag Righi, ob er dir dabei hilft. Die Guardia di Finanza könnte die ganze Sache eventuell etwas beschleunigen.«

»Righi?«

»Ja, Righi. Er ist ein guter Mann. Und er wird es hinkriegen, ohne viel Aufhebens zu machen.« Dann bemerkt sie im Blick ihres Exkollegen, dass er auf etwas anderes abzielt. »Hier geht es um rein berufliche Dinge, nicht dass du da irgendetwas durcheinanderbringst.«

»Darf ich dich etwas fragen?« Schon seit Langem brennt ihm diese Frage unter den Nägeln.

»Was denn?« Sie wendet ihr Gesicht von ihm ab, als erwarte sie etwas Unangenehmes.

»War da mal was zwischen dir und Luca Righi?«

Sie nimmt einen tiefen Zug von der Zigarette. »Nein, da war nichts. Es hätte sich vielleicht etwas entwickeln können, aber letztendlich ist nichts passiert.« Dann überlegt sie einen Moment. »Gleich mal die Wohnorte der Patienten mit den Standorten der Kreuze ab. Das wird dich nicht viel Zeit kosten.«

Er nickt und greift das vorherige Thema noch einmal auf. »Und wie läuft es mit Michele?«

»Schlecht.«

Schweigen. Funi sagt nicht *Tut mir leid,* bohrt auch nicht weiter. Maria Dolores übernimmt das Wort.

»Und Nina?«

»Das Beste, was mir seit Langem passiert ist«, antwortet er ehrlich.

»Ich freu mich für dich.«

Es gäbe noch vieles zu sagen. Oder nichts mehr. Die beiden verabschieden sich mit einer Umarmung voneinander. Dann verlässt Funi die Wohnung, und sie schließt hinter ihm ab. Aber der Abend ist noch nicht zu Ende.

100

Vier Fünftel aller Informationen erhalten wir durch den Kontext. Zeit und Ort. Kleidung. Gestik. Mimik. Gepflegtes Äußeres. Farbnuancen. Und die Stimme. Die einen manchmal ganz schön in die Irre führen kann. Maria Dolores erkennt am Tonfall eine bestimmte Macht. Und sie erinnert sich an den Klang der Stimme, selbst wenn die Person nicht mehr da ist. Es gibt Menschen, die erinnern sich an Gerüche oder bestimmte Düfte. Andere verlassen sich eher auf ihr visuelles Gedächtnis. Sie nicht. Sie ist davon überzeugt, dass jeder Mensch die Stimme des anderen auf unterschiedliche Weise wahrnimmt. Mit seinen eigenen, ganz persönlichen Schwingungen, die von der Hörmuschel abhängen, aber auch von den Emotionen, die sich über diese Klangwellen übertragen. Aber vor allem auch davon, wie affektiv schwingungsfähig, wie man das in der Psychologie nannte, jeder Einzelne war. Ihr ist es schon öfters passiert, dass sie sich zuerst in eine Stimme, dann erst in die Person verliebt hatte.

Michele Conti: »Ich habe Funi aus dem Haus kommen sehen. Er ist wirklich ein Freund, der einzige, der dich nicht im Stich gelassen hat. Abgesehen von mir.«

Maria Dolores Vergani: »Ich hatte dich nicht erwartet.«

Sie steht auf, um Kaffee aufzusetzen. Es ist halb elf am Abend.

Michele Conti: »Der Helikopter ist in Linate gelandet. Und bevor ich nach Hause gehe, wollte ich noch bei dir vorbeischauen.«

Sie schweigt. Ihr ist kalt, und ihre Hände zittern leicht. Das passiert ihr immer dann, wenn sie nervös ist.

Michele Conti: »Wie geht es dir?«

Maria Dolores Vergani: »Wie üblich, mit ein paar Problemen mehr.«

Michele Conti: »Ich wollte dich unbedingt sehen und ein wenig bei dir sein.«

Schweigen. Sie steht noch immer mit dem Rücken zu ihm. Vom Wohnzimmer aus kann er sie sehen. Ohne näherzukommen spricht er weiter. Er weiß, dass sie es mag, ihm zuzuhören, ohne ihn ansehen zu müssen. So wie jetzt, mit dem Rücken zu ihm gedreht. Das erste Mal, als sie miteinander ausgingen, redete er, und sie blickte ihn nicht einmal an. Das war im *Jamaica* gewesen. Einer Bar im angesagten Viertel Brero. Es brauchte einige Minuten, bis sie sich schließlich in die Augen sahen.

Michele Conti: »Du bist sauer auf mich, hab ich recht?«

Sie denkt einen Moment nach. Sie sucht noch nach einer passenden Antwort, die nur sie beide betrifft, als sie plötzlich ihre Meinung ändert.

Maria Dolores Vergani: »Du hast mit Luca Righi über mich und ihn gesprochen. Erinnerst du dich noch, wann das war?«

Sie dreht sich um und wartet auf die Antwort. Immer noch auf Sicherheitsabstand.

Michele Conti: »Ich habe schon eine ganze Weile von euch beiden gewusst. Ein Freund, der mit ihm zusammenarbeitet, hat es mir erzählt. Er meinte, er würde bei der Arbeit ständig von dir sprechen.«

Maria Dolores Vergani: »Und weiter?«

Michele Conti: »Er meinte, er wäre hinter dir her, aber du würdest dich zieren. Er verstand nicht, was du eigentlich wolltest, und überhaupt würde er niemals seine Familie verlassen. Solche Sachen eben.«

Maria Dolores Vergani: »Dann hat er dir wahrscheinlich auch erzählt, dass zwischen uns beiden nie etwas passiert ist.«

Michele Conti: »Nein, das habe ich nicht von meinem Freund erfahren, sondern durch deine Mails. Vielleicht hätte ich das Recht darauf gehabt, es von dir persönlich zu erfahren. Aus deinem Mund. Denkst du nicht?«

Maria Dolores Vergani: »Doch.«

Sie gießt den Kaffee in die Tassen, besinnt sich dann jedoch eines besseren und leert ihren ins Spülbecken.

Maria Dolores Vergani: »Und dann habt ihr miteinander telefoniert.«

Michele Conti: »Telefoniert und persönlich gesprochen. Ich habe ihm gesagt, er soll die Finger von dir lassen. Wir wollten etwas Gemeinsames aufbauen und hätten jeder für sich schmerzhafte Erfahrungen zu verarbeiten. Ich habe ihm gesagt, wir würden uns lieben, und er würde nur stören. Alles was wir jetzt bräuchten, wäre Ruhe.«

Maria Dolores Vergani: »Glaubst du nicht, dass mir die Ruhe langsam zum Hals raushängt?«

Michele Conti: »Jetzt vielleicht, aber damals?«

Maria Dolores Vergani: »Sag mir die Wahrheit ...«

Er geht auf sie zu.

Michele Conti: »Deswegen bin ich ja hier.«

Er lässt sie nicht ausreden.

Sie legt ihm ihre Hand auf seinen Mund, denn sie weiß bereits, was er ihr sagen will.

Maria Dolores Vergani: »Hast du mich an jenem Abend tätlich angegriffen? Hast du meinen Laptop mitgenommen und meine E-Mails überprüft? Du hast selbst gesagt, dass du meine und die von Luca Righi gelesen hast!«

Michele Conti: »Wage es nie wieder, diesen Namen auszusprechen. Ist das klar?«

Maria Dolores Vergani: »Du hast mir diese Wundmale am Hals zugefügt, mit denen ich aufgefunden wurde, als ich die Frau getötet habe, stimmt's?«

Michele Conti: »Ich werde dir nicht das passende Motiv bieten, um dich schuldig zu bekennen. Du beschuldigst mich, dich angegriffen zu haben? Spielst du jetzt völlig verrückt? Ich habe bereits auf deine Fragen geantwortet, und ich habe nicht die Absicht, Teil deines Spiels zu werden. Ist das klar?«

Maria Dolores Vergani: »Du hast doch bloß Angst davor, von deiner Arbeit suspendiert zu werden, weil du mich geschlagen hast. Ob ich für die nächsten zwanzig Jahre ins Gefängnis wandere, ist dir doch im Grunde völlig egal. Hab ich recht? Wenigstens zu dieser Wahrheit könntest du stehen, Michele.«

101

Brennende weiße Kerzen vor der Tür. Pina Maggi versucht, energisch durchzugreifen und die Flammen zu löschen. Doch einige ihrer Gäste lassen sich nicht davon abhalten, neue herbeizutragen und anzuzünden. Ein Perpetuum mobile. Es weht ein kühler, frischer Wind. Auf dem Programm steht heute ein Ausflug zur Kirche San Pietro al Monte.

»Die Sizilianer sind gestern angekommen, und es ist schon zu einer Tradition geworden, dass wir jedes Mal gemeinsam das Fresko der Apokalypse ansehen«, erläutert Pina Maggi, die die Gruppe für den Aufstieg zur Bergspitze vorbereitet.

»Ich vermute, Anna hat an einem dieser Spaziergänge teilgenommen«, sagt Funi, während er nach Anselmo Ausschau hält.

»Ja. Anna war oft mit Anselmo zusammen, und er geht sehr oft zur Kirche San Pietro hoch. Er liebt diesen Ort. Er hilft dabei, ihn sauber zu halten, und von den Fresken kennt er jedes Detail. Vor allem die Symbole haben es ihm angetan.«

»Spricht er denn immer so wirres Zeug, oder sagt er auch manchmal etwas, was Sinn macht?« Der Hauptkommissar tastet sich langsam heran.

»Er sagt andauernd etwas, was Sinn macht. Aber diesen Sinn erkennt nur er. Das Mädchen und er verstanden sich gut, sie sprachen gemeinsam über Liebe. Über die keusche Liebe.«

Wenn es das überhaupt gibt, denkt Funi bei sich. Er lässt sich von seiner eingeschlagenen Richtung nicht abbringen. »Ist Anna hier gestorben?«

Pina Maggi antwortet nicht.

»Es ist möglich, dass Anselmo ihren Körper hoch zur Kirche gebracht und dort vergraben hat. Er trug die Seiten ihres Tagebuches bei sich, und überhaupt verbrachten sie viel Zeit miteinander. Ich könnte einen Durchsuchungsbeschluss beantragen, und möglicherweise würden wir dabei auf weitere Kleidungsstücke, Gegenstände, Dinge, die dem Mädchen gehörten, stoßen.«

»Der Junge ist nicht normal, Sie haben ihn doch gesehen. Man würde ihn an einen Ort bringen, der nicht so angenehm ist wie hier. Das wissen Sie doch?«

»Natürlich, ich weiß. Auf das widerrechtliche Entwenden eines Leichnams stehen drei Jahre Gefängnis, käme dann auch noch unterlassene Hilfeleistung dazu, müsste er sogar mit dem Doppelten rechnen. Und in diesem Fall würden wir Sie dann auch noch drankriegen. Wegen Beihilfe und unterlassener Hilfeleistung.« Funi spielt falsch, aber so schnell fällt ihm keine bessere Möglichkeit ein, in der Sache weiterzukommen. Pina Maggi ins Präsidium mitzunehmen würde zu nichts führen, und er hat keine Lust, seine Beweise und Überlegungen an den Staatsanwalt zu übergeben. Er wollte sich selbst noch ein wenig mit dem Fall beschäftigen.

Pina Maggi hört ihm aufmerksam zu, während sie ein Mädchen ankleidet. Es ist vermutlich noch sehr jung, hat jedoch bereits das runzlige Gesicht einer Greisin und eine unbehandelte Hasenscharte, die beim Sprechen jedes Mal weit aufklafft. Sie hat kurze Ärmchen und unförmige Finger. Pina

Maggi streift ihr einen rosafarbenen Strickpullover mit großen Punkten über. Dann schickt sie das Mädchen aus dem Zimmer raus und beginnt den Nächsten anzukleiden.

»Ich muss wissen, was genau mit Anna passiert ist. Und wer die Kreuze aufgestellt hat. Ihre Eltern warten darauf, die Wahrheit zu erfahren.«

102

»Wie kann es sein, dass der Eintrag ins Arztregister genehmigt wurde?« Hauptkommissar Funi unterhält sich mit dem Anwalt von Doktor Meda.

»Das kann ich Ihnen auf die Schnelle nicht sagen. Da müsste ich mich erst einmal mit meinem Mandanten kurzschließen.«

»Unseres Wissens nach sind die Ausbildungsnachweise, die er vorgelegt hat, absolut nichts wert. Einige davon sind in Italien nicht einmal anerkannt. Andere Diplome wurden von den darauf genannten amerikanischen Universitäten niemals ausgestellt. Die Unterschriften sind gefälscht, und sein Name taucht auf keiner der Inskriptionslisten auf. Ihr Mandant ist ein Betrüger.«

»Davon gehe ich zunächst einmal nicht aus, aber wir werden natürlich unsere Recherchen anstellen«, kommt die zu erwartende Antwort.

»Außerdem würde mich noch interessieren, welche Form der Therapie in der Klinik angewendet wurde. Wenn Sie mir bitte so schnell wie möglich genaue Informationen dazu zukommen lassen würden.« Funi kommt schnell zur Sache, alles andere bringt ihn nicht weiter.

103

»Dann gibt es diese zierlichen Typen, die in ihrem dünnen Körper weiter ausharren. Sie versuchen, sich selbst auszulöschen, doch ohne Erfolg. Sie bestehen nur noch aus Umrissen, ohne die geringste Materie, aus der wir für gewöhnlich geschaffen sind.« Maria Dolores unterhält sich mit Inga. Am Telefon.

»Aber hier geht es doch nicht um dick oder dünn. Sondern darum, dass sie den Wunsch haben, aus der Welt zu verschwinden. Kannst du dich noch erinnern, als es dir so schlecht ging?«

»Das ist schon so lange her. Außerdem gab es bei mir einen konkreten Auslöser. Das eine ist, mit dem Essen aufzuhören, weil man etwas damit demonstrieren will, das andere, jedem seine Magersucht ungefragt vor den Latz zu knallen, indem du dafür sorgst, dass deine inneren Organe zusammenschrumpfen, bis du endlich stirbst, weil das Herz es nicht mehr schafft, dein Körpergerüst am Leben zu halten.«

»Das muss doch ein Horror sein für die Familien. Weißt du noch, was deine Eltern damals alles versucht haben?«

»Erinnere mich bloß nicht daran. Sie haben mich auf die Neurologie eingewiesen, wo man mich an den Tropf hängte. Ich habe einen solchen Schrecken bekommen, dass ich auf der Stelle wieder mit dem Essen angefangen habe.«

»Richtig. Aber trotzdem isst du bis heute eher unregelmäßig. Deine Mutter sagt, du wärst viel zu dünn. Stimmt das?«

»Na, so dünn auch wieder nicht. Allerdings lässt sich Magersucht nie endgültig heilen. Eine gewisse Neurose bleibt einem mehr oder weniger für immer erhalten. Wenn die Sucht nicht so grausam war dich umzubringen, dann verfolgt sie dich zumindest ein Leben lang, liegt ständig auf der Lauer. Sobald etwas nicht ganz so gut läuft, ist sie wieder da.« Während sie spricht, tritt sie ans Fenster und sieht auf dem Balkon des gegenüberliegenden Gebäudes wie immer denselben Mann rauchen. Dieses Mal winkt sie ihm jedoch nicht zu, sondern zeigt ihm den gestreckten Mittelfinger, dreht sich um und setzt sich zurück in ihren Sessel.

»Du bist richtig philosophisch heute. Ich habe offensichtlich einen guten Tag erwischt. Hast du damit aufgehört, irgendwelchen dunklen Gedanken nachzuhängen?«

»Im Gegenteil, es wird immer schlimmer, wenn das überhaupt noch geht. Michele hat mich betrogen.«

»Und es dir dann auch noch gestanden? Wie intelligent von ihm ...«

»Die eine Wahrheit zieht die andere nach sich. Er ist davon überzeugt, dass zwischen uns jetzt Gleichstand herrscht. Aber es gab gar nichts auszugleichen.«

»Dann hast du jetzt etwas gut bei ihm. Sieh's doch einfach mal so.«

»Inga, was redest du denn da?«

»Ich meine ja nur. Es ist immer praktisch, bei jemandem noch etwas gutzuhaben, das man im geeigneten Moment einlösen kann. Bleib einfach locker. So sehe ich das. Er hat dich betrogen? Du warst von ihm schon angenervt, bevor du dich in diese verzwickte Lage gebracht hast. Jetzt kommt es dir so vor, als sei er deine einzige Chance. Aber das stimmt nicht. Er wird nicht der Einzige bleiben. Du wirst sehen.«

Auch jetzt schon denkt sie so. Aber das kann sie ihr nicht sagen.

104

»Der Zahnarzt hat die Zähne gezogen, um sie einem befreundeten Künstler zu verkaufen. Oder um eine Versuchsreihe mit den Prothesen eines Zahntechnikers durchzuführen, die er anschließend patentieren lassen wollte.« Wie ein Grundschullehrer versucht Achille Funi mit allen Mitteln die Aufmerksamkeit seines Kollegen Pietro Corsari zu gewinnen, der unrasiert und ungewaschen hinter seinem Schreibtisch im Büro sitzt. Er beugt sich vor, bis er nur eine Handbreit von seinem Gesicht entfernt ist. »Kannst du mir folgen?«

»Natürlich kann ich dir folgen, aber es interessiert mich ehrlich gesagt einen Scheißdreck«, antwortet dieser. Er strömt einen unangenehmen Geruch aus, doch Funi hat in letzter Zeit schon Schlimmeres erlebt. Von Corsari war er eine solche Nachlässigkeit der Körperhygiene jedoch alles andere als gewohnt.

»Komm schon, versuch doch wenigstens, diesen Fall irgendwie abzuschließen«, versucht er ruhig zu bleiben.

»Vielleicht hat er die Zähne ja gezogen, weil sie faulig waren, und danach hat ihn sein Freund erst gefragt, ob er sie für seine Kunstwerke verwenden kann. Wer weiß, deiner Vergani hätten sie wahrscheinlich sogar gefallen. Und die Ermittlungen hätte sie natürlich im Handumdrehen beendet.«

»Hör mal, ich bezweifle, dass all diese Zähne wirklich aus

medizinischen Gründen hätten entfernt werden müssen, diesen Punkt haben wir bereits abgehakt. Niemand hat sein Einverständnis für einen Versuch mit den unerprobten Superprothesen gegeben, folglich hat sich der Zahnarzt strafbar gemacht. Dazu hat er gefährliche medizinische Abfälle mit höchster Infektionsgefahr an Dritte verkauft. Zähne werden normalerweise eingeäschert, hast du das gewusst? Er muss mit einer Freiheitsstrafe und einer Geldbuße rechnen. Als Zweites hätten wir da noch den Künstler, der aus organischem Material Skulpturen schafft. Glaubst du, die Sammler haben irgendeine Ahnung davon? Los, bring die Sache zu Ende, und nimm dir dann ein paar Tage frei. Und damit du Bescheid weißt: Man hat mir aufgetragen, dir auf die Finger zu schauen. Ich will mit so etwas nichts zu tun haben. Also geh mir besser aus dem Weg, verstanden?«

»Dann bist du ja der Einzige, der noch übrig bleibt. Der große Hauptkommissar Funi. Erst seit ein paar Tagen im Amt und schon so ein toller Hecht. Sie hilft dir bei den Ermittlungen, gib's zu!«

»So langsam halte ich dich wirklich nicht mehr aus.« Er ist schon fast aus der Tür.

»Weiß sie eigentlich, dass du verlobt bist?«, schleudert er ihm zum Abschied hinterher.

»Ja. Und im Übrigen bin ich nicht verlobt.«

105

»Chiara, das Mädchen, das von der Brücke auf den Viale Forlanini gestürzt ist, hat Selbstmord begangen.« Funi hat den Ellbogen auf dem Schreibtisch abgestützt und spricht in den Telefonhörer.

»Weißt du eigentlich, dass ich diese Brücke mindestens schon hundertmal überquert habe? Sie ist gleich hier, nicht weit vom Haus meiner Eltern entfernt.« Maria Dolores trainiert auf dem Laufband, während sie mit Funi telefoniert. Die Stadt ist wirklich klein. Sie schaut aus dem geöffneten Fenster hinaus. Heute ist der Himmel grau. Undurchlässig, als wäre er aus Watte. Sie hat den Eindruck, als ragten auf den Hausdächern vor ihr noch mehr Antennen als gewöhnlich empor. Aber es ist nur eine Frage der Perspektive und des Lichteinfalls. Mailand enthüllt nie alles auf einmal. Die Stadt war wie eine Frau, und als solche zeigt sie nur das von sich, was und wann es ihr genehm war. Das war so ihre Art.

»Ich frage mich, warum sie das getan hat. Selbst wenn es nicht zu meinen Aufgaben gehört, nach den Gründen für einen Selbstmord zu suchen«, holt Funi aus.

»Sie war magersüchtig wie die anderen Mädchen. Und sie war in derselben Klinik. Was sagen eigentlich ihre Eltern?«

»Ihr Vater ist Arzt. Er schämt sich, sie in die *Rinascita* eingeliefert und diesem Arzt anvertraut zu haben. Er hat mich darum gebeten, seine Tochter nicht in Verbindung mit den anderen Mädchen zu bringen. Und er hat mich angehalten, über die ganze Sache Stillschweigen zu bewahren. Als ob ich die Presse davon abhalten könnte, etwas darüber zu schreiben. Er will gegenüber seinen Kollegen nicht blöd dastehen.«

»Das sollte dir zu denken geben, in Bezug auf die Werte, die er womöglich seiner Tochter mitgegeben hat«, erwidert sie leicht außer Atem. »Äußerlichkeiten, den Schein wahren, was sagen wohl die anderen … Habt ihr auch über die Kreuze gesprochen?«

»Er sagt, sie stünden außerhalb seines Gartens. Auf einem Grundstück, das schon seit Jahren niemand geltend macht. Sie beide seien nicht gläubig, und das Kreuz sei ihm völlig einerlei.«

»Aber uns nicht.«

»Was machst du da eigentlich, dass du so außer Atem bist?«

»Ich bewege mich ein wenig.«

»Um schlank, jung und fit zu bleiben?« Er grinst.

»Um nicht vor Langeweile zu sterben.« Sie lügt, wenn sie nur den Mund aufmacht.

»Wie auch immer … Chiara hat sich also von der Brücke gestürzt, und wie mehrere Zeugen übereinstimmend bestätigt haben, war sie allein. Sie hat keinen Abschiedsbrief hinterlassen und kann daher selbst nichts mehr dazu sagen. Außer durch ihre Abwesenheit.«

Einen Moment lang schweigen beide, dann schaltet sich Maria Dolores wieder ein. »Ein sehr guter Einwurf, bravo.« Abwesenheit war für sie schon immer etwas von Bedeutung gewesen. Oft sogar mehr als Anwesenheit. Das eigene Leben kann von jemandem, der abwesend ist, oft stärker bestimmt sein als von den Menschen, die uns tagtäglich umgeben. Maria Dolores hört, dass Funi nicht mehr ganz bei der

Sache ist und sich mit jemand anderem unterhält. Verärgert darüber hebt sie ihre Stimme und beginnt zu predigen. »Das macht dem Herrn Papa überhaupt nichts aus, dass da vor seinem Fenster drei Kreuze stehen, so riesig wie die auf dem Berg Golgatha. Gratuliere! Tun wir einfach so, als würden wir nichts sehen. Das betrifft die toten Mädchen genauso wie die Balken genau vor deinen Augen.« Und als Abschluss: »Musst du weg?«

»Ja, entschuldige. Wir hören uns später.« An mehreren Fronten im Einsatz und alle Hände voll zu tun.

106

»Wie geht es uns denn heute?«

Max Nagel ist guter Laune. Er begrüßt meine Mutter, die zurückgrüßt und keinerlei Anstalten macht, das Wohnzimmer zu verlassen.

Ich habe einige kleine Dinge verändert, was ihm sofort auffällt.

»Die Blumen sind ja weg. So gefällt es mir besser, wenn ich mir diese Bemerkung erlauben darf«, unterstreicht er mit einem Lächeln.

»Das glaube ich Ihnen sofort«, antworte ich. »Vermutlich haben sie langsam die Lust daran verloren, mir ständig Blumen zu schicken. Das war auch Zeit«, seufze ich. »Vielleicht haben sie aber auch kapiert, dass das Feiern ein Ende hat.« Ich hoffe, dass damit das Thema abgeschlossen ist. Doch falsch gelegen.

»Das Feiern fängt doch erst an«, entgegnet er, und ich bin mir sicher, dass er dabei vor allem an sich selbst denkt. Meine Mutter steht daneben und nickt gefällig. Ich versuche, sie zu ignorieren und lasse sie zuhören. So hat sie wenigstens meinem Vater und den Tanten etwas zu berichten. Und kann gleichzeitig die Erwartungen der gesamten Nachbarschaft befriedigen, die die Augen auf uns gerichtet hat.

Eine Frage beschäftigt mich schon seit Tagen. »Warum hat

eigentlich niemand aus der Familie der getöteten Frau Nebenklage erhoben?«

»Ganz genau wird man das wohl nie erfahren. Allerdings ist es eine Familie, die keine Geldprobleme und daher auch kein Interesse an einer Schadensersatzforderung hat. Ich muss hinzufügen, dass sie sich schon längere Zeit von ihrer Tochter entfernt hatten. Im Dorf erzählt man sich, sie hätten schon seit Jahren nicht mehr miteinander gesprochen. Die Familie besuchte sogar eine andere Kirche, um sie bloß nicht sehen zu müssen.«

»Ah.« Was Besseres fällt mir dazu nicht ein. »Und wie geht es dem Vater des Jungen?« Zum ersten Mal seit sechs Monaten interessiere ich mich wirklich für ihn.

Nagel blickt mich forschend an, und ich meine, seine Gedanken erraten zu können. Doch er lässt sich nichts anmerken und redet mit mir, wie man zu Verrückten und kleinen Kindern spricht.

»Er ist optimistisch und davon überzeugt, dass die Gerechtigkeit seinen Lauf nimmt. Er verbringt jeden Tag mit seinem Sohn, und das scheint beiden gutzutun. Und Sie, sind Sie etwas weitergekommen?«

»Ja. Eines ist mir jetzt klar.«

»Und das wäre?«

»Dass mein Gehirn noch immer nicht voll funktionsfähig ist und dass ich mir dabei helfen lassen muss, mein vollständiges Gedächtnis wiederzuerlangen. Aber in der Zwischenzeit möchte ich ganz ehrlich zu Ihnen sein.«

Ich halte einen Moment inne. Nagel starrt mich an, als warte er auf einen endgültigen Urteilsspruch. Heute fühle ich mich wie ein Possibilist und beschließe, ihn an dieser emotionalen Veränderung teilhaben zu lassen.

»Ich habe mir gesagt: Ich werde keinen unschuldigen Menschen ins Gefängnis bringen. Ich werde nicht nach Sündenböcken für meine Schuldgefühle suchen. Ich werde versuchen, nach und nach die Wahrheit zu rekonstruieren. Wenn Sie mir dabei helfen, diesen Weg zu gehen. Doch bevor ich mich festlege, was ich im Gericht sage, möchte ich noch eine Sache wissen.«

Er wirkt beunruhigt. Vielleicht deswegen entwischt ihm diese unbedachte Bemerkung. »Was fehlt denn jetzt noch? Die Anrufliste hat doch nichts ergeben, was brauchen Sie denn noch?«

Ich runzle die Stirn. Er und Funi haben also miteinander gesprochen. Noch nie zuvor habe ich meine Privatsphäre so sehr vermisst wie in dieser Zeit des Hausarrests. Ich lasse mir nichts anmerken. Ich kommentiere seine Äußerung mit meinem Schweigen. Dann beginne ich von etwas ganz anderem zu sprechen, mit der Absicht, ihn zu provozieren.

»Wo ist eigentlich mein Laptop? Ich brauche ihn.«

»Was zum Teufel hat denn Ihr Laptop mit dem Ganzen zu tun. Sehe ich aus wie ein Zauberer? Soll ich etwa Ermittlungen einleiten wegen Verdachts auf Diebstahl Ihres Computers? Und wieso auch? Maria Dolores, ich bitte Sie, reißen Sie sich zusammen. Sie haben alles, was Sie brauchen, damit man Sie als Zeugin anhört. Wie wäre es mit einem Kompromiss: Sie machen Ihre Aussage, und ich tue mein Möglichstes, um Ihren Computer zu finden. Einverstanden?«

Ich versuche, ihm zu erklären, dass ich ihn bräuchte, um die Glaubwürdigkeit einer Person zu überprüfen. Doch er kommt mir wie immer mit denselben Fragen. Zu was es dient und wem es nützt. Den Ermittlungen nicht.

Wir verhandeln. Mein Anwalt verspricht, wegen des Laptops nachzufragen, auch wenn er eigentlich nicht weiß, bei wem. Während ich versuche, über alles noch mal vernünftig nachzudenken. Ich sehe ihm an, dass er langsam genug hat. Ich nicke. Gebe ihm aber kein mündliches Einverständnis. Dann geht er und hinterlässt einige Unterlagen zum Unterzeichnen, einige Karten von wem auch immer und Grüße von Marta.

107

»Emotionales Gleichgewicht, Farbtherapie, Haltung. Hört sich das nicht eher an wie ein Kurs für Topmodels? Sie sollten ihr helfen, gesund zu werden. Wieder zu essen. Verstehen Sie?« Aus Giacomo Brivio bricht es nur so heraus. Endlich kann er frei sprechen. *Frei von was eigentlich?*, fragt sich Funi insgeheim, der ihm gegenübersitzt. Aber es gibt zunächst wichtigere Fragen.

»Eines würde mich schon interessieren: Wieso haben Sie erst jetzt Anzeige erstattet?«

»Vielleicht, weil das andere Mädchen gestorben ist, die Freundin von Giulia. Die Worte in ihrem Tagebuch haben mich sehr berührt.« Er sucht sich zwischen den zahlreichen möglichen Antworten eine x-beliebige heraus. In gewissen Kreisen lernt man von klein auf, seine Gefühle im Zaum zu halten. Nur das zu sagen, was man sagen konnte und durfte, ohne damit jemanden zu verletzen, zu schaden oder einen Skandal zu verursachen. Giacomo ist augenscheinlich von zurückhaltendem Temperament, und Funi entdeckt in ihm eine Ähnlichkeit mit sich selbst und seiner eigenen Tendenz, sich zurückzunehmen. Und so beschließt er, ihn ein wenig aus der Reserve zu locken, so wie andere es sonst mit ihm tun.

»Ich verstehe. Die beiden Mädchen hatten ja auch wirklich viel gemeinsam, nicht nur die gleiche Krankheit, sondern auch noch den gleichen Arzt.« Etwas zögernd fährt er fort. »Wir haben weitere Seiten aus dem Tagebuch gefunden, die allerdings nicht Ihre Schwester geschrieben hat, sondern Anna. Hören Sie mal, hier: *Ich vertraue dem Arzt, aber wenn er sich Giulia nähert, bekomme ich es mit der Angst zu tun. Sie liebt die Vorstellung, begehrt zu werden, geliebt, gewollt zu sein. Heute sind meine Gedanken ganz durcheinander, ich fühle mich ganz leer.*« Er hält kurz inne. »*Dieses Experiment mit der Liebe macht er normalerweise in der Therapie nur mit mir, weil ich etwas Besonderes bin. Er hat mir gesagt, dass ich in der Lage bin, viel zu geben, dass ich großes Potenzial habe.*«

Giacomo ballt seine Hände zu Fäusten. »Ich habe ihn in der Stadt gesehen«, presst er hervor, »mit einem teuren Sportwagen und in Begleitung zweier junger, sehr dünner Mädchen. Er führte sie zum Shoppen aus. Zur Steigerung ihres Selbstwertgefühls, verstehen Sie?«

Funi hört ihm zu und legt währenddessen die Blätter des Tagebuchs zurück in die Mappe.

Der Junge ist nicht mehr zu halten. »Das eigentliche Problem von Giulia war nämlich ihre Angst. Sie war ständig auf der Suche nach Liebesbeweisen, vor allem von unserer Mutter. Giulia war überzeugt davon, dass sie nicht richtig geliebt wurde. Dass unsere Mutter mich ihr vorzog. Sie verglich uns immer, in allen Dingen. Und je schlimmer das bei ihr wurde, desto mehr distanzierte sich unsere Mutter von ihr. Aber nur weil man das Gefühl hat, dass die eigene Mutter einen nicht so liebt, wie man sich das wünscht, kann man doch nicht sterben wollen. Oder doch?«

Auch Funi weiß darauf keine Antwort. Aber sie sind dem Kern schon ganz nah.

»Ging Ihre Schwester denn auch mit dem Arzt zum Shoppen?«

»Ich glaube schon, so wie alle. Aber sie brauchte doch etwas ganz anderes. Irgendetwas, das ihren Hunger stillte; ich meine damit nicht etwas zu essen. Ich weiß auch nicht, was das hätte sein können. Vielleicht ein Medikament. Das sie ruhiger gemacht hätte.«

»Und als sie dann wieder daheim war, was ist dann passiert?«

»Sie kam nach Hause, weil Anna die Klinik verlassen hatte. Erst da hat sie begriffen, dass es keinen Sinn machte, dort zu bleiben. Sie wollte mit mir ins Ausland, aber meine Eltern haben es nicht erlaubt. So wie früher schon einmal.«

»War sie zu Hause denn in medizinischer Behandlung?«

»Ich glaube schon. Ich bin zurück nach Italien geflogen, ohne jemandem vorher Bescheid zu geben, und da habe ich sie in ihrem Zimmer vorgefunden. Sie war so dünn und geschwächt, dass ich sie im ersten Moment gar nicht bemerkt habe.«

»Und Ihre Mutter?«

»Ich weiß nicht. Sie war nicht da. Giulia hat mich gefragt: ›Siehst du, wie ich eigentlich bin?‹ Und ich habe bejaht. Dann sagte sie noch: ›Vielleicht bist du der Einzige, der mich wirklich sieht, wie ich bin.‹ Zwei Tage später ist sie gestorben. An Herzversagen.«

Eindeutig unterlassene Hilfeleistung. Wer würde denn das eigene Kind an Hunger sterben lassen, dazu wenn es im eigenen Bett liegt, denkt Funi.

108

»Versuch das mal zu beweisen. Du müsstest den Jungen dazu bringen auszusagen, dass seine Mutter Giulia nicht ausreichend versorgt hat.« Maria Dolores lehnt sich gegen den Tischrand. Dann schiebt sie hinterher: »Mach lieber einen Schlussstrich unter die ganze Sache. Weißt du, wie viele Familien es gibt, die sich eigentlich vor der Justiz zu verantworten hätten? Aber das ist eher ein philosophisches Thema als ein juristisches. Schau dir doch mal die Fakten an: Das Mädchen ist aus eigenem Antrieb nach Hause zurückgekehrt. Sie wollte sich nicht behandeln lassen. Hätte man sie nicht besser zwangseinweisen müssen? Natürlich. Aber während man darüber noch nachdachte, ist sie bereits gestorben. Genau das werden die Eltern aussagen. Über ihre Anwälte.«

»Ich muss durchsetzen, dass man diese Klinik schließt.«

»Gut so, pack die Sache von einer anderen Richtung an. Nur so hast du die Chance, ein wenig Gerechtigkeit zu schaffen.«

»Ich habe noch immer nicht wirklich verstanden, was er da eigentlich mit den Mädchen gemacht hat, damit sie sich besser fühlten. Hat er ihnen Massagen verordnet? Sie geliebt? Zum Shoppen ausgeführt? Und die Mädchen haben das alles stillschweigend hingenommen?«

»Wenn es dir so schlecht geht wie den Mädchen, kannst

du nicht mehr unterscheiden, was dir guttut und was nicht. Du würdest alles mit dir machen lassen, nur damit es dir besser geht. *Eingeschränkte Selbstbestimmung* nennt man so was, merk dir das«, lautet ihre etwas kühle Antwort.

»Dabei ist er nicht mal approbierter Arzt.« Funi lässt sich nicht vom Thema abbringen, als müsse er sein Gewissen erleichtern. »Er hat sich als Psychotherapeut ausgegeben. Die Ärztekammer der Region Lazio versucht auf Antrag der Staatsanwaltschaft dem Ganzen nachzugehen. Alles ein riesiger Schwindel, Doris. Sogar die Unterschriften.«

»Kommt vor«, entgegnet sie lakonisch.

»Aber wie konnten die Familien so jemandem wie ihm vertrauen? Sie haben ihm ihre Töchter überlassen, Mädchen, die nur zwanzig oder dreißig Kilo wogen. Sogar Minderjährige waren darunter. Sie haben sie bereitwillig unter seinen Schutz gestellt, rund um die Uhr, 365 Tage im Jahr, und dafür Unsummen ausgegeben.«

»Lässt du dir denn beim Arzt zuerst immer seinen Studienabschluss zeigen, oder vertraust du ihm? Und selbst wenn sie dir ihre Diplome vorzeigen oder sie sogar an der Wand ihrer Praxis hängen haben, was machst du dann? Überprüfst du sie?«

»Ich vertraue ihnen natürlich. Bis etwas schiefgeht.«

»Und selbst dann würdest du nicht unbedingt nachforschen. Nehmen wir mal an, einem Arzt gelingt es nicht, dich von deinem Leiden zu kurieren. Was machst du dann? Ich sage es dir: Du lässt dir doch nicht die Studienabschlüsse von deinem Arzt vorzeigen – sondern du gehst einfach zum nächsten. Die Gesellschaft garantiert für sie. Und du glaubst das, was sie dir sagen. Du glaubst, das wird schon stimmen und fertig. Du *musst* daran glauben. Du hast keine andere Wahl.«

»Ich muss diese Klinik schließen lassen.«

»Dazu fehlt nicht mehr viel. Nagel ihn mithilfe der Behandlungsprotokolle fest, der Verträglichkeit des Verfahrens, das er vorgibt, angewendet zu haben. Und du wirst sehen, wie schnell sich solche Negativschlagzeilen herumsprechen. Die Patienten werden von allein wegbleiben.«

»Das Problem ist nur, dass er irgendwo anders weitermachen wird. Vielleicht in Bulgarien, in Südamerika.«

»Sicher, das Risiko besteht. Aber versuchen wir zumindest das zu tun, was in unserer Macht steht. Was in eurer Macht steht, meine ich natürlich.«

109

Die Klinik Rinascita zählte rund dreihundert Personen zu ihren Patienten, von denen nun etwa sechzig als Nebenkläger auftreten. Jeder einzelne trägt dafür seine Zeugenaussage vor, die, bei Licht betrachtet und anhand der Überprüfung der Fakten, Anschuldigungen von besonderer Schwere beinhalten.

Auf der Liste der Beschuldigten stehen die Namen aller Mitarbeiter, die an den Behandlungen beteiligt waren und denen ein dem Gesundheitsministerium unbekannter Therapieansatz zugrunde liegt, initiiert von einem gewissen Doktor Meda. Nach Aussage der Staatsanwaltschaft wurde die angewandte Behandlungsmethode ohne eine entsprechende akademische Qualifikation entwickelt, die in Italien zur Berufsausübung nötig ist sowie ohne glaubwürdiger medizinischer oder wissenschaftlicher Grundlage. Die Anschuldigungen der Nebenkläger lauten daher auf Missbrauch der Berufsausübung und Betrug in Dutzenden Fällen.

Die Mitarbeiter müssen nun zu der Frage Rede und Antwort stehen, inwieweit sie über die fehlenden fachlichen Voraussetzungen von Doktor Meda Bescheid wussten. Erst dann wird man mit Gewissheit sagen können, ob sie sich wirklich über den Einsatz der Behandlungsmethoden im Klaren waren. Zudem besteht der Vorwurf des sexuellen Missbrauchs der Patienten. Eine Anschuldigung, die nicht ohne Weiteres zu beweisen, aber auch schwer zu widerlegen sein wird – angesichts der zahlreichen Zeugenaussagen sowie der Tagebuchaufzeichnungen von Giulia Brivio und Anna Tura, der beiden an Herzversagen gestorbenen Patientinnen. Die Internetseite mit dem Online-Forum wurde bereits aus dem Netz genommen und die Klinik geschlossen, um weitere Straftaten zu verhindern. Der ermittelnde Staatsanwalt wird die Untersuchungen in Kürze abgeschlossen haben …

110

Sie dreht das Radio ab. *Magersüchtige können ganz schön lügen, das ist ja allgemein bekannt,* denkt sie bei sich. Die Krankheit macht einen automatisch zum Lügner. Wie sonst konnte man sich gegen die Angriffe von außen schützen und verheimlichen, was man da tat? Jemand, der an Magersucht litt, war in seinem Innersten grausam, doch der Außenwelt verzieh man nicht die kleinste Bosheit. Sie wusste das allzu gut. Lügen kostet einen in diesem Moment nichts, wird zur spontanen Handlung, einer Art Selbstschutz. Die einzige Rettung. Man konnte einfach nicht anders, als die Unwahrheit zu sagen. Maria Dolores hat das Bedürfnis, mit Funi zu reden. Sie greift nach dem Telefon und wählt seine Nummer. Aber sein Handy ist ausgeschaltet.

111

»Du kommst wirklich aus einer seltsamen Gegend«, flüstert Achille Funi Nina ins Ohr. »Die ganze Brianza, mit dem Comer See und all den Sakralbauten drumherum.«

»Finde ich auch«, seufzt sie.

Sie liegen umschlungen nebeneinander im Bett, eingerollt in eine Decke. Das halbdunkle Schlafzimmer in Funis Mailänder Wohnung zeigt zum Hof. Es ist ein Altbau, ganz in der Nähe der Scalo Farini. Durch die Ritzen der heruntergelassenen Jalousien sieht man ab und zu eine Silhouette auf der Galerie vorbeihuschen, die in einer der Wohnungstüren verschwindet, dann kehrt wieder Stille ein.

»Ich denke gerade an diese Leute in Civate. Der Ort kam mir vor wie ein Flüchtlingscamp. Als ob all diese Menschen vor etwas oder jemandem geflohen wären.« Er streicht ihr zärtlich über die Wange.

»Ich bin dort geboren, den See immer im Blick. Aber irgendwann habe ich es dort nicht mehr ausgehalten.«

»Und so bist du nach Mailand gezogen.«

»Mir gefällt das Gefühl der Heimatlosigkeit. Aber jedes Wochenende zieht es mich wieder nach Hause.«

»Ich könnte mir schon vorstellen, am Comer See zu leben. Vielleicht nicht alleine. Ich habe den Eindruck, ich bin selbst wie ein See, still und unbeweglich.«

Nina setzt sich auf, schaut ihn von oben an und fragt ihn: »Findest du nicht, dass du mit dieser Vergani ein wenig zu viel Zeit verbringst?« Sie ist in ihren Gedanken schon einen Schritt weiter.

Sie hat nicht ganz unrecht, aber Funi sucht nach einer anderen Antwort. »Der Fall ist fast abgeschlossen, ich suche nach Erklärungen, und sie hat selbst Erfahrungen mit der Magersucht gemacht, als sie noch jünger war.«

Als sie noch jünger war. Schon wieder so eine taktvolle Bemerkung. Nina Parisi möchte einhaken, doch Funi begreift, dass es nun Zeit ist einzugreifen. Er packt sie und dreht sie mit dem Rücken zu sich auf die Seite. Er streichelt sie und nähert sich ihr langsam. Ohne Hast dringt er von hinten in sie ein. Langsam, er hat alle Zeit der Welt.

112

Pina Maggi sitzt erneut im Mailänder Polizeipräsidium. Auch dieses Mal trägt sie Handschuhe, doch Funi macht keinerlei Anstalten, ihr die Hand zu reichen. Sie kommt ihm zuvor. »Seien Sie unbesorgt, er hat sich nicht übergeben. Wir sind mit dem Wagen der Sizilianer gekommen.« Was natürlich so etwas wie eine Garantie bedeutet.

Von draußen dringen die seltsamsten Geräusche herein. Noch einmal bemüht sich die Frau um eine Erklärung: »Das sind sie«, sagt sie zum Hauptkommissar. »Man will ihnen nicht erlauben, in der Ausfahrt stehen zu bleiben. Aber es ist ja nur für eine Sekunde.«

»Es geht nicht um wollen. Es ist verboten, vor dem Präsidium zu parken. Die Ausfahrt muss frei bleiben. Warten Sie kurz, ich sehe mal nach.«

Was ihn draußen erwartet, ist eine Art Lastwagen, an dem seitlich drei Kreuze aufgemalt sind. Am Lenkrad des Wagens sitzt ein korpulenter Fahrer, auf dem Gehsteig daneben stehen Anselmo und zwei weitere Männer, die den wachhabenden Polizisten zu überzeugen versuchen, dass ihr Fahrzeug ausgerechnet hier und nirgendwo anderes zu parken hat.

»Wer sind die denn?«, fragt der Hauptkommissar Maggi, die ihn inzwischen eingeholt hat.

»Meinen Sie die Sizilianer?«

»Ja, die Sizilianer. Wer zum Teufel sind sie?«

»Der Mann am Steuer ist Anselmos Vater. Er wohnt in Caltagirone. Wissen Sie, wo das liegt?«

»Ja, in Sizilien«, antwortet Funi, und vor seinem inneren Auge tauchen Bilder von sizilianischen Tischlern auf, die Kreuze herstellen und mit ihren Lastwagen in ganz Italien verteilen. Aber noch immer will ihm der Sinn des Ganzen nicht einleuchten.

»Also, jetzt wissen Sie, wer sie sind.« Für Pina Maggi ist damit dieser Teil des Gesprächs beendet. »Hören Sie, ich bin nicht vorbeigekommen, um einfach mal Hallo zu sagen. Ich habe Ihnen etwas Wichtiges mitzuteilen.«

»Dann kommen Sie mit«, schnaubt er. Bevor sie wieder hineingehen, bittet er einen seiner Kollegen, sich um das Fahrzeug zu kümmern: im Hof abstellen, durchsuchen, fotografieren, so lauten seine Anweisungen.

»Anselmo und Anna waren immer zusammen, das hatte ich Ihnen ja bereits schon erzählt. Eines Morgens wollte das Mädchen nicht aufstehen. Ich dachte, es ginge ihr vielleicht nicht gut und habe ihr Fieber gemessen. Aber sie hatte keine Temperatur. Also bin ich zurück an meine Arbeit gegangen. Sauber machen, ankleiden, Sie haben ja gesehen, was ich so mache, nicht wahr?«

Funi nickt.

»Dann bin weggegangen, um mich um das Mittagessen zu kümmern. Der Bäcker gibt uns immer etwas und auch der Metzger. Danach bin ich in den Garten, um das reife Gemüse zu ernten. Es war aber nicht sehr viel, das Jahr war zu kalt gewesen. Nur etwas Salat und Kohl. Als ich wieder ins Haus zurückkam, war Anna weg. Ich habe nach Anselmo gesucht, aber auch er war wie vom Erdboden verschluckt.« Die Frau hält inne.

»Und dann?« Während Funi die Antwort abwartet, tritt ein Kollege in seine Bürotür und bittet darum, ihn sprechen zu dürfen. Funi bedeutet Pina Maggi, einen Moment zu warten, und fordert den Polizisten auf, sein Anliegen direkt vorzutragen. »Die Sizilianer da unten proben den Aufstand. Sie haben eine komplette Kirche in ihrem Lastwagen und hindern uns an unserer Arbeit. Was sollen wir machen?«

»Dann lasst sie einfach in Frieden. Wir haben sowieso keinen Durchsuchungsbeschluss. Ich bin in einer Sekunde bei euch. Wo ist eigentlich Corsari?«

Die Antwort fällt überraschend aus. »Er hat seine Kündigung eingereicht.«

Funi verdreht die Augen und wendet sich wieder an Pina Maggi. »Fahren Sie bitte fort.«

»Jemand sagte mir, dass Anna gestorben sei. Und dass Anselmo Annas Körper weggebracht habe, zum Friedhof, auf den Hügel.«

113

Pina Maggi war Anselmo an jenem Tag gefolgt. Halb rennend war sie den Fußweg zur Wallfahrtskirche von Civate hinaufgeeilt. Sie war dabei niemandem begegnet. Es regnete in Strömen, und jeder normale Mensch saß zu Hause beim Mittagessen. Sie hatte einen Beutel mit Kleidern für das Mädchen bei sich, in der Hoffnung, sie könnte noch am Leben sein. Und Handtücher, um sie trockenzureiben.

Anselmo hatte einen großen Vorsprung. Er hatte bereits den Gipfel erreicht. Als sie ihn schließlich erreichte, konnte sie in seinem Gesicht die Regentropfen nicht von den Tränen unterscheiden. Der Junge hatte Anna über seine Schultern gehievt und war so eine Stunde lang seinen persönlichen Weg nach Golgatha gegangen, mit seinem Kreuz und seiner Freude.

»Ich habe versucht, ihn zur Vernunft zu bringen. Aber ich hatte keine Chance. Er begann ein Loch auszuheben, mit seinen eignen Händen und einer alten Schaufel, die er immer benutzte, wenn er mit den anderen zusammen ein wenig gärtnern durfte.«

Und so hatte Pina Maggi ihm beim Graben geholfen. Wenn erstmal Ruhe eingekehrt war, würde sie jemanden rufen und erzählen, was passiert war, dachte sie bei sich. Aber wem eigentlich? Und im Grunde lag sie doch hier an einem schönen Ort. Direkt unter dem großen Kreuz von Civate.

114

»Ich kam mir vor wie in einem Film, alles war möglich: Ich konnte sterben oder am Leben bleiben. Allein mein Wille entschied über mein Schicksal. So dachte ich. Und dann kamst du und hast mit mir über reale Dinge gesprochen.«

»Spielst du noch Basketball, hatte ich dich gefragt, wenn ich mich richtig erinnere. Ich weiß noch, dass dir damals Basketball so gut gefiel.« Während ich spreche, bin ich ganz hingerissen von seiner Schönheit. Nicht, dass es mir zum ersten Mal auffallen würde, doch nie zuvor war ich mir dessen so sehr bewusst. Mich interessiert nicht, ob er tatsächlich schön ist – das kann ich inzwischen sowieso nicht mehr auseinanderhalten. Das ist kein unwiderlegbarer Fakt, es ist nicht von Bedeutung zu wissen, ob es wirklich so ist. Es ist ein Seelenzustand. Ein subjektiver Eindruck, der für mich absolut ist.

»Ich spiele immer noch Basketball, aber ich habe nicht mehr diesen Ehrgeiz wie früher, mich sportlich hervorzutun. Ich habe Spaß am Spielen, das ist alles.«

Sein Gesichtsausdruck verdunkelt sich, er zieht seine Kapuze noch tiefer in die Stirn, und mit ernster Stimme stellt er mir eine schwierige Frage: »Glaubst du, mein Lehrer hätte sich in jedem Fall umgebracht?«

Ich weiß, was er damit meint, und instinktiv möchte ich

seine Frage verneinen. Aber ich lasse mir Zeit, bevor ich ihm antworte. »Warum fragst du mich das?«

»Natürlich weil ich mich schuldig fühle. Ich glaube, ich habe ihn in einem Moment in eine Krise gestürzt, als er sowieso labil war.«

»Ich möchte dir ehrlich antworten: Ja, ich denke, so war es. Aber du bist nicht dafür verantwortlich. Diese Situation hat nur etwas losgetreten, was bereits vorhanden war.«

»Aus diesem Grund habe ich mich entschieden, anderen zu helfen.«

Und da sind wir wieder. Mal sehen, worauf er dieses Mal hinauswill. Ich schaue ihn an, während ich auf eine seiner Lebensweisheiten warte. Die dann auch prompt folgt.

»Darüber solltest du auch mal nachdenken. Anstatt vor dich hin zu leiden, könntest du darüber nachdenken, etwas anderes zu tun. Steig aus dem Polizeidienst aus und werde wieder Therapeutin. Kündige doch einfach.«

»Den Dienst quittieren?« Ich denke laut darüber nach.

»Bevor du deine Zeugenaussage machst. Vor der Urteilsverkündung. Das wäre doch eine produktive Form der Vergeltung. Für dich und für die anderen.«

»Wieso willst du, dass ich das tue?«

»Siehst du? Du würdest gern unbefleckt aus der ganzen Sache herauskommen. Mit einem Freispruch. So als wäre nichts passiert. Aber diese Option gibt es nicht. Du suchst nach der Wahrheit in der Wahrheit. Nach der unmöglichen Wahrheit, die alles rechtfertigt, dich und deine Seele. Aber die gibt es nicht. Du musst lernen, deine kleine und subjektive Wahrheit zu akzeptieren. Kündige deinen Job als Polizistin, das ist deine Vergeltung.«

Er geht auf mich zu und umarmt mich. Ich lasse es zu. Dann blicke ich ihn an und lege meinen Kopf an seine Schulter. Ich denke über seine Worte nach und versuche, mir ein »danach« vorzustellen.

»Du bist noch so jung«, flüstere ich.

»Macht nichts«, antwortet er.

Genau hier möchte ich noch einmal von vorn beginnen. Bei meinem Unbehagen, das seine ehrlichen Worte in mir auslösen, und bei der Energie, mit der er mich an sich zieht. Bei dem, was ist, was war und was, in meiner Vorstellung, sein könnte.

115

Maria Dolores Vergani: »Hör mir jetzt gut zu. Ich habe eine Entscheidung getroffen. Ich glaube, das ist meine einzige Chance, damit es mir wieder besser geht.«

Michele Conti: »Und die wäre?«

Maria Dolores Vergani: »Ich habe beschlossen, mich aus dem Polizeidienst zurückzuziehen.«

Michele Conti: »Was soll denn der Unsinn?«

Maria Dolores Vergani: »Warum denn Unsinn?«

Michele Conti: »Weil sie dich dann alle für schuldig halten.«

Maria Dolores Vergani: »Ich bin schuldig.«

Michele Conti: »Vielleicht sollten wir so etwas nicht am Telefon besprechen, findest du nicht auch?«

Maria Dolores Vergani: »Ich habe nichts zu verbergen. Ich bin schuldig, weil ich jemanden getötet habe. Daran ist nicht zu rütteln.«

Michele Conti: »Du benutzt das falsche Wort. Schuldig ist jemand, der bewusst tötet, aus freien Stücken. Will das nicht in deinen Schädel hinein?«

Maria Dolores Vergani: »Selbst wenn. Ich quittiere trotzdem den Dienst.«

Michele Conti: »Darüber sprechen wir noch.«

Maria Dolores Vergani: »Mein Entschluss steht fest. Ich treffe mich heute mit meinem Anwalt und übergebe ihm dann mein Kündigungsschreiben. Ihm und Funi. Ich wollte es dir nur rechtzeitig sagen, bevor du es aus den Zeitungen erfährst.«

116

Der Lastwagen der Sizilianer entpuppt sich schließlich als Tempel der kulinarischen Genüsse, selbst wenn er von außen betrachtet eher einer fahrenden Kirche ähnelt. Die drei Kreuze sind nichts anderes als das Firmenlogo der Konditorei. Süßes Gebäck. Ein Dreigestirn aus Marzipan, Sahnetörtchen und Baiser.

»Wir liefern einmal im Monat an Pina Maggi. Mein Sohn Anselmo lebt bei ihr, und deswegen versorgen wir die Menschen dort regelmäßig mit unseren süßen Leckereien.«

»Und Ihr Sohn Anselmo kann nicht bei Ihnen leben?«

»Herr Kommissar. Sie können sich vorstellen, dass ich nichts lieber täte, als ihn mit zu mir nach Hause zu nehmen. Aber er will lieber bei Pina im Norden bleiben.« Psychomotorische Unruhe, Schweißausbrüche aufgrund schlechten Gewissens oder aus Angst, die Polizei könnte ihn dazu verdonnern, seinen kranken Sohn mitzunehmen. »Der arme Junge ist schon so auf die Welt gekommen. Eine Behandlung nach der anderen haben wir ausprobiert. Ihn von einem Arzt zum nächsten geschleppt. Dann hat er Pina Maggi kennengelernt und wollte nicht mehr nach Hause zurück. Sie können sich vorstellen, wie meine Frau darauf reagiert hat. Gott sei gedankt, haben wir noch vier weitere Kinder. Aber er wird immer in unserem Herzen bleiben.«

Dafür ist er aber aus den Augen, denkt Funi bei sich.

»Kann ich dann gehen?«

»Wohin denn?«

»Nach Hause, wenn ich darf.«

Und die Sizilianer ziehen ab, Pina Maggi und Anselmo im Schlepptau.

Sie erwartet keine Sicherungsverwahrung im Gefängnis, auch keine andere vom Gesetz vorgesehene Maßnahme.

117

»Ich bin da. Wie immer. An Ort und Stelle. Wollt ihr auf einen Kaffee raufkommen?« Es ist acht Uhr früh, sie sind pünktlich wie immer.

Sie lehnen die Einladung ab, ich bin nicht wirklich interessant für sie. Geschweige denn attraktiv. Abgestanden. Sie scheren sich nicht darum, was ich mache, was ich denke oder sonst etwas. Doch der eigentliche Grund, warum sie meine Einladung ablehnen, ist ein ganz anderer. Zwei Minuten später steht Funi vor der Wohnungstür.

Vergani: »Ciao.«
Funi: »Ciao.«
Vergani: »Dein Telefon war ausgeschaltet.«
Funi: »Ja. Aber jetzt bin ich ja hier.«
Vergani: »Warst du bei ihr?«
Funi: »Ja.«
Vergani: »Ich werde kündigen. Ich habe das Kündigungsschreiben noch nicht aufgesetzt, aber ich tue es noch heute.«
Funi: »Was soll das sein, eine Epidemie?«
Vergani: »Wie meinst du das?«
Funi: »Corsari will uns auch verlassen.«
Vergani: »Das ist doch mal eine gute Nachricht. Schade nur, dass er damit nicht ernst machen wird. Ich hingegen schon.«

Funi: »Hast du es dir auch wirklich gut überlegt?«

Vergani: »Nein. Aber wenn ich zu lange darüber nachdenke, dann wird nichts draus.«

Funi: »Dann lass uns besser gemeinsam darüber sprechen.«

Vergani: »Ich bin mit mir selbst unschlüssig.«

Funi: »Ich verstehe nicht ganz.«

Vergani: »Ich muss mich dem Offensichtlichen beugen. Ich habe weder Beweise gegen mich selbst noch gegen jemand anderen. Ich kann mir nicht vollkommen sicher sein, aus Notwehr gehandelt zu haben. Mein Erinnerungsvermögen reicht nicht aus, um von vornherein auszuschließen, seitens des Opfers angegriffen worden zu sein. In Anbetracht der vorliegenden Ermittlungsergebnisse und der Zeugenaussage des Mannes könnte ich mich also auch an den Gedanken gewöhnen, dass ich vielleicht tatsächlich so reagiert habe, weil ich mich selbst verteidigen wollte.«

Funi: »Bravo, das ist doch ein gutes Zeichen. Endlich ist Schluss mit diesem Kontrollwahn.«

Vergani: »Fakt bleibt jedoch, dass ich einen Menschen getötet habe. Und niemand kann ausschließen, dass sich diese Situation auf die eine oder andere Weise wiederholt. Nur, allein der Gedanke, dass dies jemals wieder passieren könnte, ist mir unerträglich.«

Funi: »Dabei könnte dir ausgerechnet diese Erfahrung dabei helfen, deinen Beruf noch besser und bewusster auszuüben.«

Vergani: »Wenn es mir tatsächlich gelingt, einer Verurteilung zu entgehen, werde ich etwas Nützliches tun.«

Funi: »Ist dein Beruf etwa nicht nützlich?«

Vergani: »Doch, so kam mir es zumindest bisher immer vor. Aber das genügt nicht.«

Funi: »Im Augenblick sieht es aber alles andere als danach

aus. Du hattest den richtigen Riecher. Die Kreuze wurden alle in der Nähe von Orten oder Häusern errichtet, wo sich magersüchtige Mädchen aufhielten.«

Vergani: »Glauben und Sehen sind recht ähnliche Dinge. Den eigenen Körper zu benutzen als Bestätigung, dass man existiert, ist eine Art, sich gegen die Welt aufzulehnen. Unter anderem, indem man sie ablehnt. Die Kreuze dienen dazu, darauf hinzuweisen.«

Funi: »Ablehnen, zur Schau stellen, zerstören. Ich verstehe.«

Vergani: »Könntest du mir noch einen letzten Gefallen tun?«

Funi: »Sicher.«

Vergani: »Angelo Fazi, weißt du noch, wer das ist?«

Funi: »Der Junge, der nach dir im Präsidium gefragt hat?«

Vergani: »Ja, genau der. Er ist in den 80er Jahren vermutlich hier in Mailand geboren. Sein Vater arbeitet bei einer Sicherheitsfirma, von seiner Mutter weiß ich nichts.«

Funi: »Ich habe ihn mal hier aus dem Gebäude herauskommen sehen … Aber damals hast du alles abgestritten. Warum eigentlich?«

Vergani: »Ich wollte nicht über ihn sprechen. Du musst mir jetzt ganz genau zuhören.«

Funi: »Dann schieß los.«

Vergani: »Such mir bitte seine Adresse heraus. Ich gehe davon aus, dass er in Mailand lebt. Ich habe es bereits im Internet versucht, aber er taucht in keinem Verzeichnis auf, und den Namen seines Vaters kenne ich nicht. Ich habe dir hier den Namen der Schule aufgeschrieben, in die er früher ging. Dort haben wir uns auch kennengelernt. 1994, wenn ich mich richtig erinnere.«

Funi: »Hast du es schon mit der Telefonnummer versucht?«

Vergani: »Ja, habe ich. Aber sie ist nicht vergeben. Vielleicht hast du die falsche notiert.«

Funi: »Darf ich fragen, warum du nach ihm suchst?«
Vergani: »Er hat eine wichtige Bedeutung in meinem Leben. Eine sehr wichtige.«
Funi: »Ich werde das für dich erledigen.«

Mit einem Gefühl der Bitterkeit verlässt er die Wohnung seiner ehemaligen Vorgesetzten. Er hatte sie umarmen wollen und es dann tatsächlich auch getan. Doch sie war nur dagestanden, die Arme hingen teilnahmslos am Körper herab. Sie hatte abgewartet, bis er fertig war. Und sich dann daran gemacht, ihr Kündigungsschreiben zu formulieren.

118

»Ich werde Pferde züchten.« Corsari verstaut seine Sachen, die in dem schäbigen und unaufgeräumten Büro verstreut herumliegen, in einer Tasche.

»Wenn du mich fragst, ist das eine etwas übereilte Entscheidung. Du lässt dich etwas zu sehr von deinen Gefühlen der vergangenen Wochen hinreißen.« Funi ist sich unschlüssig, ob er seinem Kollegen davon erzählen soll, dass noch eine zweite Person an Kündigung gedacht hatte.

»Ich bin einfach verliebt, bis über beide Ohren. Und ich habe beschlossen, mit ihr zu gehen. Wo immer sie auch hinwill. Litauen, Rumänien, Russland. Ist mir egal. Wir leben nur einmal, und bisher habe ich immer defensiv gespielt. Aber jetzt greift Pietro an und setzt alles auf Risiko.«

»Was sagt sie eigentlich dazu? Ich meine, das Mädchen …«

»Alina? Sie weiß noch nichts davon. Heute Abend werde ich ihr die Neuigkeit feierlich überbringen.«

Hilfe! Nur weg von hier. Aber Funi verkneift sich seinen Kommentar. Wenn Männer den Kopf verlieren, werden sie wieder zu Teenagern. Dann gewinnen die Emotionen die Oberhand, und nur die zählen noch. Ein weiteres Mal sagt er genau die gleichen Sätze wie eine Stunde zuvor: »Hast du es dir auch wirklich gut überlegt? Sollen wir nicht besser noch mal darüber sprechen?«

»Nein, danke. Es wäre sinnlos, du würdest mich doch nicht umstimmen können. Etwas Geld habe ich zurückgelegt, einen zweiten Beruf habe ich auch gelernt. Dann werde ich eben Pferde züchten. Wenn ich ehrlich bin, war ich nie so wirklich überzeugt von meiner Arbeit als Polizist.« Nichts als die Wahrheit.

»Ich schon«, widerspricht Funi aufs Heftigste. »Ich glaube an das, was ich tue, und bin stolz auf meinen Beruf.«

Corsari hebt den Kopf. »Bravo, Funi. Das wusste ich schon immer, und das sieht man dir auch an.«

119

Der Arzt hatte sie mental so sehr aus dem Gleichgewicht gebracht, dass es kein Zurück mehr gab. Er hatte ihnen die kleinste Hoffnung zunichtegemacht, die Aussicht auf Genesung so gut wie abgeschrieben. Jede der vom Staatsanwalt zusammengetragenen Zeugenaussagen trug dazu bei, dass diese Vermutung traurige Gewissheit wurde.

Nun ging es darum, die letzten Mosaiksteine zusammenzusetzen. Die Last der Verantwortung auf die Gewissen zu verteilen. Mit der ein oder anderen Form von Gewahrsam, diejenigen zu schützen, die möglicherweise sich selbst oder jemand anderem etwas antun könnten, ohne es unbedingt zu beabsichtigen.

»Wir werden Anselmo in eine psychiatrische Klinik einweisen lassen, wo man ihn behandeln wird«, erklärt Achille Funi Pina Maggi, während die Polizei den Bauernhof räumen lässt.

Die Frau zeigt keinerlei Regung, verhält sich, als ginge nichts Ungewöhnliches um sie herum vor.

»Sie werden wohl mit einer Haftstrafe zu rechnen haben. Besser, Sie suchen sich einen Anwalt, ansonsten wird man Ihnen einen Pflichtverteidiger zuweisen.«

Sie schweigt weiterhin.

»Sie machen sich der Mittäterschaft schuldig. Nur wenn

Sie sprechen, wird der Richter ein gutes Wort für Sie einlegen können.« Er hofft, eine Drohung könne sie womöglich zu einer Zeugenaussage bewegen. Oder vielleicht begeht er den gleichen Fehler wie immer, nämlich sich zu erhoffen, dass die Anklage ungefähr dem entsprach, was die Beschuldigten auch wirklich verdienten. Er weiß, dass Pina Maggi im besten Falle wegen Beihilfe zur Beseitigung eines Leichnams dranzukriegen war. Und das scheint ihm eindeutig zu wenig.

»Sie hat dabei zugesehen, wie sie alles wegtrugen, hat ihre Gäste herzlich verabschiedet und sich anschließend in ein Zimmer auf dem Bauernhof zurückgezogen.«

Nina Parisi hört Funi zu und spürt, dass irgendetwas nicht stimmt.

»Es ist alles so verzwickt, und die banalen, offensichtlichen Dinge habe ich noch immer nicht gelöst.«

»Du meinst die Kreuze?«

»Ja. Es sind riesige Teile, die an vierzehn verschiedenen Orten aufgestellt wurden. Jeweils dort, wo eines der magersüchtigen Mädchen lebte. Und ich komme einfach nicht dahinter, wer sie hingepflanzt haben könnte.«

»Genügt es dir denn nicht zu wissen, warum sie aufgestellt wurden?«

»Nein.«

Er begreift plötzlich, dass eine halbe Wahrheit nie ausreicht. Sein Wissensdurst wird erst vollständig gestillt sein, wenn er weiß, wer die Kreuze errichtet hat.

120

§ 415, Antrag auf Einstellung der Ermittlungen. Einen Tag später bat Maria Dolores Vergani um eine Anhörung. Es ist ihre erste Zeugenaussage überhaupt. Sie plädiert auf Notwehr. Max Nagel hat bereits Berufung eingelegt und die Einstellung des Verfahrens beantragt.

Gerade ist sie wieder nach Hause zurückgekommen. Hat es sich gemütlich gemacht und liegt auf dem Sofa ausgestreckt. Die Füße auf den weißen Kissen. Sie betrachtet ihre schlanken, schön geformten Beine. Zum ersten Mal in ihrem Leben richtig durchtrainiert. Sie hatte endlich wieder etwas Zeit für die nebensächlichen Dinge.

Sie öffnet den Rucksack mit ihren persönlichen Sachen. Sie haben ihr alles ausgehändigt. Kleider, Uhr, Taschenlampe, Diensthandy. Nur das Taschenmesser fehlt. Ihre Eltern bereiten gerade gemeinsam das Abendessen vor. Ihr Vater hat leckere Sachen aus dem Ayas-Tal mitgebracht. Und immer wieder Blumen. Holzschnitzereien. Geschenke von Dorfbewohnern. Und Bücher, von Margot, einer Buchhändlerin und Maria Dolores' Freundin.

Sie fühlt sich erleichtert, befreit von der Last drückender Gedanken. Nur ein einziger bleibt noch zurück. Ihre Kündigung. Das Schreiben liegt fertig da. Sie hatte sich überreden lassen, das Ende des Prozesses abzuwarten. Nichts sollte dem weiteren Verlauf und dem guten Ausgang im Wege stehen.

Sie schaltet ihr Nokia nach langer Zeit das erste Mal wieder ein. Der Akku ist fast leer. Sie sucht nach dem Ladegerät und findet es ganz unten im Rucksack. An jenem Tag hatte sie wirklich an alles gedacht. Sie steckt das Ladegerät ein, wartet einen Moment ab und gibt dann ihre PIN ein. Es erscheinen alle unbeantworteten Nachrichten. Die Anrufe des vergangenen Jahres. Sie geht alle durch, bis zum Datum des besagten Tages. Eine SMS von ihrer Mutter. Eine von Michele. Von Funi. Und schließlich eine Nummer, die mit keiner aus ihrem Telefonbuch übereinstimmt.

Sie setzt sich. Überprüft die Details des Anrufs. Er ging am Abend davor ein. Genau an besagtem Abend. Uhrzeit: 21:30 Uhr. Sie überlegt kurz. Jemand klopft an ihre Tür. Sie schafft es gerade noch rechtzeitig, die Nummer zu wählen.

»Pension Mailand, Guten Abend, was kann ich für Sie tun?«

»Wer spricht da bitte?«, fragt sie und sieht, wie Funi das Zimmer betritt.

»Sie sind mit der *Pension Mailand* verbunden.«

Sie legt auf.

Sie kehrt wieder zum Hauptmenü zurück, sorgfältig darauf bedacht, nichts versehentlich zu löschen, und legt das Handy beiseite. Sie begrüßt Funi.

Funi bemerkt ihre Eltern, streckt ihnen seine Hand entgegen und wünscht ihnen einen guten Abend.

Ihre Mutter und ihr Vater umarmen ihn in einem Ansturm überschwänglicher Herzlichkeit und gratulieren ihm zu seiner noch nicht gebührend gefeierten Beförderung. Maria Dolores hingegen steht noch immer in Gedanken versunken da. Sie sieht ihn an, als erwarte sie eine Antwort von ihm.

Dann bittet sie ihn, mit in ihr Zimmer zu kommen, wo er noch nie zuvor war.

»Hast du eigentlich auch die Anrufliste von diesem Handy hier angefordert?«, fragt sie ohne lange Umschweife.

Er setzt sich nicht und blickt ihr fest in die Augen. Aber vor allem schweigt er.

Maria Dolores wagt sich weiter vor. »Du weißt schon von diesem Anruf, habe ich recht?«

Er sagt noch immer kein Wort.

»Du wusstest davon und hast mir nichts gesagt?«

Hauptkommissar Funi lässt auch diese Frage unbeantwortet.

Maria Dolores lacht nervös auf. »Du hast vergessen, dieses Handy überprüfen zu lassen, ist es so gewesen?«

Er würde zu gern ihre Frage bejahen, aber er bringt es nicht über sich, sie zu belügen. Er holt tief Luft. »Normalerweise vergesse ich andauernd etwas. Aber dieses Mal nicht. Ich habe die Anruflisten aller Telefone angefordert. Es ging allein um dich.« Er hält einen Moment inne und fährt dann schweren Herzens weiter fort. »Nachdem ich alle Listen durchgesehen hatte, habe ich lange mit Michele Conti gesprochen. Er schien mir sehr glaubwürdig. Dass ich dir davon nichts erzählt habe, ist nur zu deinem Besten. Wenn du von diesem Anruf gewusst hättest, hättest du dich nur noch weiter in deinen Wahn verrannt.«

»Kann ich meinen Computer wieder zurückhaben?«

»Michele wird ihn dir bringen.«

»Mein Anwalt weiß über diese Sache bestimmt schon Bescheid, habe ich recht?«

»Natürlich. Seine geschmacklosen Kommentare erspare ich dir lieber. Aber in einer Beziehung liegt er alles andere als falsch: Diese Hämatome bewahren dich vor dem Gefängnis.«

Maria Dolores nickt, während sie daran denkt, wie oft sie sich schon in Männern getäuscht hat. Sie zündet sich eine Zigarette an und raucht sie schweigend, ohne Eile. Aus der Küche dringt das Geklapper von Geschirr herüber, ihre Eltern decken den Tisch. Für einen kurzen Moment überkommt sie ein Gefühl der Freiheit. Der Leichtigkeit. Selbst eine mögliche Lüge erscheint erträglich.

Auf der einen Seite sieht sie den Vater, der zu seinem Sohn zurückkehren kann, im Namen ihres Schweigens und des Alten Testamentes. Michele Conti straffrei, trotz seines Gewaltübergriffs, aber für immer aus ihrem Leben verbannt. Und sie selbst, ohne Vorstrafe. Von Anfang an freigesprochen von der Öffentlichkeit, und sogar von den Beweisen.

Auf der anderen Seite ihre symbolische Bürde als Vergeltung: ihr Ausscheiden aus dem Polizeidienst im Tausch gegen ihre Schuld. Ihren Sündenfall.

121

Achille Funi lässt sich Zeit. Er nimmt sich eine Zigarette aus der Packung von Maria Dolores und zündet sie an. Er setzt sich auf ihr Bett und sieht sie an. Maria Dolores erhebt sich, um das Fenster zu öffnen. Ein beißend kalter Luftzug lässt sie beide frösteln.

Funi: »Das ist noch nicht alles.« Er zieht etwas aus seiner Tasche hervor.

Vergani: »Ich höre.«

Funi: »Hier sind die Informationen, die du haben wolltest.«

Sie begreift nicht sofort, was er meint, doch er kommt sofort auf den Punkt.

Funi: »Die Adresse von diesem Angelo Fazi lautet Via Comelico 11.«

Vergani: »Danke.«

Sie notiert sich etwas und will schon aufstehen.

Funi: »Warte.«

Er ist noch nicht fertig.

Funi: »Er ist vor drei Jahren gestorben.«

Vergani: »Gestorben?«

Funi: »Bei einem Autounfall.«

Vergani: »Das muss eine Namensverwechslung sein …«

Funi: »Nein, es ist keine Namensverwechslung. Das Geburtsdatum und auch der Name der Schule, die er besuchte, stimmen überein. Außerdem habe ich noch das hier für dich.« Er reicht ihr ein Foto.

Maria Dolores betrachtet es, dann mustert sie Funi.

Vergani: »Aber du hast ihn doch gesehen, genauso wie ich ihn gesehen habe, oder etwa nicht?«

Funi: »Sogar erst neulich. Er ist mir unten vor dem Haus über den Weg gelaufen.«

Maria Dolores betrachtet noch einmal das Foto, dann wendet sie sich erneut an Funi.

Vergani: »Wer war der Junge dann?«

Funi schweigt, nimmt einen tiefen Atemzug und entgegnet dann: »Und vor allem, warum war er hier?«

Vergani: »Warum, weiß ich nicht. Aber das Ergebnis ist, dass ich mich dazu entschlossen habe, an eine Wahrheit zu glauben, die ich nicht nachweisen kann. Ich habe ihm geglaubt.«

Dank

Mein Dank gilt meinem Freund und Anwalt Massimo Seregni für seine leidenschaftliche Beratung und seine stete Aufmerksamkeit.

Mein Dank gilt ebenfalls meinem Freund und Anwalt Paolo Capé für seine aufmerksame Lektüre.

Danken möchte ich auch Giovanni Gariboldi, Alberto Rollo (für seine Betrachtungen), Daniela De Rosa (eine ganz besondere Widmung, allein für sie), der Verlagsgruppe Giangiacomo Feltrinelli und Maurizio Totti.

Ebenso wie den nachfolgenden, in beliebiger Reihenfolge aufgeführten Personen, für ihr zahlreiches Mitwirken (oft ohne es zu wissen):

Erica Berla, Barbara Griffini, Luc Besson (für *Angel-A*), Wim Wenders (für *Der Himmel über Berlin*), Robert Bolt und Fred Zinnemann (für *Ein Mann zu jeder Jahreszeit*), Simone Weil (für alles, aber ganz besonders für ihre *Aufzeichnungen* und ihre *Gedichte*), William Blake (für seine *Prophezeiungen*), Sylvia Plath, Antonia Pozzi, Gian Mario Carboni, Silvia Levenson, Paola Pioppi, Anna Baù, Francesco Lupo, Max, Stefano Tura, dem Web (Ale und den anderen), Lella Ravasi Bellocchio (für *La lunga attesa dell'angelo*), Daniele Pignatelli (für *Mente davvero chi racconta bugie o chi fa finta di crederci?*), Max Rainer, Gaia Margutti, Matteo Brambilla, Antonia Pozzi, Alain Badiou, Bono Vox (für *Tom Tom*), Clara Guerrieri, Stefano Bortolussi (für die Übersetzung des Exergum), Velvet De Santa, Maria Antonella Brandimonte (für *Psicologia della memoria*), Lia, Tecla, Carlo und Valerio.

Die Figur des Angelo taucht zum ersten Mal in der Erzählung »Culo di Piombo« in *Seven* (Piemme, 2010) auf, herausgegeben von Gian Franco Orsi.